殺人七不思議

ポール・アルテ（著）
平岡敦（訳）

マリ＝フランソワーズに

P.
H.

Les Sept merveilles du crime
— 登場人物 —

オーウェン・バーンズ　美術評論家、アマチュア探偵
アキレス・ストック　バーンズの友人で、本書の語り手
ジョン・ウェデキンド　ロンドン警視庁の警部

ジョン・ブルック　裕福な製紙業者
ミラダ・ブルック　ジョン・ブルックの妻
ポール・ブルック　ジョン・ブルックの息子
アメリー・ドール　ジョン・ブルックの友人アーサー・ドールの娘
マイケル・デナム　若い画家

トーマス・ボウリング卿　考古学者、古銭学研究家で、ジョン・ブルックの友人
エイドリアン・マクスウェル　灯台守
マリー・ドゥーモント　中年の独身女性
ヘクター・ロードス少佐　退役軍人
パトリック・リンチ　開業医
マーガレット・リンチ　パトリック・リンチの妻

目次

第一部　イカロス

1

「わたしを愛しているのね？　嬉しいわ。だったら、ほら、殺しなさい！」わが友はだしぬけにそんな言葉を口にした。

それは五月初頭の、ひんやりとして湿っぽい夕暮れどきのことだった。わたしはセント・ジェイムズ・スクエアにあるオーウェン・バーンズの部屋をたずねた。わたしたちは暖炉の前に腰かけ、むっつり顔でもの思いにふけっていた。一日中、ロンドンの町に降り続く激しい雨は、まだいっこうに収まる気配を見せない。わたしは生まれ故郷南アフリカのことを、ぼんやりと考えていた。あの心地よい気候が、正直懐かしくてしかたなかった。そんなわけで、オーウェンのやつ、妙なことを言ったなと気づくまでに、しばらく時間がかかった。わたしは肘掛け椅子に腰かけたまま体を起こし、何の話だというように彼のほうへむきなおった。オーウェンは暖炉のうえに片肘をつき、太く短い指にそっと挟んだ小さな白い厚紙を、思案顔で見つめている。

「午後の配達で届いたんだが」オーウェンはあごをさすりながら言った。

「で……それだけかい？」とわたしは口ごもるようにたずねた。「ほかには何も書いてないのか？」

「ああ、これだけだ。この一行だけで、あとはひと言もなし。もちろん、封筒にはぼくの名前が書かれているがね。消印によると、午前中最初の収集前にヴィクトリア駅近くで投函されたものらしい」

「レターヘッドは？　差出人の住所や署名もなしか？」

「言ったとおりさ。この一行以外、何もなしだ。だがこれだけで、充分に美しいじゃないか。純粋で、清澄で……ああ、ぜひともきみに、もう一度読み聞かせずにはおれない。**わたしを愛しているのね？嬉しいわ……**」

オーウェン・バーンズはいつものとおり弁舌さわやかだった。彼のことを知らなければ、ほとんど滑稽に思えるくらいだ。美酒をじっくり味わうかのように、言葉の一音一音を楽しんでいる。どうやらオーウェンは手紙の一文が、ことのほかお気に召したらしい。真っ赤な絹の部屋着をはおった彼が、芝居がかった口調で繰り返すさまは、よそ目には愉快な見ものだろう。ぽっちゃり太って長身のオーウェンの気取った身ぶりは、注目を引かずにはおかない。どちらかといえばありふれた顔つきだが、ぶ厚い唇と重くたれさがった瞼が特徴的だ。けれども皮肉っぽい目は、生き生きと輝いている。

『混沌の王』事件で語ったオーウェン・バーンズの活躍をすでにお読みになった方々なら、彼が精緻を極めた芸術のための芸術を重んじる耽美主義者であり、人生のすべてをひたすら美の追求に捧げていることは先刻ご承知だろう。彼の関心はありとあらゆる芸術分野に及んでいるが、そこには完全犯罪という名の芸術も含まれていた。巧妙な殺人は芸術作品に比肩しうると思っているのだ。証拠ならいくらでもある。オーウェンは《研ぎ澄まされた感性》で《殺人者という名の芸術家》の心性に分け入り、必ずや最後にその正体を暴いた。警察も難事件をかかえて捜査に行き詰まると彼に助力を仰ぎ、貴重なアドバイスを拝聴するのが常だった。

「それで、きみの意見は？　アキレス」とオーウェンは言葉を続けた。「どういう意味なんだろうな、この言葉は？」

「受け取った本人がわからないんじゃ、不肖の弟子たるぼくにわかるわけないだろ」

「難しく考えることないさ。単に印象をたずねているだけなんだから。ついでに言わせてもらうが、ちょっとでも頭がついていけなくなると、すぐにぷりぷり怒り出す癖はなおしたほうがいいな」

「ぷりぷりだって？」とわたしは大声をあげた。「ぼくはただ思ったとおりを答えただけじゃないか」

「いや、けっこう怒っているな。声の調子がいらついているし、少しばかり突っかかる感じもあった。心にもない謙遜をするところなんか、言わずもがなだ。たしかにきみはわが弟子だが、不肖なんかじゃないさ。優柔不断なのが玉に瑕だがね。まずはこれを見て、きみの考えを聞かせてくれたまえ」

オーウェンは厚紙を差し出した。わたしはそれが高価な中国の磁器であるかのように、黙ってそっと受け取った。そしてためつすがめつしたあと、おもむろに口をひらいた。

「すべて大文字で書かれているな。インクは薄いブルー……力強く、流麗な筆跡……書いたのは女性では？」

「烔眼の探偵ぶることはないさ、アキレス。まるで似合わないぜ。きみは文面からそう思っただけで、観察の成果じゃない」

「印象をたずねられたから、言ったんじゃないか。ぼくみたいな単純な人間が思いつくのは、筆者が女だってことくらいだ。彼女はきみに身をまかせる前に、まずは愛の証として自分のために殺人を犯すように望んでいる」

オーウェンはしばし考えこんでいたが、やがて暖炉の前に進み出ると、疑わしげな目でわたしを見た。

「本当にそう思うのか？　ぼくを喜ばせるためのお世辞でなく？」

わたしはつとめて平静を保ちながら答えた。

「もうついていけないな。いったいなんの話か……」

「ともかく、このメッセージはぼくに宛てたものじゃない」

「でも封筒には、きみの名前と住所が書いてあるぞ」

「たしかに。でも、《わたしを愛しているのね？》と呼びかけている相手はぼくじゃないさ」

「だったらきみは、誰がこのメッセージを書いたのかわかっているのか？」

そう言われてオーウェンは、少々まごついたようだ。彼はふくれっ面をして、自慢の中国製磁器を並べた食器棚に歩み寄った。

「だいたいの見当はついているんだが、あんまり突拍子もないことなので……今はここまでにしておこう。こんなつまらない話で、きみを困らせるべきじゃなかったな。ともかく貴重なご意見、かたじけない」

オーウェンは最後にもう一度メッセージを一瞥すると、未払いの請求書であふれた机にむかった。その一事をとってみても、わが友が財力に見合わない贅沢な暮らしをしているのは明らかだった。彼は嘲るように請求書の山をひっかきまわしていたが、結局あきらめて引き返した。本棚の前で立ちどまり、抜き出した本をひらいて手紙をはさみ、また棚に戻す。それからのんびりと肘掛け椅子に戻り、暖炉のうえに鎮座する凍石《ステアタイト》製の小像をぼんやりと見つめた。ギリシャの神々を象った九体の像で、彼が最近手に入れた自慢の品だった。

わたしたちは暖炉の火がぱちぱちとはぜる音と、雨が窓ガラスに打ちつける音が交わす単調な対話に、しばらくじっと耳を傾けていた。通りを走り抜ける辻馬車の音が、ときおり静けさのなかに響く。わたしはさっきから気になってしかたないことがあった。いやなに、ほんのささいな疑問だ。相手がほかの人間なら、さっさと忘れてすませられただろう。オーウェンは謎のメッセージを隠すのに、どんな本を選んだのか？　わたしがいる位置からは遠すぎてよく見えなかったが、彼のことだからでたらめに本を抜き取ったはずはない。住まいは主《あるじ》を映し出す。オーウェンが何の本を選んだのかがわかれば、あのメッセージについて彼が明かそうとしなかった手がかりが得られるのではないか？　わたしはしばらく時間を置いてから、なにげないふりをして本棚に目をやった。往々にしてオーウェンは、こちらが興味津々だと見てとるや、わざと黙ってしまうからだ。わたしを焦らして楽しんでいるのだろう。

オーウェンはからかうような目で、愉快そうにふり返った。

「おい、わからなかったのか？　当然の話なのに。あの美しいせりふを、ぼくと同じように何度も繰り返してみれば、きみだってすぐに見抜いたはずだ。あれをしまっておく本はほかにありえないって……なにを黙っているんだ、アキレス？　寓話のなかの蟻みたいに、言葉をけちっているのか？」

「ラ・フォンテーヌの『寓話集』か！」とわたしは叫んだ。「そこにメッセージを隠したんだな」

「ご名答《ブラヴォー》、アキレス。きみの鋭い洞察力には、いつもながら驚かされる。まさにこの世の大いなる謎だ。もちろん、ラ・フォンテーヌの『寓話集』さ。かの大詩人が残した心洗われる名言の数々を、きみだって忘れちゃいまい。蟻は哀れな蝉にむかって、冷たく嘲るようにこう言い放つ。《だったら、ほら、踊りなさい》ってね。そうとも、ジャン・ド・ラ・フォンテーヌはなんと偉大な作家なんだろう。彼に犯罪という高尚な趣味があったら——卑俗な者どもは悪趣味と思うだろうが——太陽王ルイ十四世も臣下たちの身がさぞや心配だったろうな」

「きみは芸術的な犯罪という考えに、あいかわらずとり憑かれているようだね」わたしは少しからかうように言った。

「そりゃそうさ。だって、世に貴族的な犯罪者の尽きることなしだからな。最近の新聞を読んだだろ？　立て続けに起きた二件の殺人事件に、警察はてんてこ舞いしている。まさに魅惑的な、驚くべき事件だ。灯台のてっぺんで、松明のように燃えあがった男。それに弩《おおゆみ》のみごとな一撃で殺された射手」

わが友の表現はいささか大仰だったが、たしかに二つの殺人事件は謎めいていた。ひとつは先月の事件だが、新聞に詳しく報じられた記事を読んでわたしもよく憶えている。被害者はエイドリアン・マクスウェルなる灯台守の男。彼はバーンスタプルにほど近い西岸の仕事場で無残な死を遂げた。折からの悪天候のせいで、彼は高い灯台のなかで一夜をすごさねばならなかった。とはいえ仕事柄、そんなふうにたったひとりで灯台にこもるのは決して珍しいことではない。

事件が起きたのは、エイドリアン・マクスウェルが朝、仕事場の灯台にのぼった十二時間後のことだった。堅固な花崗岩製の灯台は、海に突き出た岩礁の先端に立っていた。滑りやすい岩場を抜ける道は狭く危険で、大波にさらわれる不注意者があとを絶たない。その日のように嵐ともなれば、とうてい灯台には近づけないだろう。あたりが暗くなったころ、近くの港に恐ろしい叫び声が響きわたった。住民たちはあわてて外に飛び出し、あたりを見まわした。声の聞こえる先はすぐにわかった。灯台のてっぺんを囲む手すりのむこうで、火だるまになった男が地獄の亡者のようにもがきながら、助けを求めて悲鳴をあげている。

二百メートル近く離れていたのではっきりとはわからなかったが、おそらく灯台守のエイドリアン・マクスウェルだろう。しかしなんとも歯がゆいことに、救助にむかうことはできない。吹きすさぶ風と荒海が、岩場を抜けて灯台まで続く道をふさいでいた。海からまわっていくのも不可能だ。結局、翌朝嵐がすぎ去るまでは、不幸な男が恐ろしい最期を迎えるのをただ眺めているしかなかった。目撃者の言を借りるなら、マクスウェルは《彼自身が灯台と化したかのように、闇のなかで燃え続けた》のだった。海が少し収まったころを見計らい、二人の勇猛な警官が惨劇の現場に駆けつけた。頂上に続く螺旋階段をのぼりきると、灯室のドアには外から錠がかかっていて、鍵穴に鍵が挿したままになっている。だとすれば、これは事故ではない。何者かが、哀れなマクスウェルをわざとなかに閉じこめたのだ。灯台守の黒焦げ死体は下から目撃したとおり、反射鏡を収めた小部屋を取り囲む手すりのわきに横たわっていた。しかし犯人の痕跡はどこにも残っていないし、あたりには身を隠す場所もない。捜査の結果、殺害方法はすぐに判明した。軒《コーニス》の一部や灯室の入り口、被害者の遺体から炭化水素の痕跡が検出されたところから見て、マクスウェルは謎の殺人者に石油をかけられ、焼き殺されたのだ。灯台の照明装置に使われる石油タンクには異常が認められなかったので、漏れ出た石油に引火した可能性はなさそうだ。哀れな灯台守は、たしかにかなりのヘビースモーカーではあったけれど。ひとつだけ不可解だったのは、被害者の近くに空のウィスキー瓶が三本、落ちていた点だ。なるほどマクスウェルはタバコだけではなく、酒にも目がなかったが、彼が灯台のうえですごしたのはほんの十数時間だ。そのあいだに三本もあけたとは思えない。

しかも事件を予告する手紙が、なんと警察に届いていたのである。まさにその日、奇怪な殺人事件が起こるだろうと。警察がこの予告状を受け取ったのは、ちょうど事件のあった朝だった。つまりこれは自信満々な殺人犯による、計画的な犯行なのだ。犯人は荒海を泳ぐか空を飛ぶか、そんな人間離れした能力の持ち主としか思えない。鳥か魚でもない限り、犯行のあとに現場から逃げるのは不可能だろう。その前から午後中ずっと、灯台には近づけなかった。海は大時化《おおしけ》だったので、泳いで行くことも岩礁のあいだの道を抜けることもできなかったと、証人たちが口をそろえて言っている。惨劇のあとも、現場は常に何人もの証人たちの目に晒されていた。やがて警察も駆けつけ、天候が少し収まるのを待って灯台にむかおうと待機した。言いかえれば、マクスウェルが焼け死ぬ前後八時間、誰ひとり犯行現場に出入りできなかったはずなのだ。

あらかじめ午前中のうちに、巧妙な時限装置の類を仕掛けておいたのだろうか？　だとしたら、現場に何か痕跡が残っているはずだ。けれどそんなもの、まったく見あたらなかった。しかも捜査の結果、被害者は殴られたり縛られたりしていないことが明らかになった。つまり被害者は事件のとき、自由に身動きできたはずだった。エイドリアン・マクスウェルには借金もなければ遺産もなく、殺されるほどの恨みを買っている敵もいない。要はどこにでもいる陽気で愛想のいい、おしゃべり好きの独身中年だ。みんな彼のことは、いっしょにいて楽しい男だったと言っている。だから殺人の動機は、殺害方法に劣らず謎だった。

わたしはオーウェンにむかって、新聞記事で仕入れた事件の概要を繰り返した。わたしが話し終えると、わが友は満足げに奇妙な笑みを浮かべた。

「すごい犯罪じゃないか」

「本当に、驚くべきだな……」

「驚くべきだって？」とオーウェンは声を高めた。「そんな生やさしいもんじゃない。合理的な説明はまったくつけようがないんだから。驚くべき？　むしろ、ありえない事件だと言うべきだろうな。そうとも、これはまさに《不可能》犯罪だ」

あまのじゃくな性格が頭をもたげたのだろうか、わたしは彼の興奮ぶりに水をさしたくなった。

「たしかに、理屈としてはね」わたしは咳払いをして言った。「だってまだ、自殺の可能性が残っているじゃないか。まさかとは思うけれど」

「焼身自殺したって言うのか？　自殺するなら、灯台のうえから飛び降りたほうがずっと手っ取り早いのに。警察に送られた犯行予告の件もある。そもそも自殺だとしたら、ずいぶんと惨い方法をとったものだ。そのうえ自殺を他殺に見せかけようとして、手の込んだ策を弄したと？　マクスウェルとやらとは知り合いでもなんでもないが、話を聞くにつけ、そんな大それた計画を立てるような人物には思えないな。鍵のことも忘れているぞ。鍵は外側の鍵穴にささっていたんだ。灯台の頂上に続くドアはそこだけ。だったら、マクスウェルが自分で鍵をかけたはずは絶対にない。だって彼はドアの内側に閉じこめられていたんだから。それはさっき、きみが自分で言ったことじゃないか」

とんだへまをやらかしたものだと心のなかで舌打ちしながら、わたしは黙ってうなずいた。オーウェンは火かき棒で熾火を威勢よくかき立て、上機嫌で続けた。

「ところでアキレス、犯人はどんな犯行予告を警察に送ったんだ？」

それはわからない、新聞記事のなかにははっきりと書かれていなかったから、とわたしは答えた。

「たしかに」とオーウェンは言った。「報道ではそこのところが曖昧なままなんだが、ぼくはきみより詳しく知っている。友人の警察官から話を聞いたんでね。正確に言うと、予告状の文面は次のようなものだった。《エイドリアン　＊ＡＸ＊ＥＬ＊は今夜、炎の餌食となるだろう！　世界中がそれを眺めることができる。彼は灯台と化し、海の太陽となる！》ほら、被害者のファーストネームのあとに続く文字は、もちろんマクスウェル（ＭＡＸＷＥＬＬ）のことだ。いくつかの文字はなぜか、アステリスク（＊）で置き換えられているけれどね。ともかくこの犯行予告は、警察官には難解すぎたらしい。質《たち》の悪い悪戯だろうと思って、彼らは重要視しなかった。少なくとも、灯台守のエイドリアン・マクスウェルが殺されたという連絡を受けるまでは。ことここに至って、警察官たちにも文面の意味がはっきりとわかったが」

「……《炎の餌食》か」とわたしは繰り返した。暖炉で燃えさかる火をじっと見つめながら、不幸な男の断末魔を脳裏に思い描く。《彼は灯台と化し、海の太陽となる》たしかに、この言葉の意味に、疑問の余地はなさそうだ。なんとも奇怪な事件だと言わざるをえない。

「それだけじゃない」とオーウェンは笑いながら続けた。「犯行予告は紙ではなく、油絵のうえに書かれていたんだ！　念入りに梱包された油絵に、絵筆を使い大文字で！　だからここで芸術家を云々するのも、故なしとはしないのさ」

「油絵のうえに犯行予告が書かれていたんだって」わたしの驚きはいや増した。

「しかも描きたてほやほやときてる。包みをひらいた警官の指に、絵具がべったりついたんじゃないかな」

「いやはや……」わたしは何と言っていいかわからず口ごもった。

「すばらしい事件だろ？」

「いや、おぞましい事件さ」

オーウェンは肩をすくめた。

「見方によってはね。ともかく二週間後、ロンドン警視庁に二枚目の絵が届いた。そこには《ミスター・＊＊＊＊Ａ＊は明日の午後に息絶えるだろう。死は天高くから、ひと飛びにやって来る》と書かれていた。前回同様、絵具はまだ乾ききっていなかった……はたして犯人は殺人予告を実行した。きみも知ってのとおり、トーマス（ＴＨＯＭＡＳ）氏がその翌日の午後、殺されたのだから。ここで事件の状況について、ざっとおさらいをしておこう。エイドリアン・マクスウェル殺しに輪をかけて想像を絶する事件だ……」

2

「それにしても犯人は、タレイアにでもそそのかされてあんな大罪を犯したんじゃないだろうか」とオーウェンは続けた。

「タレイア？　誰なんだ、それは？」わたしはたずねた。

暖炉のうえの小像を見つめていたオーウェンはさっとふり返り、唖然としてわたしの顔を凝視した。

「おいおい、タレイアを知らないのか？」わたしの無知が信じられないとでもいうように、彼はこちらに冷たい目をむけた。

「さしずめ、女友達のひとりかなんかだろうが」わたしはごまかし笑いを浮かべて言った。「きみがいつも絶賛している、若くて美人の女性画家のひとりさ。作品のすばらしさもさることながら、彼女たちの……」

「そこがきみのすごいところだ、アキレス。自分じゃ気づいていないだろうがね」とわが友は、からかい口調でさえぎった。「なにしろ馬鹿を丸出しにしながら、真実を言い当てているんだから。

そう、タレイアはたしかに若く美しい女性で、生まれついての芸術家で、それゆえわが女友達のひとりだ……なのにきみは彼女が何者かわからないっていうのか？」

「ああ、わからないとも」わたしはオーウェンの責めるような口調と目つきに苛立って答えた。「タレイアなんて見たことも聞いたこともない。それがそんなに責められることなのか？」

「やれやれ、見たまえ、アキレス……これがタレイアだ」オーウェンは首《こうべ》をたれて重々しくそう言うと、腕をあげて小像のひとつを指さした。「ほら、仮面と羊飼いの杖を持っている……喜劇や牧歌をつかさどる女神《ミューズ》だ。だからふと、あんなことを思いついたんだ。田園を舞台にした驚くべき殺人劇の犯人には、タレイアの息がかかっているんじゃないかって」

「女神《ミューズ》だって？」わたしは《タレイア》やほかの小像に目をやりながら繰り返した。「それじゃあ、これら九体の小像は、ギリシャ神話の女神《ミューズ》だったのか？　芸術家に霊感を与える九人の神々だったと？」

オーウェンはうって変わった表情でこちらを見あげた。

「なんだって？　知らなかったのか？　それくらい、わかるだろうに」

「いや、でも……教えてくれなかったから」

オーウェンはますます気落ちしたように口ごもった。

「彼女たちが持っている品々にも気づかなかったと？　ほら、笛、竪琴、天球儀、コンパス、巻物、キタラ……」

「気がつきはしたけれど、あまり深く考えずに……」

「驚いたな」オーウェンはそうつぶやいて、肘掛け椅子にどさっとすわりこんだ。「いや、ありえない。嘘だと言ってくれ」

彼は目を閉じ、頭を背もたれの脇にあてて、もの憂げな声で続けた。

「いったいぜんたい、どうしてそんな仕打ちができるんだ、アキレス。このぼく、オーウェン・バーンズの友たる自負や誇りがあるだろうに。タレイアを知らなかった、見てもわからなかったなんて……いや、あんまりだ！　きみはぼくに恐ろしいナイフの一撃を喰らわせた。せめて気つけの一杯なりとも用意してくれないか。一瞬も無駄にできないぞ。本当に気分が悪いんだ。気が遠くなる。さあ、早く」

わたしはおとなしく、命令に従った。彼と知り合って以来、芝居けたっぷりの言動には慣れっこになっていた。どんな形にせよ美を汚すもの、調和を乱しよき趣味を損なうものに触れたとたん、彼はたちまち吐き気が抑えきれなくなり、はなはだしくは意識まで失うのである。しかもたいていはこれ見よがしなやり方で、ここぞという瞬間を狙いすましたかのように。例えば今から数年前、こともあろうにヴィクトリア女王の埋葬の日、葬列が彼の前を通ったときに、オーウェンは高位高官のお歴々が沈痛な面持ちで立ち並ぶなかで、突然へなへなと崩れ落ちたのだった。彼が意識を取り戻すと、周囲の人々はわけをたずねた。女王の崩御を前にして、深い悲しみに耐えかねたのかと思いきや、なんと彼は花輪の色の取り合わせが悪いと非難を始めたのだった。あれは調和を欠いている、よき趣味に対する真の冒瀆だと。言うまでもなく、彼の発言には賛否が分かれた。

わたしがオーウェンと知り合ったきっかけも、同じような状況だった。脱線ついでにここで、忠実な語り部たるわたし自身についてもお話しておこう。当時わたしは生まれ故郷の南アフリカを離れ、大都市ロンドンに移り住んだところだった。遺産相続で少しばかりまとまったお金が入り、程度の差こそあれオーウェンと同じ志を立てていた。今となってはもうよく覚えていないが、ともかくあれこれ手を出した。メセナを気取ってみたり、自ら作品作りをしてみたり。そうしてたどり着いたのが、コッツウォルズでウェッジウッドの陶器を扱う会社の経営だった。仕事は楽しかったし折に触れてロンドンへ行く機会があり、オーウェンと定期的に会う暇もできた。彼はそのころから美術評論家としての仕事のかたわら、さまざまな犯罪捜査にも――個人的に頼まれることもあれば、ロンドン警視庁から特別に依頼されることもあった――関わるようになった。

二人が初めて出会ってから、つまりは『混沌の王』事件から、かれこれもう十年近くになる。前にも触れたあの不気味な事件のとき、わたしはオーウェン・バーンズの並はずれた推理の才を見せつけられた。なにしろ犯人は、足跡をつけずに雪のうえを歩くという不思議な能力の持ち主だ。けれどもオーウェンは驚くべき犯人の正体を、最後にみごと暴いたのだった。ボーア戦争からエドワード七世の即位、市街電車の開通まで、さまざまな出来事が続けざまに起きた時期だった。そしてもちろんわが友オーウェンも、次々に難事件を解決していった。それにはこのわたしも、ささやかながら力を貸している。とまあ脱線はこれくらいにして、われらが失意の耽美主義者が愛する《タレイア》に話を戻すことにしよう。

わたしはオーウェンに極上のシャンパンを注いだ。彼は情けなさそうにごくごくと飲み干すと、ようやく気を取りなおしてこう言った。

「この件については今度会ったときに、あらためてきみの言い分をじっくり聞かせてもらうとして」オーウェンは暖炉に歩みよった。「タレイアとその姉妹たちについては、知っておいて損はない。クレイオ、カリオペ、メルポメネ、エウテルペ、テルプシコラ、エラト、ポリュムニア、ウラニアさ。きっとウェッジウッドの職人たちは、きみより詳しいはずだ。きみが売っている陶器には、そうした神々の絵がよく描かれているからな。正直、先が思いやられるよ。われわれはどうなってしまうのだろう？　博識な大衆が世を席巻し、無知な貴族がはびこるのか？　こんなことを言うのも、きみのためを思ってなのだが……」

「だったら、博愛主義に乾杯だ」そう言ってわたしはグラスをかかげ、ひと息に飲み干した。

オーウェンは笑ってこちらをふり返った。瞳に映る暖炉の火が、きらきらと陽気に輝いている。

「いいぞ、アキレス、それでこそだ。しからば興味深い話の続きに戻るとしよう。思うに芸術家肌の犯人は、喜劇と牧歌をつかさどる女神《ミューズ》に霊感を授けられたのだろう。というのも犯人は春の花々が咲くなかで、一編の不気味な喜劇を繰り広げているのだから。実に巧妙ですばらしい演出だ。主役は姿を見せないことで、かえってその存在感を際立たせている。本当はそこにいるはずなのに」

オーウェンはそう言って立ちあがると、もの思わしげに暖炉の前を二、三歩歩いてから続けた。

「二週間前のことだった。今回は警察も前の事件で懲りていたので、送られてきた絵のことをもう少し真剣に受けとめた。しかし《ミスター・＊＊＊Ａ＊は明日の午後、息絶えるだろう。死は天高くから、ひと飛びにやって来る》というメッセージだけではいかにも曖昧だからね、敏腕刑事たちも何時間かじっとようすをうかがっているしかなかった。そうこうするうちに、《＊＊＊Ａ＊》ことトーマス（ＴＨＯＭＡＳ）・ボウリング卿の奇妙な死について知ったというわけだ。

　トーマス・ボウリング卿は五十がらみ。スポーツ好きで、日ごろからハンプトン・コート宮殿にほど近い草地で友人たちとアーチェリーの練習に精を出していた。その日、彼らはいつものように朝から集まり、弓の腕を競い合っていた。メンバーは十人ほどで、北に三十ヤードほど離れた位置に大きな的《まと》が三つ並べてある。そのうしろには枝葉を切り落とした柏の古木が生えていて、それを目印にしているへぼ射手もいたそうだ。天気は穏やかだった。地平線のあたりにうっすらと靄がかかっていたけれど、春のうららかな日差しのもとで徐々に晴れていった。三十分後、試合は最高潮に達した。射手のひとりがみごとな技を見せ、拍手喝采がわきあがった。とそのとき、トーマス卿が叫び声をあげてよろめき、前に倒れこんだ……見れば背中に矢が刺さっている。ちょうどうなじの下あたり。それが致命傷だった。腹ばいになって倒れたまま、彼はぴくっと体を痙攣させて息絶えた。あわてて駆け寄った仲間たちは、凶器の矢を見て唖然とした。それは普通の弓で射たものではなく、なんと大弓《クロスボウ》用の四角矢だった。もっとも矢じりは被害者の背中に食いこんでいて、よく見えなかったけれど。細かな話は抜きにするが、大弓《クロスボウ》用の矢を普通の弓で射るのは技術的にまず無理だ。少なくとも人を殺せるほどの威力で、しかも正確にね」

「だとすると、意図的にせよ事故にせよ、仲間のひとりが射たという可能性はないってわけか」

「絶対にありえないな。いずれにせよ、その可能性は初めから除外されていた。だって仲間のひとりがそんなことをすれば、ほかの人間が気づかないはずないからね。みんなひと固まりに集まって、みごとな技を披露した射手をこぞって褒めたたえていたんだ。トーマス卿だけは南西側に少し離れて立っていたが、距離はせいぜい五、六メートルといったところだ。それに被害者の位置、彼が北側の的にむかって前に倒れたこと、背中に矢を受けていた点から見て、矢はトーマス卿の背後つまり真南から発せられたのは明らかだ。みんなはほとんどずっと、そちらに背をむけていた。だからうしろに控えていたトーマス卿が殺される瞬間は、誰も目撃していないんだ。だがもっとも驚くべきは、周囲に犯人らしき人影はまったくなかったという点さ。半径三百ヤード以内には、人っ子ひとりいなかった。そのむこうには、草地を囲むように野生の生垣が続いている。靄はまだ残っていたが、視界をさえぎるほどではなかった。たしかに北側にはアーチェリーの的が三つ、葉を落とした柏の古木、小さな茂みが二、三あって、隠れ場所代わりにはなるけれど、そもそも謎の射手が死の一矢を放ったのは正反対の側からだ。それにみんな矢を回収するため、順番に的のところまで行っていたからね、怪しい人物がいれば気づいたはずだ」

「だからって、ひとりでに矢が飛んできたはずもないだろう」

「もちろん犯人が隠れていたとすれば、野生の生垣のうしろしかない。それなら犯行のあと、そっと姿を消すのもたやすいはずだ。しかしその距離から狙った的に命中させるのは至難の業だ。犯人は伝説のロビン・フッドに勝るとも劣らない、人並はずれた腕前の持ち主だということになる。この競技の専門家たちは、口をそろえてそう言っているよ。謎の射手はグループ全員を狙ったのだろうか？　それとも標的はトーマス卿ただひとりだったのか？　矢は彼にみごと命中したのか、それともたまたま間違ってあたってしまったのか？　そうかもしれない。被害者の背中に刺さった矢は、かなり傾いていたからね。遠くから、大きく弧を描くように曲射したみたいに。だとすると、事故の可能性も考えられるが……」

「《死は天高くから、ひと飛びにやって来る》」とわたしは重々しく言った。「犯人は正確に犯行を予告している」

　オーウェンはじっと暖炉を見つめていた。

「そのとおり。正確な予告がある以上、この事件は故殺としか思えない。大弓《クロスボウ》の矢は目標をそれてトーマス卿にあたったわけじゃないんだ。われらが機械仕掛けの神《デウス・エクス・マキナ》が予見しているんだからね。刺さった角度から見て、矢はまさしく《天高くから》飛んできたに違いない。それに予告状の《ミスター》に続く六文字の姓か名の五番目の文字が《A》なのは、その場にいた人々のなかでトーマスという名前だけだ。言いかえれば、標的は明らかにトーマス・ボウリング卿だったわけさ。犯人は人ごみにむけて適当に矢を放ったのではない」

「問題点をひと言でまとめるなら、犯人が存在することも、どこからどのように矢を射ったのかもわかっているけれど、どうやって的に命中できたのか、説明がつけられないってことか」

「まあ、簡単に言えばね」オーウェンはうなずきながら、唇に指をあてた。「当然のことながら警察も経験豊富な大弓《クロスボウ》の選手たちから話を聞いたが、そんなに遠くから正確に的を射るのは並たいていのことじゃないと、みんな口をそろえて言っていたそうだ。百回に一回あるかないかの快挙だろうって」

あとに続く静寂のなかに、窓ガラスを打つ軽やかな雨の音が響いた。

「たしかに」とわたしは言った。「まったくありえないことではないけれど、にわかには信じられないできごとだな」

「前後の状況を考えるなら、ほとんど奇跡と言ってもいいくらいだ。きみもそう思うだろ、アキレス。こいつは難問だぞ。ぼくみたいに論理的な思考に長けた人間にとってもね」

わたしはオーウェンの顔をまじまじと見つめたが、彼は自分の言葉を露ほども疑っているようすはなかった。

「それで、ロンドン警視庁はどう考えているんだ?」とわたしはたずねた。

「もちろん彼らは困りきっているさ。このぼくからしてお手上げ状態なんだから、あいつらに何ができるっていうんだ！　ところで知ってたかい？　この難事件を託されたのは、旧友のウェデキンド警部でね。トーマス卿殺しだけでなく、灯台の事件もさ。二つの事件は同一犯のしわざだと、ようやく警察も気づいたんだな。しかしまあ、あまり先走るのはやめにして、トーマス卿の一件について話を終えておこう。まだ二、三、言い残したことがある。ひとつは死体の手にコインが握られていた点だ。しかもありふれたコインじゃない。ローマ時代の珍しい品で、コレクター垂涎の的だ。表面には寺院の絵が描かれ……」

たしかにそれは注目すべき事実だろう。しかしわが友の口調は、何かもっと気づかないかと言わんばかりだった。けれども正直なところ、わたしには皆目見当がつかなかった。

オーウェンはお祈りをするみたいに両手の指先を絡み合わせ、わたしの目をまっすぐに見ながらこう続けた。

「《ミスター・＊＊＊A＊》は古代の寺院を描いたコインを握りしめ、背中を矢で射られた……そう聞いて、思いあたることは何もないかい？」

わたしはわが友のねめつけるような視線に耐えながら、できるだけ平静を装った。今の話に出てきた要素の、いったいどこにどんな結びつきがあるのだろう？　いくら考えてもさっぱりわけがわからず、わたしは首を横にふった。

「それじゃあ、《エイドリアン　＊AX＊EL＊》のこともかい？　灯台のてっぺんで明々と燃えあがったエイドリアン。目撃者の言い草を借りるなら、《彼自身が灯台と化したかのよう》だったそうじゃないか。やっぱり何も思いあたらないのか？」

わたしはむかっ腹が立ってしかたなかった。わが友はわざとわかりにくい、謎めかした物言いをするのが大好きだった。そんなこと、もちろんこっちだって百も承知だ。彼は答えのわかっている問題を前に呻吟している友人を見て、心のなかで笑っているのだ。わたしはもう慣れっこだが、何事にも限度がある。オーウェンも今度ばかりはやりすぎだった。いったい何の話なのか、わからない人間にはちんぷんかんぷんじゃないか。いいからちゃんと説明してくれ、とわたしはそっけない口調で言った。

　オーウェンは困惑したように小さく咳払いすると、おもむろに話し始めた。

「要するにぼくは感性が鋭すぎるんだな。そのせいで、ありもしないところに《芸術》を見出してしまうんだ。そもそもそれは耽美主義者が陥りやすい危険性でね。あまりにも精妙な美意識がなせるわざなのさ。いわば詩人だけが知覚しうる、目に見えない第五のエッセンスだ。わかりやすく説明しろだって、アキレス？　ぼくだってそうしたいさ。さっさと教えてしまったほうがどんなに楽だろう。謎を前にして苛立っているきみを見ていると、忠実な友たるこのぼくまで心中穏やかじゃいられなくなる。でもぼくは、きみの考察や分析の成果をみすみす失う危険を冒すわけにはいかないんだ。とても素人臭いけれど、ときには詩人の考えよりもずっと現実的だからね。ぼくの観点を明かしてしまったら、きみの偏った判断がすっかり損なわれてしまう。それだけはどうしても避けたいんだ。予想もつかないきみの指摘が、ぼくには貴重このうえないのだから。わかってくれるだろ、そこのところ」

　わたしはオーウェンの言葉を、心のなかで《イン・ペット》こう言い換えた。《思いついたことを何でも好き勝手に言ってくれ。それがときにはひらめきの助けになる》ってことか。

「正直な気持ちを言うならば」と彼は続けた。「今並べ挙げた問題には驚くべき符合が潜んでいるけれど、それはぼくの思いすごしかもしれない。だってあまりに……あまりに美しすぎる符合だからね。そうさ、きっとぼくが間違っているんだ。これほど完璧な犯罪など、想像し得ないから。ああそう、ちなみにきみは知らないだろうが、ひとつ決定的な事実があってね、トーマス卿が倒れる少し前に、空がきらきら光るのを見たという証言があった。たぶん、見間違えではないだろう。ほかにも同じものを見たという射手がいたからね。その男は空から金の滴が落ちてきたようだと言っているが……」

「それならいっそ、黄金の雨とでも言えばいいのに」わたしは今朝から首都にそぼ降るもの悲しい雨を思いながら、不平がましくそう言った。

オーウェンの目に驚きの色が浮かんだ。

「黄金の雨か……」と彼はぼんやりと繰り返した。「なかなかいい指摘だな。たしかに目撃者たちは、ある意味そんなふうに感じただろう。父親によって堅固な塔に閉じこめられた哀れなダナエのもとに忍び入るため、大神ゼウスが黄金の雨に変身した逸話を思い起こさせる美しいイメージだ。だが今回は、それが死の雨となったのだが」

「まさか大弓《クロスボウ》の矢が、金のように輝く未知の合金でできていたわけじゃあるまいね」

「もちろん、違うさ。でもアキレス、どうしてそんなに辛辣な口調なんだ？　いくら奇怪なことだらけだからって、なにもぼくの責任じゃないんだし。目撃者たちが金色の輝きが空に舞うのを見たのは、ぼくのせいだとでも？　だいいち、いくらだって合理的な説明がつけられるじゃないか。まあ空中に漂っていた靄に太陽の光が反射して、輝いていただけだとか。いわば虹みたいなものさ」

「虹だって？　だったら犯人は天使というわけか。もちろん、金色の矢を射る天使だな……」

「どうしてきみはそうやって、なんでもかんでもおちょくるんだろうな。十人もの確かな証人がいるっていうのに、どうしてそれらの出来事をまともに取り合おうとしないんだ？　この事件には得も言われぬ詩情がある。きみにはそれがわからないのか？　だったらひとつ、気楽に考えようじゃないか。目を閉じて、こんな美しい絵を思い浮かべてみるんだ。ひな菊が咲き乱れる緑の草原。まぶしい朝日を浴びた春の花々。そこにうっすらぼかすように、ちょうどほどよく靄がかかっている……さあ、タレイアの牧歌が始まる。射手たちは位置についてお気に入りの気晴らしに興じ……やがて祭りのさなかに、大神ゼウスが黄金の雨を降らす……神話のなかのゼウスは、そうやってダナエの胎内にかのペルセウスを宿らせたが、このとき神が天から放ったのは憤怒の矢だった。トーマス卿は倒れ、もう起きあがることはないだろう。彼は死んだ。虹によって殺されたんだ。いみじくもさっききみが言ったようにね。信じがたい犯罪だよ、アキレス。完全犯罪。まさしく傑作と呼ぶにふさわしい完全犯罪だ」

　わたしはうなずいたけれど、オーウェンのいささか偏った見解を全面的に支持するわけにはいかなかった。今回の事件といい、エイドリアン・マクスウェルの事件といい、たしかに注目に値するが、まださっぱりわからないことだらけだと、わたしは彼に指摘した。

「謎は残っている。いっこうに降りやまない忌まわしい雨みたいにね」とわたしは言って、窓をふり返った。「しかもそろそろ、あの雨に打たれなくちゃならない」

「なにも歩いて帰ることはない」とオーウェンは言った。「辻馬車を拾えばいいじゃないか」

「しばらく前からずっと、辻馬車の音など聞こえないんでね」ぼくはそう答えて、食器棚に飾った陶器の置き時計に目をやった。針は十時すぎを指している。「こんな時間じゃ、外には猫の子一匹いないさ」

するとその言葉を打ち消すかのように、馬車の走る音が通りのむこうから聞こえてきた。音は少しずつ大きくなり、やがてわたしたちがいる建物の前で止まった。馬のいななきとか細い声が続く。

「いったい誰だろう」とオーウェンは言って、さっと窓に駆け寄った。

わたしも彼に倣ったが、雨のむこうにぼんやりとした影が見えるだけだった。ガス灯の薄明りに照らされ、辻馬車がそそくさと走り出す。あとに残された人影がひとつ、あわてて建物に駆けこんだ。

わたしたちが戻って椅子に腰かけるや、階段に足音が響いた。

「どうやら、きみにお客さんらしいな」とわたしはオーウェンに言った。わが友は眉をしかめ、置き時計を見た。

はたして数秒後、入り口の呼び鈴が鳴った。オーウェンは応対にむかい、雨のしずくを滴らせた訪問客を伴い戻ってきた。山高帽を目深にかぶっていたけれど、わたしは誰だかすぐにわかった。ロンドン警視庁のジョン・ウェデキンド警部だ。

悪漢じみた口ひげのせいで、どうしてもとっつきにくい感じがする。全身ずぶ濡れだが、厳めしさは少しも和らいでいなかった。それにしても、ウェデキンド警部がこんな夜遅くにやって来るなんて、嫌な予感しかしない。

「これで三件目です」警部は帽子を脱ぐなり、いきなりそう切り出した。「新たな殺人事件があったんです。まったく常軌を逸した事件、前の二件よりずっと呆気にとられるような事件が」

3

「惨々な一日でしたよ」ウェデキンド警部は暖炉の脇にゆったり腰をおろすと、ぶつぶつこぼし始めた。「なにしろほとんど一晩中雨のなかで、いっこうにあらわれない密告屋を待っていたんですから。いやはや、ひどい雨だ。五分もあれば、もうすっかり濡れネズミです」

たしかにそのとおりだが、今はのんびり天気の話をしているときではない。わが友も黙ってはいるが、待ちきれない思いをやっとのことで抑えているようだ。顔をこわばらせ、口の前で両手を合わせて、ウェデキンド警部が先を続けるのを今や遅しと待ちかまえている。

ウェデキンド警部にはオーウェンとは違い、わざと遠回しな話し方をして相手を焦らす趣味はなかった。ただ大変な一日をすごしたあとだけに、疲れきって機嫌が悪いのだろう。だからわざわざやって来たというのに、すぐさま本題に入る気力がわかないのだ。暖炉の火が四十男のやつれた顔を照らしている。黒いあごひげともじゃもじゃの眉は、長く苦しい遠征から戻ってきたゲルマン人の戦士を思わせた。

「嫌な天気に、嫌な事件ときた」と警部は言葉を続けた。「事件のほうはもう、何日も前から始まっていましたがね（彼はそう言ってオーウェンを見あげた）。週の初めに届いた殺人予告に符合する事件が判明するまでに、今回はちょっとばかり手間取ってしまい……」

「油絵に書かれた予告文ですね？」とオーウェンがたずねる。

ウェデキンド警部は重々しくうなずいた。

「前のときと同じように、事件の約二十四時間前に送られた絵です。受けつけた郵便局は違いますが、やはりロンドン市内から送られています。捜査の結果、そちらの方面から目ぼしい収穫はありませんでした。郵便局員の証言によると、トーマス卿の事件で荷物を送ったのは少年だったそうです。おそらく、何も知らずに仲介役を引き受けたのでしょう。犯人は適当な理由をつけ、少年に金を渡して発送させたんです……」

オーウェンは肩をすくめた。

「間違いないな。絵を描いたのは犯人だが、自分で送ったわけじゃない。ところで今回の予告文には、何と書かれていたんですか？」

ウェデキンド警部はチョッキのポケットから手帳を取り出し、ページのあいだに挟んであった紙切れをわたしたちに見せた。

《明日の午後、太陽に影がかかるとき、ミス・マリー（ＭＩＳＳ　ＭＡＲＩＥ）は女王となるだろう》

沈黙が続いた。オーウェンは通人ぶって笑みを浮かべ、謎めいたメッセージをじっと見つめている。

「多くを語らずってところだ。それだけは言えそうですな」警部はため息をついた。「おかげでこのメッセージとケント州で起きた奇妙な事件との関わりが明らかになるまでに、まるまる二日かかってしまいましたよ」

「ミス・マリーだって？　油絵には文字どおりそう書かれていたんですね？　欠けた文字を点で補うことなく？」

「ええ、前とは違ってね。被害者はマリー・ドゥーモントという名の、年配の未婚女性でした」

「エイドリアン・マクスウェルの事件では、名字の文字のいくつかはアステリスク（＊）で置き換えられていた」とオーウェンは言った。「どうしてわざわざそんなことをしたんだろう……とりあえずそれは置いておき、いったい何があったのかを説明してくださいい、警部」

「ええ」と警部は深いため息をつきながら答えた。「マリー・ドゥーモントが死んだのは、当初馬鹿げた事故だと思われました。日々、どこかで起きているありふれた事故だとね。彼女は、うえから落ちてきた大きな植木鉢が頭にあたって死んだのです。事件があったトンブリッジの警察は、三人の目撃者の証言をまともに取り合いませんでした。あまりに途方もない話に思われたし、彼らの歳も歳でしたから……なにせヴォート氏とジョーバー氏は二人合わせて百五十歳になります。しかし、耄碌《もうろく》とはほど遠く、実にかくしゃくとしたものでした。わたしも昨晩と今朝、訊問しましたがね」

ウェデキンド警部はメモに目をやってしばし沈思黙考すると、窓を見やった。

「三日前はありがたいことに、とても穏やかな天気でしたよね。トンブリッジでも太陽がさんさんと照る一日でした。午後二時ごろ、ヴォート氏とジョーバー氏は町の公園を散歩していました。広々とした公園の真ん中にはレンガでできた大きなアーチがあって、そのうえに植木鉢の花が飾ってありました。芝地を抜ける砂利の小道が、がっちりした二本の四角い柱に支えられたアーチの下を通っています。

ヴォート氏とジョーバー氏は芝生に沿ったベンチの近くに、二人の婦人がいるのに気づきました。未亡人だろうか、とヴォート氏は思いました。二人とも黒いドレスを着ていたからです。けれどもジョーバー氏の証言によると、太っているほうの婦人は花飾りのついた帽子をかぶっていたそうです。それがミス・マリー・ドゥーモントでした。そのときはまだ、ジョーバー氏も彼女の名前は知りませんでしたが。老人たちはそれ以上二人に関心を払わず、散歩を続けました。そしてほどなく、帽子をかぶったほうの婦人と小道の途中ですれちがいました。ミス・マリーはアーチから数メートルのところで立ちどまり、なにかとても不安そうにうえを見あげました。彼女の視線はアーチの上部にむかっています。ヴォート氏とジョーバー氏は不思議に思い、どうかしたのかとたずねました。するとミス・マリーはおずおずと答えました。『あの下を通るのが怖くて……太陽のなかに影が見えたんです』『太陽のなかに影が見えたんですって？』とヴォート氏はびっくりして訊き返しました。『それはきっと雲ですよ』しかしそのときは雲ひとつない青空だったと、彼自身も認めています。『いいえ、アーチのうえに人影が見えました……その人影に、一瞬太陽が隠れたんです。それはとても美しい女でした。古代の女王のような服を着た……でも、彼女はわたしに襲いかかろうとしている。だからアーチの下を通るのが怖くて……』」

ヴォート氏とジョーバー氏はせっせとミス・マリー・ドゥーモントをなだめました。何も危険はない、暑さのせいでちょっと気分が悪くなっただけだろうと。彼女もようやく納得しました。ジョーバー氏は、ベンチに腰かけている連れのもとに戻るよう彼女にすすめました。いっぽうヴォート氏は、思いきってそのままアーチの下を抜け、安全だということを自分で納得したらいいと提案しました。

ミス・マリーはどうしたものか、決めかねているようでしたが、ヴォート氏とジョーバー氏は彼女に一礼してまた歩き出しました。それから少しして、彼らの背後に悲鳴が響きました。あわててふり返ると、アーチのうえにのっていた大きな植木鉢のひとつが落下して、不幸なミス・マリーに激突するところでした。ミス・マリーはうしろにさがりましたが間に合わなかったらしく、もう一度悲鳴をあげて地面に倒れました。その瞬間、二人の目撃者はすぐにあたりを見まわしました。彼らの位置からはまわりが一望できましたが、芝地にいるのは自分たちだけだし、アーチのうえにも人影はありませんでした。ミス・マリーの友人が立ちあがり、芝地を横ぎってこちらにやってきます。二人の目撃者はミス・マリーのところまで、二十メートルほどの距離をいっきに駆け抜けました。けれども彼女は、もはや断末魔のうめき声をあげていました。きれいなエナメルの帽子はまだ頭を覆っていましたが、植木鉢が直撃した衝撃を和らげるには足らなかったようです。植木鉢はまっぷたつに割れ、土や花、いっしょに落ちてきたレンガのかけらがあたりに散乱していました。不幸な女は二言、三言、何か言いましたが、《女王》と《バルコニー》という言葉以外、ほとんど聞き取れませんでした。そうこうするあいだに、ミス・マリーの友人もやって来ました。彼女は真っ青になって震えながらミス・マリーをのぞきこみ、もう長くはもたないと悟ってすすり泣き始めました。ジョーバーとヴォートはアーチの裏にまわり、柱の陰を調べました。賊が隠れているとすれば、そこしかないはずです。あとはアーチのうえ、つまり《バルコニー》部分に並べた植木鉢のうしろですが、まさかそんなところに人がのっているとは思えません。二人はすばやく見てまわりましたが、何も収穫はありませんでした。そのとき友人の女が、また小さな悲鳴をあげました。ミス・マリーがすっかり動かなくなったからです。ジョーバーとヴォートはそれを聞いて、彼女のそばに戻りました。ヴォートが警察に知らせに行っているあいだに、引退した医師のジョーバーは不幸な女が息を引き取ったことを確認しました。帽子を脱がすと、致命傷となったこめかみの傷口から血がひと筋、流れ出していました。《帽子にあしらった花飾りのように真っ赤な》血だったと、ジョーバー自身が言っています。ジョーバーは遺体を検分しながら、友人の女に話を聞きました。ミス・マリーはまるで何かを恐れているように、昼すぎごろからやけに苛立たしげだった、と女は言いました。太陽のなかに《影》が見えなかったかと、何度もたずねられたそうです。

これが事件のいきさつです（とウェデキンド警部はぶっきらぼうな口調でしめくくった）。現場に駆けつけた巡査の報告書を読むと、彼は被害者が最後に口にした言葉をあまり真に受けていなかったようです。目撃者たちの証言はずいぶんいいかげんだったと言っていますからね。それでも彼は梯子を持ってきて、アーチのうえを調べてみましたが、手がかりはまったくありませんでした。剝がれたレンガが二つ、三つ転がっているだけ。それを見て巡査は確信を強めました。やっぱり植木鉢がたまたま落下しただけの、ありふれた事故だったのだと。正直なところ、彼が太陽のなかの影やミス・マリーをつけ狙う女王の話をなおざりにしたからといって責められないでしょう。でも、われわれはそうはいきません」

ウェデキンド警部はオーウェンが差し出した葉巻を受け取った。わが友のほうは、さっきからじっと耳を傾けている。

「バーンズさん、あなたのご意見をうかがう前に、いくつか補足をしておきましょう」と警部は続けた。「わたしがこの事件について知ったのは昨日の午後です。まずはマリーという被害者の名前にはっとしました。それに事件の日付や時間帯も、メッセージと一致しています。さらに事件の奇妙な状況がわかると、もう疑いの余地はありません。わたしは事件の現場をこの目で見ようと、トンブリッジ行きの汽車に飛び乗りましたよ。そこでヴォート氏とドクター・ジョーバーの話を聞くこともできました。彼らはたしかに高齢で、視力も衰えているようです。二人とも眼鏡をかけていましたしね。とはいえ二人の証言に食い違いはなく、彼らが目にしたものは信頼に足ると思われます。植木鉢が落下する前、もしかしたらアーチのそばに人がいたかもしれないと彼らも認めています。二人が近づいたら、アーチの柱の陰にすばやく隠れたのかもしれない。しかしそのあと、被害者と三人の目撃者以外あたりには誰もいなかったと彼らは断言しています。芝地にも、花を飾ったアーチのうえにも、人影はまったくなかったと。わたしもざっと見てみましたが、アーチのうえに隠れるのはたしかに難しそうですね」

「被害者の友人には訊いてみたんですか？　ベンチからでも、事件のようすがよく見えたでしょうし……」とわたしはたずねた。

「それが、困ったことに」ウェデキンド警部は口ごもった。「例の巡査はこの事件を真剣に取り合っていなかったので、彼女の名前や住所を控え忘れてしまったんです。でもすぐに見つけだしますよ。ともかく友人の女とジョーバーは警官が到着するまで現場を動かず、被害者のそばにずっととどまっていたのですから、透明人間でもない限り犯人が逃げ出せたはずありません……」

「すばらしい」さっきからずっと黙りこんでいたオーウェンが、いきなり大声をあげた。「これぞ偉大なる芸術だ。これほどの名人技を前にしたら、ただひれ伏すしかないな」

「もしかして、早くも降参ってことですか？」とウェデキンドは心配そうにたずねた。

「とんでもない。ぼくはただ、芸術家の才能を素直に認めようと言っているだけです。芸術と言っても、この場合は殺人の妙技ですがね。ぼくのところにいらしたのは正解ですよ、ウェデキンド警部。ぼくに助力を仰ごうというのでしょう？」

警部の目がずるがしこそうに光った。

「もしわたしのほうから助けを請わなかったら、さぞかしご立腹だったのでは？　この件については前にもすでにお伝えしていましたが、いよいよもってあなたのような気難し屋の専門家におあつらえむきの連続殺人事件だと思いましてね」

「まさしく」と言ってオーウェンはうなずき、女神像の優美な輪郭を指で撫でた。「それに連続殺人事件だというのも正鵠を射てます。というのも早く食い止めないと、事件はまだまだ続く恐れがありますから」

「いやはやまったく……」とウェデキンド警部はため息まじりに言った。「明日になれば、新聞が書き立てるでしょう。今度は遠慮会釈せずにね。これまではなんとか黙らせておけましたが、殺人事件が三件目となれば、もう抑えきれません。言うまでもなく、犯人を捕まえるのは早いに越したことはない。それがみんなのためというものです……」

　きらきらと輝くオーウェンの目には、《とりわけあなたのためでしょうがね、警部》と書かれていたが、彼は声に出して言わなかった。そんなあたりまえの指摘など、わざわざするまでもないというわけだ。

「とりわけ重要なのは」とわが友はのたまった。「今回の殺人事件を芸術的、情緒的な観点から考察し、その美的価値をくまなく把握することです。まずは《翌日の午後、太陽に影がかかるとき、ミス・マリーは女王になる》というメッセージが警察に届きました。そのときが来ると、ミス・マリーは太陽のなかに人影があるのに気づきました。花咲く《バルコニー》のうえあたりに。彼女は《女王》についても語っています。彼女に襲いかかろうとする古代の女王です。その直後、ミス・マリーはバルコニーから落ちてきた大きな植木鉢に頭蓋骨を砕かれ、花が散らばる地面に倒れました。冷たい死体と化しながらも、今や彼女自身が新たな女王となった。ミス・マリーは死ぬことで、執念深く彼女を襲ったもうひとりの女王から権力を譲られたのです……」

　どう説明したものか思案するように、オーウェンはそこでしばし言葉を切った。やがて彼はぱっと顔を輝かせ、こう続けた。

「……庭園。そう庭園が頭のうえに落ちてきたようなものだ。植木鉢などという不粋な言葉より、そのほうがずっと詩的じゃないですか」オーウェンはそう言うと、謎めいた笑みをわたしたちにむけた。「いやまあ……あなたにはちんぷんかんぷんでしょうがね。純粋に合理的な観点からすれば、犯人らしき人物がどこにも見あたらなかったのだから、これは単なる事故だったことになる。たまたまミス・マリーが下を通ったとき、大きな植木鉢の重みで緩んでいたレンガがはずれ、植木鉢もろとも落下したのでしょう。トーマス卿の死だって、ほかにいくらでも説明がつきます。的をそれた矢が偶然彼の背中にあたってしまったのかもしれません。しかしエイドリアン・マクスウェルについては、いささか事情が違います。ドアには外から鍵がかかっていたのだから、不慮の事故とは考えづらい。類まれなる犯罪者によって計画的に仕組まれ、実行された殺人事件だと言わざるをえません。しかも犯人は、なかなかの趣味人らしい。犯行の二十四時間前、警察に予告状を送りつけてくるのだから……油絵に書いた予告状をね」

わたしとウェデキンド警部はオーウェンの居間に飾られた絵に、思わず視線をむけた。それはイギリスの田園風景を描いたすばらしい絵だった。わが友が言うには、本物のジョン・コンスタブルだそうだが、わたしは疑っていた。いずれにせよ、のどかな田舎の景色を眺めていると、今回の事件がいかにも異様で恐ろしいものに思えた。

「この絵と殺人事件のあいだには、明らかな共通性があります」とオーウェンは続け、油絵に近寄ってじっくりと眺めた。

「共通性というと？」とウェデキンド警部は慎重に身がまえてたずねた。

「画竜点睛の心掛けですよ。辛抱強く、細心の注意を払って絵を仕上げること、ひと筆ひと筆、何度も慎重に塗り重ねることで、こんなすばらしい効果が生まれるんです。何時間もじっと見つめては考え、才能の限りを駆使して初めて、これほどの驚異に達することができるのです」

「この場合、驚異というのは不思議な殺人事件のことだけどね」わたしはオーウェンの芝居がかった物言いにうんざりして、話をさえぎった。

「そうとも、アキレス。まさしく《不思議な殺人》さ。例によってきみは、自分でも気づかず図星をさしたようだな」

　いまにもウェデキンド警部が変わり者の探偵に殴りかかるのではないかと、わたしはひやひやした。けれども警部はオーウェンの天才ぶりをよく心得ていたので、そんな暴挙に出て彼の貴重な手助けをすっかり失うような危険は冒さなかった。警部は口ひげを撫でつけながら、穏やかな口調でこう言った。

「何をおっしゃりたいのかはわかりました……つまりわれわれが相手にしている犯人は、芸術作品を作りあげるかのように完全犯罪をたくらんでいると？」

「まさしく」とオーウェンは満足げに答えた。「一連の殺人事件の目的は、美の探求にほかならないのです」

4

スピタルフィールズ地区の薄汚れた一画に辻馬車がとまったとき、あたりはもう真っ暗だった。通りに沿って立ち並ぶガス灯が、べたつく舗道にか弱い光を投げかけている。酒場の窓に灯る明りが点々とするなか、裏通りにはいかがわしげだが陽気な人々がたむろしていた。船乗りたちの笑い声があたりに響き、嬌声をあげる街娼のけばけばしい服が薄暗がりのなかに浮かびあがった。どうしてこんなところへ来ることになったのか、わたしはさっぱりわからなかったが、やむにやまれぬ事情があるのだろう。わたしはこのあたりに詳しくないし、それはオーウェンも同じはずだから。もちろんわたしは彼のあとについて、ここまでやって来たのだけれど。

今日のオーウェンはチェックのスーツに鳥打帽という、なかなかスポーティな服装だったが、どれもこれも真新しいのがかえってこの場にそぐわなかった。わたしはすり切れたコートを着て、ハンチングを目深にかぶっていた。こんな悪所で誰か知り合いにあったらたまらない。

「おい、オーウェン」わたしは彼をふり返った。「今すぐわけを説明してくれなければ……」

言うだけ無駄だった。オーウェンはさっさと辻馬車から飛び降り、御者に料金を支払っている。

いつものようにわざとらしいしぐさでチップをはずんだが、ここでそんなお大尽気取りは軽率のそしりを免れない。強盗に狙ってくれと言わんばかりだ。

辻馬車がそそくさと走り去ると、わたしは彼にひと言注意した。

「いいからついてきたまえ」オーウェンはただそれだけ言って、すばやく歩きだした。

少し歩くと、さっそくかわいらしいご婦人が声をかけてきた。健康そうな顔色をし、小ぶりの鼻は茶目っ気たっぷりだ。羽飾りのついたしゃれた帽子が、赤いハーフブーツとよく似あっている。けれどいかにも蓮っ葉な口調が、せっかくの魅力を台なしにしていた。少なくともわたしにはそう思えた。

「ちょいと、そこのハンサムさん。あたしと楽しまない？　ここらで一番のべっぴんよ」

「いやいや、世界一のべっぴんですよ、お嬢さん」オーウェンはうやうやしくお辞儀をしながらそう応じた。

娼婦の娘は嬉しそうに目を丸くした。

「あらまあ、おじょうずね。好きよ、あなたみたいなタイプ」

「わかってますとも。でも残念ながら、お嬢さん、わたしはロンドン一の愚か者でしてね」彼はそう言ってもう一度お辞儀をすると、さっさと立ち去った。

背後から罵声が雨あられと降り注ぐなか、わたしもひと言訂正した。

「世界一、だぞ、オーウェン。きみは世界一の愚か者だ。こんな命知らずをするなんて。何もわかっちゃいないようだな。ここはリージェント・ストリートとはわけが違う。お上品な連中が、きみのくだらん道化を笑って見てくれる場所じゃないんだ」

オーウェンはみごとなまでにわたしを無視し、歩き続けた。わたしはそのあとを追いながら、同じ口調でくどくどと非難した。こんなところに足を踏み入れたのはどうかしている、ここはわれわれの住む世界とは違うのだと言って……

「そうかね？」それまで黙っていたオーウェンが、突然口をひらいた。狭い通りが入り組んだ迷路を、すでにかなり歩きまわったあとだった。「ほら、あそこ、あの裏庭を見てみたまえ。馬車の扉に紋章がついている。あの馬車は、ここいらの労働者連中がのるようなものじゃない。もっと目を凝らせば、たとえばあの居酒屋の窓のむこうにも、労働者はかぶらないシルクハットがいくつか見えるはずだ」

「たしかに」とわたしはしぶしぶ言った。「しかしさっきとはもう地区が違うからな。西へ行って、さらに……」

「なんやかんやケチをつける癖はなおしたほうがいいぞ、アキレス。見苦しいし建設的じゃない。なぜここに来たかって？　もちろん、調査のためさ。ほかにどんな理由があるって言うんだ。どこかパブにたどりつけば、ゆっくり話ができるだろう。すべて説明してやるから」

わたしは元気づいて、ウェデキンド警部が進めた難しい捜査の経緯《けいい》を思い返した。突然彼がやって来て、第三の殺人が起きたと告げた晩から一週間がすぎていた。もちろんロンドン警視庁の責任者としては、犯人の動機に関するオーウェンの仮説を全面的に受け入れるわけにはいかなかった。《芸術を愛するがゆえの殺人も、たしかにありえないことはないでしょうが、いささか小説じみていて、現実的とは思えませんね》というのが彼の反応だった。常識的には警部の言うとおりだが、オーウェンの意見にも一理あるような気がする。動機の問題はひとまず置いておくとして、まずは三人の被害者の暮らしぶりや交友関係が徹底的に調べられた。一見《ア・プリオリ》すると、三人のなかではトーマス卿がもっとも興味深かった。つまりはその社会的な立場からして、彼には一番敵が多そうだった。オーウェンもトーマス卿の周辺を内々に洗ってみた。エイドリアン・マクスウェルに関して、新たな手がかりは何も得られなかった。ミス・マリー・ドゥーモントについても収穫はほとんどなく、わかったのはマリー（ＭＡＲＩＥ）という名前のつづりが示すとおりフランス系だということ、トンブリッジでひとり暮らしをしていること、既製服を作る会社に勤めているが、生まれつき人づき合いが悪く、友人はほとんどいなかったことくらいだ。それに事件の日、ミス・マリーといっしょにいた女の行方も判明しないままだった。身内は歳の離れた弟ひとりだけ。イギリス北部に住んでいて、姉とはほとんど会っていないという。

三人の被害者をつなぐ共通点は、見たところ何ひとつもなさそうだ。けれども一昨日、ウェデキンド警部は顔を輝かしてわたしたちに会いに来た。《エイドリアン・マクスウェルとマリー・ドゥーモントは知り合いだったかもしれません。二人ともプリマス生まれで、若いころはずっとそこですごしていたんですから。しかも二人はほとんど同い年の、五十ちょっとすぎです》

トーマス卿も年齢は同じだが、残念ながら捜査の結果、彼はプリマスに足を踏み入れたことはまったくなかった。少なくとも、二人がそこにいた時期には。
そうした障害にもかかわらず、警部は楽観的だった。正しい手がかりをつかんだと感じているのだろう。《エイドリアン・マクスウェルとマリー・ドゥーモントは別の機会に、トーマス卿と知り合ったのかもしれません。だとすれば捜査のなかで、必ずや浮かびあがってくるでしょう。さしあたって、彼らのあいだに結びつきがあったことをはっきりさせなくては。しかるのちに、その中身をじっくり検討するのです》
そんな希望に満ちた言葉を残して、警部は帰っていった。オーウェンの口から、コメントらしいものはなにも聞かれなかった。それ以来、警部からはまったく音沙汰がない。いっぽう、ウェデキンド警部の予想どおり、新聞はこの不可思議な連続殺人について大々的に報じ、事件の詳細を追った記事がいくつも出た。三つの事件には奇妙な共通性がある。犯人は同一人物に違いない、と記事は強調していた。殺人はこれで終わりなのだろうか？　そうとはとうてい思えなかった。そんなことを考えていると、わが友は一軒の居酒屋の前で足を止めた。凝った造りの看板には、みごとな金文字で《ヴィクトリアの滝》亭と書いてある。
こんな一角にあるにしては、まずまずの客筋だった。壁のガス灯が柔らかな光を放っている。衝立で区切られた席はゆったりとして、客たちは落ち着いておしゃべりに興じることができた。みんな声高に話しているが、節度は心得ているようだ。わたしたちはビールを二杯注文すると、ようやく空席を見つけて腰をおろした。

「奥の扉をよく見たまえ」とオーウェンは、何かをたくらむような顔で切り出した。

そちらに目をやると、ひとりの紳士が扉にむかうのが見えた。彼はいかにも悠然と扉をあけ、なかに入ってまた扉を閉じた。

「またひとり、やって来たな」オーウェンは興奮で目を輝かせながら言った。

「おいおい、どういうことだ？　誰がやって来たんだ？」

「ヘリオス・クラブのメンバーさ。太陽を崇める教派《セクト》だ」

「教派《セクト》だって！」とわたしは叫び、飲みかけていたグラスを置いた。

「そう、教派《セクト》。ぼくの調査によれば、トーマス卿も主要メンバーのひとりでね」

「教派《セクト》だなんて、何をしでかすかわからない連中じゃないか。危険な輩かもしれないし……」

「ぼくたちの調査だって危険では？　ぼくの知る限り、殺人犯とは本質的に危険な存在だからね。たとえ芸術家肌の殺人犯だって……」

「それじゃあ今回の連続殺人は、その教派《セクト》と直接関連していると？」

「いや、数ある手がかりのひとつにすぎないさ。残念ながらエイドリアン・マクスウェルもミス・マリー・ドゥーモントも、今のところヘリオス・クラブに出入りしていたという確たる証拠はないが、その可能性は検討に値するんじゃないかな」

オーウェンはそこで言葉を切り、煙草に火をつけた。そして何度かぷかぷか吸ったあと、あいかわらず打ち明け話でもするような口調で続けた。

「殺されたトーマス卿の人となりについては、前にも話したよな。ここ数年は王室地理学会にこもりきりの毎日で、古銭学の第一人者としても知られていたが、その前は命知らずの冒険家、型破りな考古学者として勇名をはせていたんだ。古代エジプトに関する彼の研究は、斯界の権威といっていい。彼は若いころ、ナイル川流域の私的な調査団に何度か加わっている。思うにそのとき、エジプト人たちが崇める太陽神ヘリオスへの《信仰》が彼のうちに芽生えたのだろう」

「トーマス卿は古銭学の大家だったって？　それなら、殺されたとき手に握っていた古代のコインは彼のものだったのでは？」

「ところがウェデキンド警部によると、それはトーマス卿の個人的なコレクションに含まれていなかったというんだ。しかしその点は、とりあえず脇に置いておこう。それより虎穴に入る前に、身支度を整えねば……」

オーウェンの意図を理解するまでに数秒かかった。

「そうとも」と彼はうなずきながら続けた。「ぼくが調べたところでは、太陽神ヘリオスにふさわしい身なりさえしていれば、クラブの例会を覗くことができるらしい。店主にひと言確認を取ればいいんだ。この機会を逃す手はないぞ。なにしろ例会は、月に一回だけだからな。おいおい、そんな顔でぼくを見るなよ、アキレス。気は確かだから。ぼくはただ、手持ちのわずかな情報をたよりに調査を試みているだけだ。グラスを空けて、ついて来い」

店主はわたしたちを愛想よく迎えた。威嚇するようなそぶりはまったくない。共犯者じみた満面の笑みに、初めはいささか面食らったほどだ。彼は実直そうな口ぶりで、奥の廊下を抜けるようにと言った。右側手前の部屋に入り、壁の大きな戸棚をあけると、《仮面と長衣《トーガ》》が用意してある。例会は隣の部屋で行われていると。

わたしは不安を募らせながらオーウェンのあとにつき、言われたとおり廊下を抜けた。香の匂いが微かに漂い、くぐもってはいるがはっきり演説口調とわかる声も聞こえた。件《くだん》の部屋に入ると、テーブルのうえに石油ランプがひとつ置かれていた。壁の戸棚には店主が言ったとおり、仮面と長衣《トーガ》がセットになって半ダースほど並んでいる。わたしたちは残り少ないハンガーのひとつに上着をかけ、ゆったりした長衣《トーガ》に着替えた。長衣《トーガ》は紫のシルク製で、襟と袖に金の縁取りがある。胸に輝く金糸の丸い刺繍は、太陽をあらわしているのだろう。光の線が下にむかって伸びていた。仮面は黄土色のシルクで覆った円盤で、目と口の位置にあいた三つの穴も金色に縁どられていた。かくしてわたしたちは立派なヘリオスの信徒とあいなった。こんな扮装をして何をするつもりなのかと、わたしはオーウェンにたずねた。

しかしオーウェンは口に指をあて、黙ってついて来るよう合図しただけだった。いったい彼は本気なのか、それとも笑いをこらえているのか、わたしには判断がつかなかった。

薄暗い廊下をほんの数メートル進むと、第二のドアの前に出た。なかからたしかにくぐもった声が聞こえる。オーウェンはドアを細目にあけてそっと覗くと、すばやく体を滑りこませた。

そこは集会用の広々とした部屋だった。《祭壇》の両側に台があって、石油ランプが置いてある。明かりはその淡い光だけ。かたわらの水盤で焚いている香の匂いが、強烈に鼻をついた。集まった信徒の数は三十名ほど。その仮面や服の縁飾りにゆらゆらと揺れる光があたり、金色の輝きを放っている。神官役らしい二人の人物が祭壇（といっても白い布をかけた簡素なテーブルにすぎないのだが）のうしろで祭式を執り行っていた。二人がまとっているのも、信徒たちと同じ長衣《トーガ》だった。ひとりはほっそりとして小柄だが、もうひとりはでっぷりと太った巨漢だった。太っているほうの司祭が一心に耳を傾ける聴衆にむかい、有無を言わせぬ断定的な口調で太陽を褒め讃えている。その気高い力、光、美しさ、壮麗さ、数多くの美徳を。ヘリオス・クラブのつつましき僕《しもべ》たちはその前にひれ伏し、永遠の感謝を捧げた。司祭の饒舌な演説について、ここでは短い一節を示すにとどめよう。それだけでも大仰な絶賛ぶりがよくわかるはずだ。

大空を縁取る美しき光、
太陽神アトン、命の神、生きとし生けるものの先達よ、
あなたはその美で国々を満たす。
美しく偉大な身であればこそ。
その光は地上を照らし、
国々をあまねく包みこむ。

あなたが創造せしすべてのものを。

あなたこそわれらが王……


わたしとオーウェンはできるだけ目立たないよう、出口近くの椅子にそっと腰をおろした。おかげでほとんど誰にも気づかれずにすんだが、小柄な神官だけはこちらをじっと見つめていた。薄暗がりに目が慣れると、どうやら若い女らしいとわかった。絹地の長衣《トーガ》ごしに、ほっそりとしてしなやかな肢体が見てとれる。

「ほら、あそこ」とわが友が耳もとでささやいた。「二人の神官のあいだに空席がある。それに祭壇のうえには、仮面がひとつのっている。神官はもともと三人だったんだ。ひとり死んでしまったと、言わんばかりじゃないか。あそこがトーマス卿の席だったのは間違いない」

わたしは口をひらかなかった。初めのうちこそ少し不安だったけれど、徐々に恐怖心は薄れてきた。神官が唱える讃辞は大仰で、芝居がかっていた。かてて加えて聴衆のほうも、やけにのんびりとくつろいでいて、狂信的な教派《セクト》のイメージとは大違いだ。オーウェンも落胆をつのらせているらしく、黙りこくっている。

十五分もするとわたしは耐えきれなくなり、戻ってビールを飲もうとわが友に持ちかけた。オーウェンも二つ返事で受け入れた。

五分後、わたしたちはヘリオス信徒の衣装をきちんと戻すと、もといたのと同じテーブルで二杯の泡だつビールを前にしていた。オーウェンは見るからに困惑したように、まだむっつりと黙っている。

「きみが得た情報は間違っていなかったようだが」わたしは皮肉っぽい口調にならないよう精いっぱい気をつけて言った。「あれはどう見ても、造反者をはしから抹殺する危険な教派《セクト》という感じじゃないな」

しばらくすると、廊下のドアから次々と人が出てくるのが見えた。例会はおひらきになったようだ。みんなにこやかで上品で、どちらかというとブルジョア階級の出身らしい。熱烈な信仰の炎で目をらんらんと輝かせている若者もいたが、そんな気がしただけかもしれない。夫婦連れはまっすぐ出口にむかったが、数人の男性会員はバーの席についた。

「まったくもって普通の人たちじゃないか」とわたしは言った。「人殺しをするようには見えないな。きみはどう思う、オーウェン？」

彼はしばらく顔をしかめていたが、やがて席にゆったり身を落ち着けると、自嘲気味に笑いだした。

「どう思うかって、アキレス？　そりゃもう、ぼくは世界一の間抜けだと思ってるさ」

「いやいや」とわたしは鷹揚に答えた。「猿も木から落ちるって言うじゃないか」

「まさしく！」

「それにわれわれの使命は、どんな手がかりもなおざりにしないことだろ？」

「賢者のごとき話しぶりだな」

「なんのかの言っても、今晩は無駄足だったわけじゃないさ。こんなにおいしいビールを飲めたんだから……もう一杯どうだい？」

「きみはまさしく哲学者だ」オーウェンはそう言って片手をあげた。「深い寛容の精神でもって、きみの過ちをすべて許そうじゃないか、アキレス。わが九人の女神《ミューズ》に気づかなかったこともふくめてね」


数日がすぎても捜査は遅々として進まなかった。その一方で、新聞は事件を伝える記事であふれかえった。オーウェンは自分を鼓舞するためなのだろう、芸術家肌の殺人犯についてとくとくと論じた。聞き手はあいも変わらずこのわたしだ。わたしは午前中から、彼に会いにやって来たときは五月半ばとあって、ここ何日か晴天が続き、ロンドンっ子たちは上機嫌だった。もちろんオーウェンも顔を明るく輝かせている。

「いわば犯人は絵を描いているのさ。犯人にとって犯行が作品なんだ」

「それはちょっと飛躍しすぎじゃないか」この手のコメントはかえって火に油を注ぐことになるとわかっていたけれど、ついわたしは言い返してしまった。

「とんでもない」とオーウェンは大仰な口ぶりで答えた。「ぼくに言わせれば、これ以上ぴったりの比喩もないね。まさしく言いえて妙だ。たしかに絵画作品の多くは、完全犯罪の域に達していないさ。それは認めよう。いやはや、凡庸このうえない絵ばかりが世にはばかっている。だが、真に芸術の名に値する作品を例に取りあげようじゃないか。わが家の自慢たるこのジョン・コンスタブルの傑作のように」

オーウェンは大きな絵の前に立ってもの思わしげに眺めていたが、また口をひらいた。

「まずは全体を彩る背景を見てみよう。澄みきった青空と、緑あふれる穏やかなイギリスの田園風景だ。完全犯罪にも常に特徴的な背景があり、われわれはそれを犯行の《舞台》とか《場面》と呼んでいる。ちなみに、ほら、こんなところにも芸術を連想させる比喩が使われているだろ。

次に絵の主要な要素へと話を移そう。二人の農夫のわきには鋤《すき》が置かれている。小さな田舎家はつつましいたたずまいながら、絵の鍵となる要素だろう。これらがドラマを演じる者たち、主要な登場人物であり、その動きや証言がすべてを決定づける。それは殺人と直接に結びつく事物、例えば凶器や被害者がうつ伏していた机も同様だ。

第三の要素は一見無意味そうだが、とても重要だ。ちょっとした筆づかい、いくつもの加筆、複雑な色合い。それらが作品に輝きを与え、名人の才能を特徴づけるのさ。殺人事件においても、注意すべき細部は多々存在する。たまたま現場に残された、偶発的なものもあれば、犯人がわざと残していったものもある。だとしたら誤った手がかりなんだが、えてして素人はそこに飛びついてしまうんだな。そうした微妙な違いは、練達の士にしか見分けられない。きみもよく知ってのとおり、その点ぼくは誰にも負けないがね。

そして最後に、それぞれの絵に固有の色調、基調色というべきものがある。深奥から射し出るこの光をとらえるのは、完全犯罪においてさらに難しくなる。なぜならそれは、秘められた犯人の動機や意図を照らすものだから。もちろん犯人は正体がばれないように、秘密を守ろうとする。腕のいい芸術家は、さまざまな手を駆使してこの光を隠しとげるだろう。才能に応じて、うまいへたの度合いは変わるけれどね。もうわかっただろう、アキレス、この事件で見つけるべきはこの光だ。それがぼくたちを真実に導いてくれるのだから」

オーウェンは窓際に立つと、明るい空を見あげた。

「光さ」と彼は感嘆するような目をして言った。「太陽の光……つまりはヘリオス・クラブの会員たちが言っていたことにも、一片の真実はあったんだ。こんなすばらしい天気の日には、あのまばゆい光のなかに吸いこまれていくような気がするな。もうすぐ新たな手がかりが得られるはずだ。大きく捜査を進展させるような手がかりが……」

そのとき玄関の呼び鈴が鳴り、オーウェンは来客を出迎えに行った。しばらくして、彼は深刻そうに顔をしかめた金髪の青年をともない戻ってきた。わが友の予感は当たっていたらしい、とわたしは直感した。彼の目が興奮で輝いているところからも、間違いなさそうだ。

「アキレス」とオーウェンは言った。「紹介しよう、マイケル・デナムさんだ。目下新聞紙上をにぎわしている連続殺人事件について、とても興味深い話があるとか。なんと彼は、犯人の正体を知っているそうなんだ！」

5

訪問客は二十代後半から三十代くらい。顔つきは繊細そうで、長く伸ばした金髪がオリーヴ色のフロックコートと対照的だ。口ひげこそ生やしていないが、落ちくぼんだ頰はうっすらと無精ひげに覆われていた。首に巻いたシルクのスカーフのせいで——目と同じ青緑色だった——やけに気取って見えるものの、煙草に火をつけるぎこちないしぐさには内心の苛立ちがあらわれている。

「そりゃまあ、断言はできません」と彼は切り出した。「確たる証拠はまったくない話ですから。しかし心理学的な観点からして、間違いありません。その人物こそ犯人だと、わたしは確信しています。しかし問題点をご理解いただくためには、まずわたし自身とアメリー、そしてポールのことをご説明したほうがいいでしょう……バーンズさんはすでにわたしのことを、多少はご存じでしょうけれど」

「何も知らないものとして、いちからお話しください」とオーウェンは片手をふりながら答えた。「まずはすべてを明らかにすることが肝心ですからね」

「わたしは目下、ジョン・ブルック氏のもとで仕事をしています。ブルック氏は製紙工場をいくつも持っている実業家ですが、なかなか多趣味な方でして、絵画にも造詣が深くていらっしゃる。そこでプロの画家たるわたしに、オリエントを主題にした連作を描くよう依頼したのです。かれこれ一年ほど前になりますか、そのときわたしはアメリーと知り合いました」

「それはブルック氏の娘さんですか？」とわたしはとっさにたずねた。

「いいえ。しかしブルック氏は、彼女の父親代わりと言ってもいいでしょう。早くに亡くなったアメリーの父親が、ブルック氏の親友だったんです。アメリーは年取った伯母さんの家で暮らしていますが、ジョン・ブルック氏の屋敷であるセヴァン・ロッジによくやって来るので、わたしも始終顔を合わせているうちに……ともかく、もう皆が知っていることですよ、わたしがアメリーに恋しているのは」

マイケル・デナムはそこでひと息つき、気を落ち着けようとするかのようにぷかぷかと煙草をふかした。あまり自信がないのか、言葉の最後は声の調子が少し弱かった。

「ところがもうひとり、アメリーに恋している男がいて」とデナムは続けた。「そいつはわたしより有利な立場にあるのをいいことに、彼女にせっせと言い寄りました。アメリーがとても陽気で気まぐれなのも、その男にとっては好都合でした。彼はそこにつけこんだんです……ブルック氏は三人暮らし。家族は夫人とひとり息子のポールです。ポールはわたしやアメリーとほぼ同い年ですが……言うまでもなくこいつなんです、諸悪の根源は」

マイケルはつとめて平静を保っていたが、腹に据えかねているのが言葉の端々から透けて見えた。

「ポールがどんな気持ちなのか、本当のところはわかりません。あまり人と打ち解けない、秘密めいたところのある男ですから。彼は子供のころ、アメリーと初めて知り合ったときからずっと好きだったと言っていますが、わたしと彼女が相思相愛の仲になったとたん、なぜか自分もと名のりをあげたんです。まるで偶然だったかのように。でも、細かな話はさて置き、本題に入りましょう。去年のクリスマス・パーティーのことですよ。バーンズさん、たしかあの晩はあなたの姿もお見かけしたような」

オーウェンは指を口にあて、先を促した。

「それはブルック氏が毎年催しているパーティーで、去年もたくさんの人が集まりました。ポンチがふんだんにふるまわれ、みんな大いに盛りあがりました。ともかくわたしとポールはさんざん飲んだあげく、アメリーをめぐって激しい口論になりました。もう少しで手が出ていたくらいです。アメリーもポンチがまわってきたのでしょう、彼女なりのやり方で喧嘩をおさめねばと思い、きっぱりとこう言ったんです。わたしたち二人のうち絶対にゆるぎない愛の証拠を示したほうに身をゆだねると。すかさず誰かが、絶対にゆるぎない証拠とは、とたずねました。するとアメリーは、《わたしのために人を殺して》と言い放ったのです。《人を殺すだって？　つまり殺人を犯せというのですか？》と別の誰かがたずねました。《そう、殺人よ。連続殺人。しかも美しい連続殺人を》その言葉にみんなが盛りあがっているのを見て、アメリーはもう有頂天でした。やいのやいのと持ちあげる人々相手に、丁々発止で応じています。やれ芸術的犯罪だの、不思議な殺人だのと。しまいには《世界七不思議》にひっかけて、《殺人七不思議だ》などと言う者まで出てくるしまつです。そして客たちはあれこれ蘊蓄を傾け、論じ始めました」

「上流階級好みのお遊びですよ」とオーウェンは皮肉っぽい笑みを浮かべて答えた。「みんな気の利いたことを言おうと、競い合っている。要はそういうことです……そうそう、思い出しました、デナムさん。たしかにわたしもその晩、パーティーに出席していました。しかもあなたがたの近くにいたので、アメリーさんが最後に言ったこともはっきりおぼえています。彼女はあなたがたお二人のどちらかに、なんとこんな驚くべき言葉を投げかけたんですよね。《わたしを愛しているのね？　嬉しいわ。だったら、ほら、殺しなさい！》って」

「そのとおりです。彼女はそうポールに言ったんです。きみのためならどんなことでもする覚悟だって、あいつが豪語したあとに」

なるほど、オーウェンのやつ、またしてもわたしに隠しごとをしていたな。案の定、知っていながら言わずにいたことがあったのだ。まあいい、この件はあとから問いただそう。でも、忘れないからな。

「もちろん」と訪問客は肩を軽くすくめて続けた。「わたしはすぐさまわれに返って落ち着きを取り戻し、ポールの反応はあまり重要視していませんでした。状況が状況でしたから、ついむきになってしまったのだろうというくらいで。しかしあとになって、気になり始めました。とりわけここ数日、彼の思いつめたような目が思い出されてならないんです。《きみのためならなんでもする覚悟だ》とアメリーに言ったときの目が」

マイケルは顔を曇らせ、言葉を切った。彼が煙草を吸ったとき、わたしはその手を観察した。ほっそりとして、きれいにマニキュアをした手は、まるでピアニストのようだった。だとしたら緊張したピアニストだ。というのも、手は微かに震えていたから。

オーウェンはと言えば、手を組んでじっと考えこんでいる。やがて彼は作り笑いを浮かべ、軽く咳払いをすると、おもむろに口をひらいた。

「つまりあなたはこうおっしゃりたいんですね、デナムさん。あなたの恋敵はアメリーさんが投げかけた挑戦を真に受けてしまったのだと。ポールさんは王女様の心を完璧にとらえ、ともに至高の幸福に達するため、彼女によって課せられた重責を果たす決意をした。つまり完璧な連続殺人を犯す決意をした。そういうことなんですね」

「ええ、不可思議な殺人を」若い画家はきっぱりと答えた。額に玉の汗が浮かんでいる。「挑戦の言葉を正確に繰り返すなら、《殺人七不思議》です。もちろんグロテスクで馬鹿げた想像だってことは、重々承知しています。だってあの晩、わたしたちが演じた愚にもつかない茶番劇は、誰ひとり本気にしていなかったんですから。わたしも最初は、常軌を逸した妄想だと思っていました。でも……三件の驚くべき殺人事件について新聞が書き立てている記事を読んでいくうち、ポールが犯人かもしれないという気になってきたんです。警察にも動機はまだまったくわからないそうですし……」

気まずい沈黙が続いた。マイケル・デナムは苛立たしげに煙草をもみ消し、オーウェンを見あげた。重々しいが、どことなく尊大そうな感じのする目つきだった。

「あなたの評判はよく存じあげています、バーンズさん。みなさん、話題にしていますから。世にも奇怪な謎を楽々と解き明かす驚異的な能力について。それにあなたは警察の人間ではないので、正式な手続きを踏まずにすむのも助かります。いろいろと面倒なものですからね、あれは。そんなわけで、まずはあなたのところへご相談にあがったんです。これは決してただの思いすごしではありません。そりゃまあこんなことをするなんて、いささか忸怩《じくじ》たるものはありますよ。密告などという卑怯な手を使い、邪魔なライバルを蹴落とそうとしているような気がして。とはいえ、黙っているわけにいきません。犯人がわかっているのに通報しないのは、犯罪に加担しているようなものです。だってやつはこれからも突き進むでしょうから。忌まわしい《殺人七不思議》を続けるつもりなんです」

わたしたちは三人とも、しばらくじっと黙りこくった。まったくもって一方的で非常識な告発に思えたけれど、この話は事件と無関係ではないという直感がした。わが友が熱心に耳を傾けているところからも、わたしの勘は外れていないようだ。

「恋は思案のほかって、よく言いますからね。それはこの世界を動かす原動力でもあるんです。正直なところを言えば、デナムさん、こんな謎めいた事件ですから、あなたがおっしゃるような動機が隠れているのかもしれないと、わたしも思わないではありません。しかしこれまでのところ、あなたの告発にはなんら具体的な根拠がないことはお認めになるでしょう。ポール・ブルックさんの有罪を裏づけるような証拠はほかにありますか?」

「それだけではなんの証拠にもなりえませんが、最後の事件があった四月二十日、彼が家を留守にしていたのは確かです。ほかの二件のときもそうだったと思いますが、記憶が曖昧なので断言はできません。でもアリバイの有無が決め手にならないことは、あなたが誰よりもよく知っているはずです。悪賢い犯人は、たいてい鉄のアリバイを用意しているものですから。わたしはポールがアメリーのせいで理性を失ってしまったと思っています。それは恋心からというより、自尊心の力が大きいでしょう。彼は秘密の多い男で、あまり人と打ち解けません。でも、彼がわたしに対して激しい嫉妬心を抱いているのには気づいていました。それが嵩じて、何としてでもアメリーを手に入れねばならないと思いこんでしまったんです。しょっちゅう彼と会っていないと、なかなかわからないことでしょうが」

オーウェンは何度もうなずき、こうたずねた。

「ポールさんとはよく喧嘩をしたんですか?」

「ええ、初めのうちは。でもクリスマスの晩以来、ほとんどありません。彼の態度が急に変わったので、真意を測りかねたくらいです」

「今日、ここにいらっしゃることは、誰かにお話ししましたか」

マイケルは首を横にふった。

「あなたが抱いている疑いのことは？」

「いいえ、それも。自分の雇い主に、ひとり息子のポールは目下ロンドン警視庁が追っている殺人犯かもしれませんなんて言えるわけありませんしね」

「アメリーさんにもですか？」

「よほど話そうかと思ったのですが」と若い画家はため息まじりに言った。「やはりふんぎりがつきませんでした。とても微妙な話題ですからね。わたしが打算的な思惑から言っているのだと誤解して、かえってポールに同情しないとも限りません。打ち明けたいのはやまやまながら、心を決めかねたということです。だからあなたにご相談したことについても、内密にしていただけるとありがたいのですが。わたしの立場もご理解ください。そもそも、あなたに調べてくれとたのんでいるわけではありません。今の話が司法当局に伝わればいいんです。なかなか興味深い手がかりですからね、きっと捜査の役に立つはずです」

「わかりますよ、デナムさん。あなたのお立場はよくわかります」

またしばらく長めの沈黙が続いたのち、デナムはすっかり長居をしてしまったと思ったのか、そそくさと暇を告げた。そして帰りしな、少し迷ってからうしろをふりむき、最後の質問をした。

「ここにお邪魔したのは、間違いではありませんよね、オーウェンさん？」

「最良の選択でしたよ、デナムさん。また近々お会いできるのを、楽しみにしています」

訪問客を乗せた辻馬車が通りの角に消えると、わたしは窓辺を離れていつもの肘掛け椅子に腰をおろした。

「さあ、話をつけようじゃないか、オーウェン」とわたしは言った。「ぼくに説明すべきことがあるはずだ」

「ちょっと待ってくれ。郵便屋がもう来たかどうか、見てくるから」

「来てるだろうよ、もう十一時すぎだから。でも手紙は待ってくれるさ。話したいと思っていたのも、まさしく手紙の件なんだ。ラ・フォンテーヌの『寓話集』にはさんであるはずの手紙さ。あのあときみがほかに移していなければね」

オーウェンは真面目くさった目でわたしをじっと見つめていたが、やがて破顔一笑した。

「おいおいアキレス、ぼくの話を注意深く聞いていれば、嘘なんかついたりしていないとわかるはずだぞ」

「心配するな。きみのことだから、さぞかし慎重に言葉を選んでいることだろう。その点は疑っちゃいないさ」

「きみの質問をはぐらかして答えなかったこともあるけれど、その理由も説明したはずだ。それにきみはいつでも、最後には真実にたどり着くじゃないか。イギリス王国広しといえども、匹敵するもののない嗅覚でもってね。このあいだだってそうさ。芸術家肌の殺人者について話していたとき、きみは《不思議な殺人事件》という言い方をしたね。それこそわれわれを《殺人七不思議》へと導く予言の言葉だったのさ。つまりきみは直感的に図星を突いたんだ。第一の事件が起きたときから、ぼくが薄々感じていたことをね。

　さっきデナムに言ったように、ぼくはたしかにブルック氏が催したクリスマス・パーティーに出席していた。ブルック氏のことは、あのとき名前しか知らなかったけれど。でもほら、これでもぼくはパーティーの席で人気者だから、少しばかり気のきいた連中からお声がかかるんだ。あの謎めいた手紙が届いたとき、もちろんパーティーの出来事を思い出したさ。アメリー嬢が求婚者たちに投げかけた言葉が、一語一句そのまま書かれていたからね」

「求婚者たちにかい？　それとも求婚者たちのひとりに？」

「さあ、どうだったかな。ぼくの記憶が正しければ、彼女は二人にむかって言ったような気がするんだが。どうやらマイケル・デナムはそう思っていないらしいが。ところできみは、アメリー・ドールさんに会ったことがあるかい？　ないって？　だったら言っておくが、何から何まですばらしい女性だよ。通りですれ違ったら思わずふり返らずにはいられないし、ひとこと言葉を交わしたらみんな夢中になってしまうほどさ」

　オーウェンは女神《ミューズ》の一体をふり返り、まるで若い女にそうするようにやさしい笑みを浮かべた。

「アメリーをめぐって恋のさや当てをしている二人に代われるなら、どんな犠牲もいとわないという男は、ぼくの知り合いにもあまたいるだろうね。要するにあの二人がアメリーに夢中になるのも、お互い嫉妬心をたぎらせているのも、充分理解できるってことさ。ともあれ、きみも会う機会があるだろう。近々、彼女のもとを訪れるつもりだから」

「いっしょに行ったほうがいいのなら、お供するのにやぶさかではないが……」

「もちろんさ、親友なんだから。それにきみにもチャンスがあるかもしれないぞ」オーウェンはわたしを頭のてっぺんからつま先までしげしげと眺めた。「そりゃまあ、言いよるのに適したタイミングではないし、きみまで疑われかねない。彼女の寵愛を勝ち得るため、《不可思議な殺人》に手を染めたのかもしれないってね。でもアキレス、真面目な話、その可能性についてはぼくもすでに考えたんだ。二人のうちどちらかが、アメリーの挑戦を真に受けたんじゃないかって。あの二人、彼女にいたくご執心だからな。でもまさか、そんな突拍子もないことをと思っていた矢先、二人のうちひとりがやって来て、ぼくがあえて口にしなかったことを訴えかけてきた……」

「デナムはプロの画家だそうだが、どう思う、彼のこと？」

「事件の話を抜きにすれば、画家としてとても興味深いな。愉快な人物だと言ってもいいくらいだ。しかし頭に血がのぼるあまり、ユーモア感覚を失ってしまい……」

「ぼくが言っているのは、彼が画家だという事実さ。きみがこの前、滔々と論じた芸術家肌の殺人者好みの仕事じゃないか」

「おいおい、アキレス、そんなものはイメージにすぎないさ。ぼくの話を一から十まで真に受ける癖は、いいかげん改めたほうがいいぞ」

「どうやら忘れているらしいが、今回の事件で犯人は警察に絵を送っているんだぞ」

「探偵の仕事でもっとも気をつけるべきは、安易な結論に飛びつかないことだって、口を酸っぱくして繰り返してるじゃないか」

オーウェンの反応にはさして驚かなかった。なにしろ彼はあまりに明白な結論を、はなから排除する傾向があるから。

「先日、あの手紙を送ってきたのも彼だろうか？」とわたしはたずねた。

「自分で訊いてみればよかったじゃないか。でも、ぼくは違うと思うね。むしろ……」

そのとき玄関の呼び鈴が鳴った。やって来たのはひとりの巡査だった。むっつりと顔をしかめているところから見て、よくない知らせを持ってきたらしい。よほど急いで駆けつけたのか、はあはあと息を切らせている。

「ウェデキンド警部の使いでやって来ました」と巡査は早口で言った。「わたしがご案内しますから、事件現場に来て欲しいとのことです。今朝、警視庁に新たな絵が届き、先ほど被害者が判明しました。場所は温室です。外部からの侵入者はいないはずですが、密閉されていたわけではありません……そこでロードス少佐の死体が見つかったのです。なみなみと水が入った水差しを前にして、脱水症で死んでいたんです」

6

わたしたちはテムズ川を越え、まっしぐらに西へとむかった。めざすはシックスティ・エイカー・ウッドだ。広々とした菜園や花畑に沿って、さまざまな高さの木立が続いている。しかしあたり一帯は、どこかさびれた感じだった。森のはずれに何台もの馬車が並んでいるのが見えた。御者たちはあきらめ顔で待機している。ロンドン警視庁はすでに仕事に取りかかっていた。

われわれの馬車も脇にとまった。わたしとオーウェンは馬車を降りるなり、警察官のあとについて森を抜ける小道に入った。百メートルほど進むと広い畑に出た。その真ん中にあるほったて小屋が、問題の温室だった。

わたしたちは温室にむかった。井戸の近くまで来ると、平らで少しひび割れた地面を突っ切るようにして、細長い板が一列に敷かれているのが見えた。ここ四日間、いい天気だったので、地面はからからに乾いているが、警官たちは板のうえだけを行き来していた。警官のひとりに促され、わたしたちも同じように板を伝って温室までたどり着いた。

それはちっぽけな建物で、屋根には分厚くタールが塗られていた。外壁部分がガラス張りになっているのは、大きな温室と同じだ。家具の類はといえば、古びたタンスがひとつ置いてあるだけ。そこに壺や園芸用品が詰め込まれている。樅ノ木の板を張った床の真ん中に、大柄でがっちりとした男の死体が横たわっていた。歳は六十がらみ、上半身裸だ。短く刈った髪に、日焼けした顔。右の脇腹を下にした姿勢も奇妙だが、何より驚くべきはこわばって深いしわの刻まれた顔の表情だった。筋肉が隆々とした背中には、古い傷痕がくっきりと残っていた。

死体を囲んで検死医と制服警官、ウェデキンド警部の姿があった。警部はわたしたちに気づき、軽く会釈をした。肌が汗で光っているところから見て、なかはよほど暑いのだろう。でも、それだけじゃない。警部は新たな事件を許した無力感に苛まれ、怒りに身もだえしているのだ。彼は無理して作り笑いを浮かべ、こう言った。

「被害者はヘクター・ロードス少佐です。身分証が上着のポケットから見つかりました。上着はきれいにたたんで、タンスのうえに置いてありましたが、シャツは丸めて部屋の隅に放り投げられていました。今朝、新たな絵が郵便で届き、そこには《われ、天頂にありしとき、ロードスを殺す》と書いてありました」

「なるほど、これはもう疑問の余地はないな」とオーウェンはひとり言のようにつぶやいた。

「前のメッセージ同様、文意は今ひとつ曖昧ですが、長々と調べるまでもありませんでした。二時間もすると、死体発見の知らせが入りましたから。ほんの一時間前に見つかったんです。今回は、ついていたと言えるでしょうね。現場に到着したとき残されていた証拠品はすべて鑑識にまわしましたが、思うにたまたまそこにあったというだけで、大した成果は得られないでしょう。死体のすぐうしろには、まっぷたつに折られたシャベルの柄が二本、傍らには望遠鏡、そしてすぐ目の前には水差しです。なかには澄んだ飲み水がなみなみと入っていました。ところがロードス少佐は熱砂を長いことさまよったあとみたいに脱水症に陥り、死んでいたんです。水差しの水を前にしながら、脱水症だなんて！」

「これはまた」とオーウェンは驚嘆したかのように言った。「実に奇妙奇天烈だ。まさしく度外《どはず》れた事件です」

「おっしゃることはそれだけですか？」と警部は苛立ったように言った。

「余計なことを口走らないよう、慎んでいるんです。殺人に関してはいかなるうるさ方の専門家でも、思わず感嘆の叫びをあげたくなるような事件ですからね。ところで、推定死亡時刻は？」

「さほどたってなさそうだ」と検死医が答えた。「せいぜい死後十時間くらいだろう。解剖結果を待ったほうがいいが、どのみちいつもみたいに正確な数字は出てきまい。この男が何日も前から水を一滴も飲んでないとすればね。そうに違いないと、ひと目見て確信したよ。ほら、皮膚が黒ずんでかさかさだろ。これが何よりの証拠だ……」

「被害者はどのくらいの期間、水を飲んでいませんか？」

「ここ数日の天気からすると、三日ちょっとというところだな。そのあいだ、こんな暑苦しい場所にずっとこもっていたならばだが」

「ええ、間違いありません」とウェデキンド警部が口をはさんだ。「確かな証拠がありますから。でも、そこなんですよ、この事件のもっとも不可解な点は。さあ、いっしょに来てください」

警部は小屋から出ると、板のうえを数メートル進んで立ちどまった。

「ほら」と言って警部は小屋のまわりに広がる平らな地面を指さした。「周囲十メートルにわたり、芝の種を蒔いたばかりなんです。大雨が降ったあと、ここ数日の暑さで表面が固まり、ところどころひび割れができてますよね。あのうえを少しでも歩いたら、くっきり足跡が残ります。ところが死体を見つけた庭師も、通報を受けて駆けつけたわれわれも、自分たちの足跡以外は目にしていません。われわれは念のためにすぐさま板を並べ、そこを歩くようにしました。ご覧のとおり、小屋のドアには錠もかんぬきもついていません。被害者は犯人によって無理やり閉じこめられていたわけではないのです。なんならガラスを割って出ていくこともできたでしょう。つまり、どこへ行こうと自由だったはずなんです」

オーウェンはじっと考えこみながらあたりを見まわすと、手を目のうえにかざして空に輝く太陽を見あげた。

「今、何時だろう」と彼はもの思わしげに言った。「まだ午後二時前か。推定死亡時刻が約十時間前だとすると、早朝のはずだな。今回、犯人はあまり時間どおりにことを進められなかったようだ……」

「意味がよくわかりませんが」とウェデキンド警部はそっけなく応じた。

「殺人予告には《われ、天頂にありしとき、ロードスを殺す》と書いてあったんだろ。思うに《われ》というのは太陽のことに違いない。灼熱の太陽こそロードス少佐を死に至らしめた張本人なのだから。ところでウェデキンド警部、今回送られてきた絵のメッセージには、伏字部分はなかったんですか？」

「ええ、わたしもしっかり確認したのですが」

「思ったとおりだ」とオーウェンは、むかっ腹が立つほど自信たっぷりに言った。

「思ったとおりねえ」ウェデキンド警部は皮肉っぽく応じた。「さしずめあなたは、被害者がヘクター・ロードスだってことも予期していたんでしょうな」

「ええ、ある意味で。しかし、まさかこんなにあからさまな名前だとは……」

「こ、こんなにあからさまな名前ですって？」警部は驚きのあまり目を見ひらいて繰り返した。「どういう意味ですか？」

「それが当然の論理的な帰結だってことですよ、警部。さあ、考えてみてください。彼の体格をご覧になったでしょう？　がっちりして、一メートル九十はありそうだ。まさに巨人です」

わたしたちは死体のそばに戻った。検死医はいちおう身長を測り、そのとおりだと認めた。

「被害者にはたしかに暴行を受けた跡はないんですね」と警部は苛立ちを募らせながらたずねた。

「ざっと調べたところでは、間違いなさそうだ」と医者は答えた。

「それじゃあ、彼は水差しの水を前にしながら、渇きのあまりみすみす死んでいったというのか」

とウェデキンド警部はむっつり顔で言った。

「こんなけったいな自殺の話は、今まで聞いたことがないな」検死医はわざとらしく口をとがらせて言った。「最終的に息が絶えるまで、まずは喉の渇きでもだえ苦しみ、やがて目がかすんで錯乱状態が続き、意識を失う。頭がおかしかったか、さもなければ……いや、そもそもまともに取り合えるような話じゃない」

「しかしあなた自身が確認したように、事故や故殺とも思えません」

「たしかに。でもわたしは、純粋に科学的な観察結果をお伝えしているだけなんでね。それをもとにして事件の全容を解明するのがあなたの役目でしょう」

「ところが全体を見まわすと、相矛盾することだらけで」

「そこはあなたにお任せするしかない」と小男の医者は鼻眼鏡を押しあげながら言った。「わたしからアドバイスできることはないが、あんな絵が送られてきた以上、やはり何者かが彼を死に至らしめたんだろうな」

「もちろんわたしだって、その線で考えています。だからこそ、検死解剖のときは前にお知らせした点についてとりわけ注意を払うようお願いしたんです」

「ウェデキンド警部、何か思いついたことでも?」とオーウェンが勢いこんでたずねた。

「ええ、この事件は、ほかに説明のしようがありません。犯人は薬物を使って被害者を眠らせ、そのまま脱水症で死なせたんです」

「わざわざ水差しを用意したのは？」

「われわれを笑いものにするための演出です」

「それなら望遠鏡は？　単なる小道具だとしても、なんらかの意味はあるはずです」とオーウェンは指摘した。

警部はさあねと言うように肩をすくめた。

「普通、望遠鏡とは遠くを見るのに使うものですが、ここから何が見えるんでしょう」とわが友は続け、ガラスのしきりに近づいてあたりの景色をぐるりと見まわした。「百メートル先には森のはずれ、茂み、草原……大したものはありません。検死解剖で謎の睡眠薬が検出されるといいのですがね……さもないと、第四のパズルを解くべく奮起を促されることになりますから」


セヴァン・ロッジにむかう馬車のなかで、オーウェンは最重要容疑者であるポール・ブルックに関して集めた情報を手短に教えてくれた。ウェデキンド警部と会ったのは二十四時間前。そのあと彼からはなんの音沙汰もない。オーウェンは別れぎわ、マイケル・デナムがやって来たことを伝え、あの証言には用心が必要だという見解を包み隠さず打ち明けた。警部は自分のほうでもすぐに調べ、公式の捜査に入る前に概要をつかんでおくと答えた。ポールの父親ジョン・ブルックの名を聞いて、ウェデキンド警部は慎重になったらしい。やり方は任せるが、くれぐれもことを荒立てないようにオーウェンにたのんでいった。

実に気持ちのいい五月末の午後だった。あたりの穏やかな田園風景を眺めていると、おのずとジョン・コンスタブルの絵が思い浮かんだ。街道沿いの湖には、画家が得意とするふわふわとした小さな雲が映っている。首都ロンドンからたった五、六マイルしか離れていないのに、あの喧騒がとても遠いものに思えた。

「実際のところ、ぼくがよく知っているのは息子のポールより、父親のブルック氏のほうなんだが……」とオーウェンが言った。

「ポールはしばらく泳がせておけばいいさ」わたしは湖から目を離さずに答えた。

「そうだな。でも犯人が、さっそく次の犯罪に取りかからなければいいが。ともあれ、はたしてポールは父親ほど精力的かどうか。父親のほうは波乱万丈の半生を送った末に、製紙業者として財をなした人物で、斯界では一目置かれる存在だ。一八七〇年代初頭、彼はバルカン諸国を何度も訪れては、スラブ民族統一運動の支援に尽力した。やがて彼は地元の若い女を連れて帰国し、ほどなく結婚した。バルカンの政治問題を扱った著書も一冊ある。次に彼は地質学や古銭学の研究に打ちこみ、ギリシャ・ローマ時代の貨幣に関する第一人者となった」

「トーマス卿と同じように？　それじゃあ、二人は知り合いだったのでは？」

「今からその話をするところさ。ブルック氏は古銭学について論文も書いているし、コインのすばらしいコレクションも持っているが、また新たな分野に乗り出し、一時はかなり夢中になっていた。それがエジプト学だ。九十年代の初頭にはファラオの墓の発掘のため、何度も私的な調査団を組織している。そのメンバー表には、トーマス卿の名前もあったからね、もちろん二人は親しかったはずだ。調査団は大した成果をあげなかったようだが、この点はもう少し調べる価値がありそうだな。世紀が変わるとブルック氏は事業に専念し、誰もが知る成功をおさめた。その一方で芸術にも常に変わらぬ情熱を傾け、とりわけ才能ある若い画家には援助を惜しまないそうだ」

「マイケル・デナムのような画家ってわけか」

オーウェンは手帳のページをめくり、わずかに顔をしかめた。

「ただ、ひとり息子のポールのことでは頭を悩ませているらしい」

「どら息子ってわけか?」

「父親が甘やかしたわけじゃない。というのも今話したように、彼は若いころろくすっぽ家にいなかったからな。たぶん、母親の影響だろうが、詳しい事情はわからない。ポールは現在二十五歳。美術と文学を学んだあと、家にこもってぶらぶらしている。いつか才能を開花させる時期が来るかもしれないがね」オーウェンはもの思わしげにつけ加えた。

「殺人の才能を」とわたしは言って、にやりとした。

「ぼくもその意味で言ったんだ。おや、着いたようだぞ」

クマシデの垣根のむこうにセヴァン・ロッジが姿をあらわした。ジョージ王朝様式の堂々たる屋敷で、玄関の白い石の円柱が古色を帯びた茶色いレンガの外壁にくっきりと浮かびあがっている。傾きかけた太陽の光が大きな窓にあたって、きらきらと輝いた。

わたしたちを出迎えたのは、絶えず咳きこんでいる年配の召使いだった。召使いはオーウェンの名刺を受け取り、いったん屋敷の奥に姿を消したが、数分後にまた戻ってきて、ポール様は庭でお待ちですと告げた。わたしたちは召使いのあとについて屋敷の裏にまわった。しだれ柳の木陰に錬鉄のガーデンテーブルと椅子がいくつか並んでいる。そのむこうには、菩提樹の並木に縁どられた広い芝生が見渡せた。芝生を抜ける土の小道の先には、花が咲き乱れるつる棚とあずまやらしき建物があった。しかし木々の葉叢《はむら》に隠れて、建物はよく見えなかった。

ポール・ブルックは母親ゆずりなのだろう、スラブ系の血を色濃く感じさせる漆黒の髪と、浅黒い肌をしていた。真っ青な目がそこによく映えている。背は高からず低からず、すらりとして肩幅は広い。マイケル・デナムも見てくれは悪くなかったけれど、ポールのほうがハンサムだ。目つきは穏やかだが、容易に人と打ち解けない内向的な性格がありありと見てとれた。

ポールは深々とおじぎをしてわたしたちに近寄り、どんなご用件でしょうかとたずねた。

話し上手のオーウェンは、訪問の理由をいとも当然のことのように説明した。父親のブルック氏が催したパーティーの席上、アメリーさんが発した挑戦の言葉を思い出した。近ごろ起きた連続殺人に関係があるかもしれないので、何か参考になる話が聞けないかと考えたのだと。

たしかにオーウェンは言葉巧みだったが、それでも相手の反応にはびっくりした。嬉しい驚きだと言わんばかりの表情をしている。

「いや、偶然ですね」とポール・ブルックは答えた。「それじゃあ、あなたがオーウェン・バーンズさんですか。本当にいいタイミングだ。例の殺人事件のことでいらしたんですよね。実はぼくもその話をしにうかがおうと思っていたんです」そこで彼は声をひそめ、こう続けた。「というのも事件の背後に潜んでいる人物を、ぼくは知っているからなんです……」

7

ポールが抱いた疑念は、マイケル・デナムとほとんど同じだった。もちろん、役割だけは入れ替わっているけれど。犯人は若い画家にほかならない、というのがポールの主張だった。《極悪非道なあの男》は、他人《ひと》の恋愛を土足で踏みにじった。見かけはもの静かそうだが、油断はならない。その裏にいるのは、頑固で偏狭な人物だ。ライバル――というのはこの場合、ポール・ブルックのことなのだが――を蹴落とすためなら、どんなことでもやりかねず、アメリーの挑戦を本気にして受けて立とうとしている。ポールはそうまくしたてた。

　こんな会話を誰かに聞かれてはまずいと思ったのか、ポールは庭を散歩しながら話そうと言った。

　彼は地面を見つめたまま、そぞろ歩きを続けた。そのあいだにも、やや喉を詰まらせたような声で言葉を続けた。

「もちろん、初めはにわかに信じられませんでした。それほど突拍子もないことだと思ったので。しかし事件の経過を追う新聞記事を次々に読んでいるうち、ありえない話ではないとわかりました。デナムは正気を失い、アメリーのために《殺人七不思議》を決行したんです。そうやって、ぼくを決定的に出し抜こうというのでしょう。考えれば考えるほど、確かなことに思えてきました。だからさっきも言ったように、あなたにお話ししに行くつもりだったんです」

「前もってひと言、わたしに連絡しませんでしたか？」

「手紙で？」とポールは驚いたように言った。

「手紙というか、メッセージというか……」

ポール・ブルックは首を横にふった。

「それはいいとして、どうしてわたしのところへ？」オーウェンはそうたずねながらも、摘んだばかりの花をためつすがめつしている。

「もちろん、あなたの名声を聞き及んでいたからですよ。ぼくの疑念をもっともよくわかってくれる方だと思ったんです。それに最近、家族のなかでもあなたのことが話題に出ましてね。たしか父と知り合いだとか？」

「お父上には例のクリスマス・パーティーにご招待いただき、そのさいご挨拶させてもらいました。二言三言、言葉を交わしただけですが、美術に関する確かな鑑識眼の持ち主であるとよくわかりました」

ポール・ブルックは咳払いをすると、いきなり話の続きに戻った。

「今朝、新たな事件のニュースを新聞で読み、疑惑は確信に変わりました。というのも、とりわけ今回の怪事件には、犯人の意図があからさまにあらわれているからです」

「わけをおたずねしていいですか？　どうして特に今回の事件が？」

「被害者がロードス少佐だったからですよ。おまけに彼は巨漢ときている……」

オーウェンは目を輝かせ、ちらりとわたしを見てからまたポール・ブルックに視線を戻した。

ポールはわたしたちを横目でうかがいながら話を続けた。

「ロードス少佐、巨漢……とくれば、どうしたって古代の世界七不思議のひとつ、ロードス島の巨像が連想されますよね。その世界七不思議をもとにして、デナムは《殺人七不思議》を実行に移しているんです。まったく、どうかしている……」

「ロードス島の巨像……」とわたしはつぶやいた。するとオーウェンがからかうような口調で言った。

「少佐の名前がやけにあからさまだと思ったわけが、これできみにもわかっただろ」

「もちろん」とポール・ブルックは続けた。「それだけでは何の証拠にもなりませんが、手がかりのひとつだとは言えるでしょう。同じひとりの人物を指し示す手がかりのひとつだと。それにデナムは少佐と知り合いでした。一年ほど前のことでしょうか、そのころはまだ彼はアメリーに手を出そうとしていませんでしたが、ぼくたちはときどきいっしょに飲みに行っていました。デナムの行きつけの店は《牡牛亭》といいました。そこで彼はぼくにロードス少佐を紹介したんです。少佐もその店にせっせと通っていました。少佐は根っからの軍人です。自慢家で、大酒飲みで、女には目がなく、何かにつけて議論をふっかけてくるような人物で。話題といったら自分の手柄やものにした女、飲んだビールの量や倒した敵の数、そんなことばかりでした。不愉快なので、ぼくはできるだけ避けていましたが、もしかしたらデナムにとっては酒場の常連客どうしという関係以上だったのかもしれません。ともかく二人は知り合いでした」

「とても参考になるお話です」とオーウェンはネクタイの結び目をゆるめながら言った。そして小道沿いに続くプラタナスの並木を指さし、こう続けた。「ちょっと暑くなってきましたね。木陰を歩きましょう……ところでブルックさん、あなたはデナムさんの絵をご覧になったことがありますか？」

わたしたちが大樹の陰に入る前から、ポール・ブルックの顔に影がさした。

「ええ、もちろん。彼がわが家に来て、絵を描き始めてから、もう一年になりますから」

「才能のほどは？」

「絵のことは詳しくありませんが、あまり感心しませんね。少しテーマを変えたらいいのに。たしかに、エジプトの風景を描くよう言ったのはぼくの父ですが。さまざまな光のなかに、ナイル川の岸辺が浮かびあがる絵です。でもよく考えたら、それだけ描いていたほうがよかったのかも」

オーウェンはポールの口調が変わったのを見逃さなかった。そしてわざとぞんざいにたずねた。

「どうしてです？　デナムさんはほかにも何か描いたと？」

ポールは目を曇らせた。

「ええ。でも、その話をする前に、いくつかはっきりさせておくべきことがあります。さもないと、アメリーについて間違ったイメージを持たれかねないので」

相手に話をさせる最良の方法は、じっと沈黙を続けることだ、とオーウェンは常々言っている。たしかにそのとおりだろう。そして彼自身、みごとなまでにそれをやってのけた。そもそもいかに無口な人間でも、時と場合がうまく合って興味ある話題がのぼれば、おのずと饒舌に話し出すものだ。今回もその例に漏れなかった。ポール・ブルックにとってアメリーは、明らかに大きな関心事だった。彼がその名を口にするとき、微かに声が震えるのがわかった。

「アメリー・ドールとは幼馴じみの仲です。父親どうしが親友でしたから。彼らがエジプトへ考古学調査に出かけたとき、ぼくたちは十歳くらいでした。ぼくはイギリスに残りましたが、ドールさんは娘を連れて行きました。だからアメリーは、長いことエジプトですごしたんです。何度かにわたる滞在中にドールさんは亡くなり、結局ぼくの父がアメリーの面倒を見ることになりました。しかし父は調査に夢中でしたから、彼女のことは放りっぱなしだったんじゃないかと思います。やがてイギリスに帰国すると、アメリーは伯母さんの家に引き取られました。中東の国々はとても暑いので、彼女は現地の習慣にすっかり毒されてしまい……」

ポールは困惑したように頬を赤らめた。

「つまりその……羞恥心が麻痺したらしく……例えば天気の日には、一糸まとわぬ姿で庭を散歩するのも平気なんです。ぼくは諭そうとしたのですが、彼女なりの意見があるようで。たいていは他人の受け売りなんですけどね。言いたいことは、おわかりいただけるかと……」

「つまり、なかなか気の強いお嬢さんだってことですね」とオーウェンは、あいかわらず花に見とれながら言った。

「当然ながらデナムはアメリーの奇矯な好みにつけこみ、蜘蛛が巣を張るみたいに彼女を絡めとろうとしました。彼女の絵を描かせて欲しいと言ったんです……生まれたままの姿の絵を。アメリーはもちろんこの申し出に大喜びでした。たしかにその当時、ぼくとアメリーは公然の仲だったわけではありません。でも、長いつき合いですからね、いつかもっと固い絆で結ばれるようになるだろうというのが、お互い暗黙の了解だったんです。しかし残念ながら、恐れていたことが起きてしまいした」

「デナムさんとアメリーさんが相思相愛になったんですね」とオーウェンが口をはさんだ。

「デナムは愛だと思っていても、ただ劣情にとらわれているだけです。そもそもアメリーの気持ちは、彼が想像しているほど熱くなってはいません。こんな挑発を前にしたら、ぼくだって黙ってはいられません。アメリーに対する長年の気持ちを、洗いざらい本人に打ち明けました。もともとお互い惹かれ合っていたことは、彼女も認めざるをえませんでしたが、それでもいちおう考える時間が欲しいと言います。いきなりデナムをはねのけるわけにはいかないし、先に彼とつき合ったのだからと。そんなこんなでごたごたし始め、今に至ったというわけです。そこでデナムはいっきにけりをつけようとしたのでしょう。とんでもないやり方でね」

　ポール・ブルックが話しているあいだ、わたしは何度となく口をはさみかけた。例えば、デナムも昨日われわれのところにやって来て、きみのことをほとんど同じように告発していったのだと。けれどもわたしはじっとこらえ、対応はわが友にまかせた。へたなことを言って作戦を台なしにしてはならないと、よくわかっていたから。

「デナムさんはアメリー嬢の絵を描き終えたんですか？」とオーウェンは単刀直入にたずねた。

「まあ、ある意味では」とポール・ブルックはうなじをこすりながら答えた。「完成する前に、ぼくが燃やしてしまいましたよ。アメリーは不満そうでしたが、それが愛の証なんだって説明しました」

「お父上はご存じだったんですか、アメリーさんがあられもない姿でモデルを務めていたことを」

「もちろんです」とポールはやけに淡々とした口調で答えた。「その絵を描いたのは、父がデナムのために用意したアトリエでしたから。しかし父は、まったく怒っていませんでした。何事につけ、とてもリベラルな態度で接する人間なんです。芸術の名において行われるなら、どんなことでも許されると思っているんでしょう」

「それじゃあ、お母上はどう思っていたんです？」

「母は父と知り合ってから、一度も逆らったことがないんじゃないでしょうか。母にとって父は、生まれ故郷のために戦ってくれたヒーローなんです。だから父がすることには、まったく文句を言いませんでした。父が不在のときでも……」

「それじゃあ、アメリーさんとは正反対の性格でしょうね」とオーウェンは明るく言い放った。

ポールのようすがさっと変わった。満面の笑みは穏やかで、彼女に対する気持ちがよくあらわれている。

「アメリーはすばらしい女性です。どんなに美しい花だって、彼女と比べたら色褪せてしまうでしょう」

恋心のすべてをこめたアメリー賛美が続いた。それが一段落着いたところで、わたしたちは引き返し始めた。芝生を抜けると、ガーデンテーブルからちらりと見えた大きなつる棚の前に出た。屋敷からそこまで、小道が続いている。つる棚はきれいなクレマチスの花に覆われ、隣には円形のあずまやがあった。五本の円柱に囲まれているが屋根はなく、柱と柱のあいだにアーチが渡してある。クレマチスほど生い茂ってはいないが、この奇妙な建物にもつる植物が絡まり、パステルカラーの花が彩を添えていた。あずまやの真ん中には、聖なる品を神殿に祭るように天球儀が鎮座している。

「すばらしい！」とオーウェンはあずまやを眺めながら叫んだ。

「父のアイディアなんです」とポール・ブルックは虚ろな声で答えた。「円柱だけでも、とてつもない費用がかかったんですよ」

「驚くにはあたりません。柱頭の細工が実にみごとです。イオニア様式を取り入れているところなど、彫刻家はいい趣味をしている。わたしの好みですよ。簡素な味わいとエレガンスとが、絶妙のバランスを保っています。芸術作品はすべからく簡素かつエレガントであるべきなんです」

作品の芸術性を熱っぽく語るオーウェンの意見に、ポール・ブルックはあまり賛同していないらしく、しばらく沈黙を続けたあとこう言った。

「父はこれを《来世の門》と名づけました。屋敷から来るとまず通る長いつる棚は、生命のトンネルなのだそうです。その先にある天球儀はもちろん究極の到達点、つまり未知への旅立ちをあらわしています……父にとってはみずから造りあげた自慢の建物で、死んだらここに埋葬して欲しいと言っているくらいです」

その晩、わたしたちはウェデキンド警部から連絡を受け、ロンドンのパブで会うことにした。警部を待つあいだ、わたしはポール・ブルックと話して思いついた新たな推理をオーウェンに披露した。

「そりゃまあ、もっと早くロードス島の巨像のことを思いつくべきだったろうさ。でもあのときは、ただもう新たな事件に呆然としていたものだから……」

「呆然としているのは、今でもだ」と言ってオーウェンはビールを飲み干し、ジョッキをテーブルに置いた。「いや、もしかしてきみは、すでに謎を解明しているのかもしれないがね」

「とんでもない。でもポール・ブルックの話を聞いて、ひとつ思いついたことがあるんだ。今回の事件が世界七不思議にもとづいているのだとしたら、ほかの事件だって同じじゃないだろうかって。いいかい？　前の事件にも、ロードス島の巨像を除いた残り六つの不思議議からインスピレーションを受けたものがあるかもしれない。おい、聞いているのか、オーウェン？」

「聞こうとはしていたが」オーウェンは愉快そうに笑いながら、わたしを眺めた。「でも、あたりがあんまり騒々しいんでね。ダーツに興じているあの連中が、的に命中するたびに、さかりのついた象みたいな声をあげるものだから。なにもあんなにむきになって当てようとしなくてもいいのに。そうすりゃこっちも大助かりだ」

「オーウェン、やめておけ。たのむからそんな」とわたしはあわててわが友をなだめた。そのあいだにも、射るような視線がわれわれのテーブルに集まった。「ダーツの矢が、雨あられと飛んでくるぞ」

「生きていくには自己主張が必要さ。敬意はこの社会を支える柱のひとつだ。それが廃れればどんなに輝かしい文明も滅びる。虚栄に満ちたバビロンが、そのいい例じゃないか。それはそうと、残り六つの不思議議について話していたんだな」

「ああ、そこで思いあたったのが最初の事件、エイドリアン・マクスウェル殺しだ。彼は灯台のてっぺんで、松明のように燃えあがったんだよな。《彼自身が灯台と化したかのように、闇のなかで燃え続けた》と目撃者のひとりが証言しているとおり。そして犯人の犯行予告には、《世界中がそれを眺めることができる。彼は灯台と化し、海の太陽となる！》と書かれていた。そう、問題は灯台さ。フランス語で《灯台》のことはファールと言うが、その語源となったファロス島、そこにそびえていたアレクサンドリアの大灯台こそ、七不思議のもうひとつじゃないか。地中海を見下ろし、すばらしい光で明々と照らしていた灯台だ。それはアレクサンドリアの町の人々の誇りだった。被害者の名前はエイドリアン（ＡＤＲＩＡＮ）。名字のマクスウェル（ＭＡＸＷＥＬＬ）は殺人予告のなかで、文字をいくつかアステリスク（＊）で置き換え、＊ＡＸ＊ＥＬ＊となっていた。これらの文字を並べ替えれば、アレクサドリア（ＡＬＥＸＡＮＤＲＩＡ）になるというわけさ、どうかな、ここまでは？」

オーウェンはあいわからず口もとに笑みを浮かべ、おもむろに煙草に火をつけてこう言った。

「アキレス、馬鹿にしないでくれよ。きみが今とくとくとして説明したことは、ぼくだって真っ先に思いついたさ。二か月ほど前、事件のニュースを耳にしたとき、正確に言うなら四月五日にね」

「そうだろうとも。あのときは、やけに妙な目つきでこっちを見ていたが……」

「ずいぶん突拍子もない話だからな。それはさて置き、せっかく頭が冴えてきたところで、残り二つの事件についても七不思議との関連を考えてみたんだろうな？」

「ああ、もちろんさ。でも古代世界の七不思議について、よく覚えていなくて……」

わたしは非難がましい目でにらまれた。

「そいつは殺人より罪が重いぞ、アキレス。九人の女神《ミューズ》の名をすらすらと挙げられないのと同じくらい、許しがたい過ちだ。いや、それ以上、重大な過ちかも……」

「たしかギザのクフ王のピラミッドや、ハリカルナッソスのマウソロス霊廟も入っていたな。でも、事件とどんな関係があるのか……少し調べる時間があれば……」

「時間だって？　わかってるだろ、ことは急を要するんだ。世界七不思議は今回の連続殺人事件に、密接に結びついていているんだから。よろしい。きみの記憶が曖昧な部分は、ぼくが補うこととしよう。クフ王のピラミッドは有名だからね、真っ先に思い浮かぶ。エーゲ海沿岸の町ハリカルナッソスのマウソロス霊廟も、たしかに七不思議のひとつだ。お次はバビロンの空中庭園で、伝説によればセミラミス女王がたてたと言われている。エフェソスのアルテミス神殿もあるぞ。エフェソスも小アジア沿岸地方で栄えた町だ。最後は金と象牙で作られたオリンピアのゼウス像で、彫刻家フェイディアスの才能がいかんなく発揮されていたという。あとはこのなかから、残り二つに事件にうまく対応するものを見つけるだけだが……ひとつヒントをあげよう。アルテミスはローマ神話でディアナと呼ばれる狩りの女神で、弓矢が彼女の表象なんだ」

「トーマス卿は弓で射殺されたんだった」とわたしが叫んだまさにその瞬間、ダーツの矢がテーブルに飛んできて、ジョッキとジョッキのあいだに刺さった。その乾いた物音に、わたしは思わずのけぞった。

　痩せこけて風体の悪い男がにやにや笑いながらやって来て矢を抜き取ると、オーウェンにむかって挑発するように言った。

「すみませんね、旦那、手もとが狂っちまって。でも、言われたとおりにしたまでですよ。あんなにむきになって当てようとしなくてもいいと、おっしゃいましたよね。さあ、このまま続けましょうか？」

オーウェンは泰然自若として煙草を吸うと、相手の目をまっすぐに見つめた。

「いえ、それにはおよびません。屠《ほふ》られる子牛みたいな声を張りあげないと、約束していただけるならね。どなたか、矢を三本とも的のど真ん中にあてたら、全員におごりましょう」

痩せぎすの男は執念深そうに目をぎらつかせて一瞬ためらったあと、したり顔で答えた。

「いいでしょう、旦那。さて、どうなることか……」

オーウェンはぶらぶらと戻っていく男を目で追っていたが、いきなりわたしをふり返った。

「進取の精神と大胆さが、われらの文明を支えるもう一本の柱さ。世界七不思議の時代の人々も、それには異を唱えないだろうよ。そうそう、きみはトーマス卿の話をしていたんだったな。それで？」

わたしは気を取り直すのに、しばらく時間がかかった。なにしろこんな出来事があったあとだ。下手をしたら、もっと面倒な事態になっていたかもしれない。オーウェンは危険を顧みないからな。今にきっと、火傷をするぞ。わたしはひと言注意してから、話の続きに戻った。

「トーマス卿を射殺した矢が、狩りの女神ディアナ、あるいはアルテミスをあらわしているのは明らかだ。それに矢は、まるで雲のうえから放たれたかのようだった。そんな不思議な状況も、神話らしさを醸していいるし……被害者が手に握っていたコインには、ギリシャの神殿が描かれていたじゃないか！　きっと七不思議のひとつ、《アルテミス神殿》に違いない」

「いいぞ、アキレス、すばらしい。絶好調じゃないか。でもまだ、殺人予告に《ミスター・＊＊＊＊Ａ＊》と書かれていた謎が残っているぞ。《ＭＩＳＴＥＲ　Ａ》。文字の順番を入れ替えると、《アルテミス　ＡＲＴＥＭＩＳ》の完璧なアナグラムになっているじゃないか」

「たしかにそのとおりだ」とわたしは感動の叫び声をあげた。「きみはひと目見てそれがわかったのか？」

「まあね。それじゃあ、次の謎解きへ移ろう。こちらはもう少しやっかいだぞ。犯人の殺人予告にあったミス・マリー（ＭＩＳＳ　ＭＡＲＩＥ）という名前だがね。この事件はバビロンの空中庭園から想を得たものだが、それを直接指し示すわけじゃない……花に飾られたアーチ、被害者の頭上を直撃した大きな植木鉢。被害者はその直前、バルコニーの陰に隠れた古代の女王の話をしていた……とくればもう、明々白々じゃないか、アキレス。さあ、これをどう解釈する？」

わたしはなにも思い浮かばず、そういうきみは謎が解けたのかとオーウェンにたずねた。

「もちろんさ。見損なっちゃ困るな。ぼくにできなくて、誰にできるっていうんだ？　そもそもこの手の謎解きに熟練している者にとっては、児戯に等しいけれどね。《ミス・マリー　ＭＩＳＳ　ＭＡＲＩＥ》は空中庭園を造らせた《セミラミス　ＳＥＭＩＲＡＭＩＳ》女王のアナグラムに決まってるじゃないか」

われとわが頭の鈍さを心のなかで呪っているあいだに、オーウェンはビールのお代わりを二杯もらいに行った。彼は戻ってくると、ちょっと浮かない声でこう言った。

「これでもう明らかだ。四件の殺人はそれぞれ、世界七不思議に見立てているんだ。つまり綿密に計画された連続殺人なのさ。だから七番目の不思議に至るまで続くだろう。ぼくたちが恐れているとおりにね。問題はこれが純粋に無償の殺人、つまりは殺しの見本帳みたいなものなのか、それとも何か別の動機が隠されているのか、それを突きとめることだ」

「アメリー嬢に恋する二人のうちひとりが、彼女の奇怪な挑戦に応じたのだとしたら、それはどちらに分類されるんだろうな?」

オーウェンはじっとこちらをにらんでいるが、わたしの姿など目に入っていないらしい。いつものようなあっけらかんとしたようすが陰を潜めている。

「両方のカテゴリーにまたがっている。いちおう動機らしきものはあるが、それはとても理性では測れない、常軌を逸した動機だ。彼らのうちのひとりが激情にとらわれ、こんな大それた事件を起こしてしまったのだとしたら、あまりに途方もないグロテスクなことじゃないか。けれどもグロテスクだからこそ、まさにそのとおりなのだという気がするんだ。この事件は狂気に彩られているのではないか。そう思うと不安でたまらなくなり、ついには矛盾撞着した考えに至ってしまう。仮説が馬鹿げていればいるほど、考慮に値するんじゃないかって。マイケル・デナムとポール・ブルックのうちどちらが、告発者と犯人という大胆で危険なひとり二役を演じているのかわからないが、どちらにせよ並はずれた才能でそれをやってのけていると認めねばならないだろうな」

8

「《似ても焼いても食えないやつ》ですって？　うまいこと言いますね、警部。結局ロードス少佐は、灼熱の太陽にあぶられて、哀れ絶命したわけですが」

　オーウェンはウェデキンド警部の姿を見ると、たちまちいつもの才気煥発を取り戻した。けれどもさっき二度もみんなにおごる羽目になったあと、痩せぎすののっぽがこっちにやって来るのを目にしたときは、さすがに気勢をそがれたようだ。男はオーウェンにこうたずねた。

「さて、旦那、そろそろまた子牛みたいな声を張りあげてもいいでしょうかね？　それともこのままご命令どおり、試合を続けますか？」

「いや、けっこう……ご自由に」オーウェンは背中を丸めた雄猫みたいに愛想よくつぶやいた。

「今度はどんな柱だい？」とわたしはたずねた。

「いちばん大事な柱さ。人類の存続にもっとも重要な、寛容という柱だよ」

しばらくして、ダーツに興じるグループが再び《モウ、モウ》と声を張りあげるのを聞いて、オーウェンの誇りはずたずたにされた。さらに連中はウェデキンド警部が来たあとも、同じ過ちを繰り返した。馬鹿騒ぎがわれわれのテーブルを標的にしているのは明らかだったので、警部はびっくりしたようだった。

「どうしたんだ、あいつら？　頭がおかしくなったのか？　まるで牛小屋じゃないか」

「この世は牛小屋なんですよ、ウェデキンド警部。ご存じなかったんですか？」とオーウェンは悟りきったように答えた。「われわれは皆、厩肥《きゅうひ》に足を突っこんでいる。なかには星を見あげている者も、わずかにいるけれど……」

わたしたちはその日の午後、ポール・ブルックを訪ねた話をし、警部のほうも四人目の被害者について調べた結果を報告した。

「ええ、まさしく《似ても焼いても食えないやつ》ですよ」と警部は言って、からかうようなオーウェンの視線をはねのけた。「その経歴には目を見張るものがあります。まずはインドに始まってね。彼は反乱軍相手に戦い、数々の手柄を立てて勇名を馳せました。お次は南アフリカでズールー族との激戦に加わり、仕上げはボーア戦争です。そこでも彼は、先頭に立って戦ったんです。危険に立ちむかう彼の行動は賞賛の的となり、ヴィクトリア十字勲章を初めとして、山ほど勲章が贈られました。しかしポール・ブルックも漏らしていたように、お世辞にも品行方正とは言えなかったようです。飲む、打つ、買うはもちろんのこと、喧嘩騒ぎもしょっちゅうです。何でもかんでも見境なしで、怖いもの知らず。危険も死も、彼にとっては日常茶飯事なんです。あるときなど戦闘のさなか、太ももに受けた銃弾を手ずからナイフでえぐり出したといいます。また上官の奥さんを誘惑できるかどうか、大金を賭けて挑んだこともあったとか。おかげでしばらく投獄されただけでなく、こっぴどく鞭で打たれました。それが賭けに負けたときの取り決めだったんです」

「背中の傷跡は、そのときのものだったんだな」とわたしは叫んだ。

警部はうなずいた。

「まあ、これくらいにしておきましょう。少佐の手柄話をすべて挙げていたら、きりがないですから。ともかくこれだけは、間違いなくはっきり言えるでしょう。ロードス少佐は御年六十二歳にして、鉄の意志と肉体を持った男でした。何があっても決して譲りません。だから犯人がいったいどうやって、彼を死に至らしめたのか想像もつきません。身動きの自由を奪われていたわけでもないのに、脱水症でみすみす死んでしまうなんて。でも、それが事実なんです。さきほど検死解剖の結果が届きましたが、死因は脱水症だとはっきり書かれていました。睡眠薬の類はもとより、怪しげな薬物の痕跡はまったく認められませんでした。つまりわたしが想像していたように、少佐は眠らされていたわけではないんです。バーンズさん、あなたがどうお考えかはわかりませんが、わたしが思うにこの謎は、前の事件にも増して難解ですね」

オーウェンはぼんやり考えこみながら、指折り数えあげた。

「死体があった小屋のまわりは、十メートルにわたって地面に足跡が残っていなかったこと。被害者の死因は脱水症だったこと。二本の折れたシャベルの柄。水がいっぱいに入った水差し、望遠鏡……問題はざっとこんなところです。このなかでもっとも突飛なのは、望遠鏡でしょうか。それが謎解きの鍵になるだろうと思います」

「望遠鏡か」とウェデキンド警部は疲れ果てた声で繰り返した。「わけがわからんな……」

「望遠鏡の用途といえば、もちろん遠くを見ることだけれど、残念ながらわれわれに見えるものはとても限られています。いっぽう犯行現場は、灼熱の太陽によって明々と照らされていました。太陽に望遠鏡。どちらも鮮明にものを見る手助けをしてくれます。しかしその鮮明さゆえ、逆にわれわれは目をくらまされてしまう……さらには《ロードス島の巨像》にも、なにかシンボリックなものがあるのではないでしょうか。だってほら、それは太陽神ヘリオスに捧げられた、ブロンズ製の巨人像だったのですから。つまりこの事件は、太陽を象徴するロードス島の巨像が太陽によって倒されたとも言えるのでは……」

「われわれは目をくらまされている」とわたしは口をはさんだ。「あふれかえる光によって、まばゆく輝く不思議な殺人によって、目をくらまされているんだ」

「うまいことを言うじゃないか、アキレス。まさしくそのとおりだ。ところで警部、事件の新たな展開をどう思われますか？」

「新聞記者連中がさぞかしでかでかと書き立てるでしょうね。それを思うと気が滅入る。犯人が送りつけてきた殺人予告の文言を、好奇心旺盛なハゲタカどもに教えなくてよかったと、胸をなでおろしているところですよ」

「あれが新聞に掲載されていたら、きっと誰かがアナグラムに気づいたでしょうが。そもそも、世界一優秀な警察がそこを見逃していたとはね」

「勘弁してくださいよ、バーンズさん。わたしをからかっている場合じゃないでしょう。わたしは現場でやらねばならないことが、いっぱいあったんですから。もっと早く言ってくれればよかったのに。大事な手がかりをひとり占めしておく癖は、あんまり賢明とは思えませんね」

オーウェンはむっとしたように口をへの字に曲げたが、すぐに無邪気な表情に戻った。

「ビールをもう一杯いかがですか、警部。さっきアキレスにも話したんですが、ぼくの推理はあまりにこじつけがましくて、まともに取り合えないと思っていたんですよ。ぼくは過剰な審美眼によって歪められた手がかりを、そこに見ているのかもしれない。期待と現実を混同しているんだって。それに、たとえあなたにお話ししたところで、なにも変わらなかったでしょうよ。謎めいた殺人者について、手がかりはまったくないんですから。新たな証言があった以外はね」

「新たな証言といっても、それがまた混迷のもとですがね」と警部は言って、にやりと笑った。「二人の男が二十四時間のうちにあなたのもとを訪れ、互いにもうひとりが犯人だと告発した……これじゃあかえって埒が明かない。そう思いませんか？　おまけに犯行の動機が荒唐無稽ときている！」

オーウェンは両手を顔の前で組み、じっと考えこみながらたずねた。

「まだあなたの見解をうかがっていませんが、警部」

「そうですな。思うに世界七不思議というか、あなたのおっしゃる《殺人七不思議》は、本当の動機を隠すための煙幕じゃないでしょうか。たしかにそもそものきっかけは、マイケル・デナムとポール・ブルックの口論でしょう。そのときアメリー嬢が発した馬鹿げた挑戦を聞きつけた犯人が、邪魔者を片づけるための奸計を思いついたのです。あなた自身が言っているように、その晩はずいぶん盛況だったので、どんな人たちが来ていたかもう憶えていらっしゃらないでしょうが」

オーウェンは少し顔をしかめてうなずいた。

「それに犯人は」と警部は続けた。「アメリー嬢の発言をひとづてに聞いたのかもしれない。だとしたら、容疑者は招待客のなかにいるとは限りません。招待客を全員数えあげるのはなんとかできるでしょうが、そこから犯人の足跡を追うのはひと苦労だ。十中八九、成果は得られませんよ。でもわたしは、被害者たちのあいだに何か関連性があるのではないかと思っています。犯人が彼らをひとり、またひとりと亡き者にした動機は、そこにあるのだろうと。あんなに手の込んだ殺し方をしているところから見て、そう考えるのが妥当でしょう。本当の目的はひとりだけなのに、木は森に隠せとばかりに七人も殺すなんてありえませんよ。たしかに犯人は面白がって、世界七不思議に見立てた殺人を行っているようですがね。だから今はまだ謎の《殺人芸術家》だけが知っている、確固たる関連性があるはずだ。手がかりを少しずつ丹念につき合わせていけば、いつかかならず努力が報われるものとわたしは信じています」

「もちろん、どんな手がかりもなおざりにしてはいけません。それで、今わかっていることは？　少佐の経歴や身辺に、ほかの被害者と結びつきうるような事実が見つかったのでしょうか？」

「いや。でもその手の捜査には、時間と忍耐が必要です。とりあえずプリマスの町では調べを続けています。マクスウェルとミス・ドゥーモントが、そこで知り合ったかもしれませんからね。でもいずれは」とウェデキンド警部は続けた。「パズルの欠けたピースが見つかるでしょうよ」

「するとあなたは、マイケル・デナムあるいはポール・ブルックが犯人だとは思っていないんですか？」

「その可能性を無条件《ア・プリオリ》に除外しているわけではありません。でもわたしが思うに、彼ら二人は今回の事件を利用して、アメリー嬢を手に入れるための地固めをはかっているんでしょう。こんな表現をお許し願えるならね。ついでながら、アメリー嬢はどうしたいのか、自分でもよくわかっていないようですが、それはまあ本人の問題です……あるいは、あなたの問題かも。どうやらあなたも関心がおありのようだから、そこはおまかせしても大丈夫そうだ」

「おまかせというのは捜査のことですよね？　アメリー嬢のことではなく」

「もちろんですとも。あなたが紳士《ジェントルマン》だってことは、よく心得ていますとも。ロンドン一尊敬に値する紳士《ジェントルマン》だって」

「どうせなら世界一と言ってくれればいいのに」とわが友は言い返し、急いで話題を変えた。「ところで警部、ブルックの評判は聞いてますよね？　父親のブルックです、裕福な製紙業者の」

警部は不審げに目にしわを寄せた。

「ええ、もちろん。有力者の友人が何人かいることも知ってます。だからうかつに手は出せません……今のところわれわれとしてできるのは、二人の容疑者に細かく話を聞き、アリバイの有無を確かめることくらいです。でも何日、何時のアリバイを？　今回のロードス少佐殺しで言えば、被害者が渇きにもだえ苦しみながら死んでいった三日間のうち、犯人の関与がいつあったのかもわからないのですから。ともかくいちばんいいのは、各自自分なりの捜査を続けることでしょう。わたしは昔ながらのやり方で、あなたは芸術家らしいエレガントなやり方で。頼みにしていますよ、バーンズさん。あなたならやってくれると信じています」

オーウェンも言うべきことはすべて言い終えたと見えて、会はおひらきとなった。するとわれわれを送り出すかのように、《さかりのついた象たち》の《合唱》がいちだんと大きく響きわたった。

「パウー、パウー、パウー」

「やれやれ」と警部はふり返って言った。「いったいあいつら、どうしちまったんだ」

「ウェデキンド警部のやつ、臆病者のおべっか使いだな」オーウェンは翌日の午後、勝負服に身を固めて言い放った。

　わたしたちを乗せた辻馬車は、アメリー・ドール嬢の住むハムステッド地区にむかってフィンチリー・ロードを走っていった。シルクハット。ボタンホールに挿した赤いバラ。しゃれた結び目のネクタイ。もって生まれた尊大なものごし。たしかにウェデキンド警部が描き出した紳士《ジェントルマン》の姿そのものだ。

「臆病者だっていうのは」とオーウェンは続けた。「事件のなりゆきがお偉方にむかい始めたとたん、急に怖気づきやがったからさ。おべっか使いなのは、昨晩の態度を見れば明らかだ。ぼくがあいつの策略に騙されたとでも思うのか。あんなおべんちゃらを言っていたが、あれは面倒な捜査をぼくにやらせるためだ。りっぱな口ひげを生やして、いかにも愚鈍そうな顔をしているが、仕事熱心な警部殿は見かけほど馬鹿じゃない」

「つまり警部は、われわれが追っている手がかりのほうが重要だと思っていると?」

「その可能性は否定できないが、要するに微妙なアプローチはぼくにまかせようっていう魂胆なのさ。結局のところ、そのほうがいいだろうけれど。仕事を分担するのはけっこうだし、あいつを厄介払いできるならこちらとしてもありがたい。頭は悪くないが緻密さに欠け、推理の切れ味はいまいちだからな、あの男は」

　オーウェンはそのあとも警部の心理分析をえんえんと続けたが、最後に至る結論は常に同じだった。そうこうするうちに、馬車はハムステッドに到着した。小さな囲い地のなかから、牛がモウモウと歓迎の鳴き声をあげた。

「ほら、あれ」とわたしは無邪気そうに言った。「なかなか炯眼の牛じゃないか。つまらない理屈をこねていやがると、鼻で笑ってるぞ」

「やけに自信たっぷりだな、アキレス。けっこう。アメリー嬢を前にしても、その自信をなくさんでくれよ」そしてオーウェンは、しばらく考えてからこうつけ加えた。「言うなれば彼女は四本目の柱だ。男にとってなくてはならないと同時に、男を害する柱。女という名の柱さ」

五分後、オーウェンは門扉のわきの呼び鈴を押した。鉄柵と背の高いイチイの垣根に視界をさえぎられて、屋敷は屋根しか見えなかった。オーウェンは何度も呼び鈴を押したけれど、いっこうに人が出てくる気配はない。彼は太陽を見あげた。ここ何日も快晴続きで、あいかわらずさんさんと輝いている。

「たぶん、伯母さんと散歩に出ているんだろう」とオーウェンは言って、あごに指をあてた。「あるいは二人とも、庭にいるかもしれない。ほら、こっち。庭に続く道を見てみよう」

小道に沿って十メートルほど歩き、垣根のなかに入るひらき戸を押しあけてしばらく進むと、そこはドール家の庭だった。さほど広くはないものの、きれいに整備されている。半円形が生み出す目の錯覚で、奥にある小さな池がずっと遠くまで続いているように見えた。手入れの行き届いた緑の芝生にこぢんまりした白いあずまやが映え、桜の木陰にベンチがひとつ、忘れ去られたように置かれている。古びて色褪せたベンチは、あたりの風景にほどよく溶けこんでいた。

そうやってじっと庭に見とれていたとき、突然かたわらから横柄な声が聞こえて、わたしたちはびくっとした。

「太陽をさえぎらないで。わたしが日陰になってしまうわ」

声の主に目をむけると、それはなんとも魅力的な若い女だった。しかも彼女はすぐ右側の芝生のうえに、一糸まとわぬ姿で大の字に横たわっていたのだった。

9

「わたしのせいで、日陰になってしまうですって？ そんなはずはありませんよ。だってわたし自身が太陽なんですから」オーウェンは平然と彼女を眺めながら、涼しい顔で言い返した。「お話しできる機会が持てて、光栄至極です、ドールさん。わたしが誰かわかりませんか？ 光明の神フオイボス、太陽の神アポロン、バーンズという名が示すとおり、輝ける男、燃える男オーウェンですよ」

「名探偵オーウェン・バーンズ！」と彼女は歓声をあげた。「これはまた、嬉しい驚きね」

「ええ、探偵のなかの探偵オーウェン・バーンズが、お力添えにまいりました」とわが友は答え、深々とお辞儀をした。「勝手に入りこんだご無礼のほどはお許しください。何度も呼び鈴を鳴らしたのですが、返事がなかったものですから……」

目のやり場に困るような状況ながら、オーウェンは不躾なくらいリラックスしていたが、それは若い女のほうも同じだった。生まれたままのかっこうだというのに、まるで居間でくつろいでいるみたいにのんびり話している。わたしはと言えば、なんだか侮辱されたような気分で、オーウェンに紹介されたときも顔を真っ赤にさせていた。

「こちらはわが腹心の友人アキレス・ストックです。かつては自ら芸術活動もしていたのですが、今はその豊かな才能を生かして、ウェッジウッドの食器の店を経営しています」

わたしはどうにかアメリー嬢の顔だけが視界に収まるように空しい努力をしながら、もごもごと挨拶の文句を口にした。ともかく、彼女がうっとりするような美人なのは間違いない。しばらくすると、裸体にも目が慣れてきた。そうして下した総合評価は、大いに好意的なものだった。純粋に芸術的な観点からすれば、マイケル・デナムが絵筆によって彼女の姿を永遠に残そうと奮起したのもむべなるかな。くびれたウエスト、みごとなプロポーション、うっすら日に焼けた肌の色。それに非の打ちどころない肉体美を引き立てる、ハシバミ色の目。ふんわりとカールした栗色の長い髪が天使のような顔を縁取り、すらりとした肩にかかっている。やさしく陽気な微笑には、どこか心を乱すものがあった。彼女に見つめられただけで、わたしは胸が騒いだ。

「それにしても、わざわざいらしていただけるなんて、どんな風の吹きまわしかしら？」

「あなたから何かお話が聞けるんじゃないかと思いまして」とオーウェンは、相手の反応をうかがいながら答えた。

アメリーは謎めいた笑みを浮かべた。

「そうですね……」

「というのも、こんなものがありまして」

わが友はマジシャンよろしく白い厚紙を取り出した。あの手紙だ、とわたしはひと目見てわかった。

「《わたしを愛しているのね？　嬉しいわ。だったら、ほら、殺しなさい！》そう聞いて、思いあたることがあるのでは……去年、わたしにこれを送るとき、お名前を書き忘れたようですが」

アメリー・ドールは悔やんでいるかのように顔を伏せた。

「ええ……ともかくなかに入りましょう。そのほうが落ち着いて話せますから。少し暑くなってきましたし」

アメリーが立ちあがり、オーウェンもあとについていきかけたが、わたしは口ごもるようにたずねた。

「でもドールさん、そんなかっこうを伯母上に見られてしまったら……それに、わたしたちも……」

「ああ、大丈夫よ」と彼女は皮肉まじりの笑みを浮かべて答えた。「伯母はもう歳なので、目もほとんど見えないんです」

わたしたちは屋敷の居間に腰を落ち着けた。伯母さんは視力だけでなく耳も弱っているので、呼び鈴の音が聞こえなかったのだろう、とアメリーは説明した。使用人も今日は休みを取っているという。

彼女に冷たい飲み物を出してもらい、ようやくひと息ついた。しかし飲み物や部屋の涼しさにもましてわたしをほっとさせたのは、彼女が部屋着をはおってくれたことだった。赤い絹の部屋着は、うっとりするほどよく似合っていた。

「あの手紙の文面を、奇異に思われたことでしょうね」とアメリーはいきなりオーウェンにたずねた。

「それほどでもありません。あなたがあの言葉を発した状況を憶えていましたから」

「思っていたとおりだわ」と彼女はため息まじりに答えた。「まさしくあの手紙は、あなたの注意をそこに引きつけるためのものでした。それに最近起きた二件の怪事件にも」彼女の声がいっそう重々しくなった。「わたしの疑念は根拠のない、馬鹿げたものだと思われるかもしれません。それはよくわかっていますが、わたしの話を注意深く聞いたうえで判断してください。というのも、心配でたまらないからです。マイケルとポールのどちらかが正気を失ってしまったのではないかと……しかも、わたしのせいで」

あとに続いた話は、マイケル・デナムやポール・ブルックの訴えとほとんど同じだった。違っていたのは、彼女の挑戦を真に受けたのが誰かということくらいで。

「わたしの思いすごしならいいんですが」とアメリーは続けた。「ところが、またしても事件が起きて、確信は強まるばかりでした。二人のうちどちらがより疑わしいのかは、何とも言えません。結局二人とも怪しい気がしますし。わたしのことを同じように激しく愛していて、いざとなったら……わたしがあんなこと、言わなければよかったんだわ」

「それじゃあ、あれは冗談だったと？」

アメリーは肩をすくめた。

「もちろん、本気のわけがないじゃないですか。みんなも初めからわかっていたはずだわ。ああ言えば、二人の気が静まると思ったんです。そうとう頭に血がのぼって、今にも殴り合いを始めそうな勢いでしたから」

「そこであなたは世界七不思議にちなんだ完全犯罪ができるかと、彼らに挑んだというわけですか」

「いえ」とアメリーは思案顔で答えた。「あれは誰か特定のひとりが言い出したことではなく、みんなして話をエスカレートさせた末に……でもまさかあんな馬鹿げた話を、真に受ける者がいるなんて」

「あなたにも好き嫌いはおありでしょうに」

「何について？」

「あらゆることにですよ。まずは恋愛感情の点でね。どのみち、いつかは選ばねばなりません」

「でも……今はまだ、できなくて」と言ってアメリーは両手で顔を覆った。「わたしは二人とも好きだけれど……好きの意味合いが違うんです。ポールとは幼馴じみで、もちろん好意は持っていますが、共通点はまったくと言っていいほどありません。マイケルは正反対です。彼と初めて会ったのは一年前で、美術やチェスなど趣味も同じでした……まあ、細かな話はいいでしょう。二人には常々、あまり思いつめず気楽につき合おうと言っていたのですが、そうはいきませんでした。ポールもマイケルも、独占欲と嫉妬心がものすごく強いんです。ここ最近はあまり大っぴらに喧嘩しませんでしたが、激しく憎み合っているのは感じでわかります」

アメリーの声に小さなすすり泣きが混ざった。はたして彼女は、自分の美貌がどれほど大きな影響力を持つのかわかっているのだろうか？　するとオーウェンが、わたしの内心の疑問を声にしてくれた。

「でもアメリーさん、もう少し真剣に相手の気持ちを考えてあげないと」

「アメリーという名の女は、みんなこうなんでしょう。実を言えば、わたしだってこの問題で眠れなくなることもあるんですよ」

二人の求婚者も彼女のせいで、どれだけ眠れぬ夜を耐え忍んだことか、とわたしは思った。程度のほどはさて置き、彼女があっけらかんとして無自覚なのは間違いないようだ。そんなわけでオーウェンは、先日マイケル・デナムとポール・ブルックから打ち明けられた疑念について彼女に話すことにした。よほどのことがない限り、職業上の秘密を明かすことはないのだけれど、今回はやむをえない状況だと断りながら。

「まあ……」とアメリーは、オーウェンが話し終えると皮肉っぽい笑みを浮かべて言った。「二人ともつまらない隠し立てをして。わたしには何も言わなかったんですよ。つまりマイケルは、わざわざあなたに会いに行ったんですね。だったらポールが犯人だと、よほど信じこんでいるんだわ。普段は絵のことしか頭にない人ですから。ポールが自分からそんな話をしたのにも驚きました。彼もマイケルが怪しいと確信しているんでしょうね。本当にびっくりだわ。たしかにその話は、わたし自身の疑念を裏づけるものでもあるけれど、ますますわけがわからなくなってきました」

「つまり状況はこういうことです」オーウェンは煙草を吸ってもいいかとたずねたあと、もったいぶった口調で言った。「みんながみんなを疑っているが、それぞれ自分の秘密は打ち明けようとしない。いずれジョン・ブルック氏にも面会を願い出るつもりですが、彼まで犯人の正体を知っていると言い出すかもしれませんね。だからって驚きはしません。彼が名指しする犯人は、案外アメリー・ドールだったりして」

「わたしには驚きですけど」とアメリーは、ふてくされた子供みたいに首を横にふりながら言い返した。「ブルックさんはわたしを大事にしてくれていますから、そんなこと言うわけありません。わたしにとっては、父親代わりなんです……」

アメリーはなつかしそうに笑うと、幼かったころの話を続けた。父親の死という出来事はあったものの、悪い思い出は残っていないようだ。

十二年前の一八九三年、ジョン・ブルックは二回目の考古学調査団を組織した。六、七名のメンバーからなるこの調査団には、勇猛果敢なトーマス卿とアーサー・ドールもいた。鉄道事故で妻を亡くしたばかりのアーサー・ドールは、当時十歳だった娘のアメリーを連れて行くことにした。調査はナイル川の右岸、テル・エル・アマルナに近いベニハッサン村の上流あたりで行われた。テル・エル・アマルナは異端のファラオ、アメンホテプ四世が建てた都市だが、その後徹底的に破壊しつくされた。調査の目的は、アメンホテプ四世の歴史と足跡に絞られていた。

この若き王は、エジプト人の暮らしに大きな変革をもたらした。臣下たちに多神教の信仰を禁じ、神々のなかでもとりわけ強大な力を持っていたテーベの守護神アモンの神官を弾圧して、その神殿を閉鎖させた。そして自らが熱心に崇拝する太陽神アトンを唯一の神とする一神教を導入したのだった。彼はのちにアクエンアテンと改名したが、それはアトンに愛されし者という意味である。アクエンアテンの政《まつりごと》を手伝ったのが、美貌で有名な王妃ネフェルティティだった。彼らはテーベの王宮を離れ、太陽に捧げられた新たな首都テル・エル・アマルナを作らせた。そこには華麗な庭園、魚が泳ぎまわる池、芸術家や職人たちのための大きな住宅が備わっていた。しかしファラオ夫妻は太陽神崇拝に熱意を傾けるあまり、執拗な侵略者に脅かされ続ける国境の守りが手薄になってしまった。かくしてアトン信仰の支配は、一時の栄華を極めるのみに終わった。アメンホテプ四世の死後、彼が作りあげたものはあとかたもなく壊された。追放された神官たちが、復讐を果たしたのだ。テル・エル・アマルナは完全に破壊され、その名、その記憶を伝えるものはすべて、公文書はもとよりささいな記録まですべて消し去られた。

案の定というべきか、そんな激しい破壊行為のせいで、これまで行われたさまざまな調査はほとんど成果なしだった。古代エジプト新王国時代のなかでも、それはもっとも謎に包まれた時期のひとつなので、ほんのわずかな手がかりでも見つかれば大発見になる。

ジョン・ブルックの調査団は、さっそく数々の困難にぶつかった。まずはメンバーのひとりアーサー・ドールが悪性の熱病に侵され、亡き夫人のもとへと旅立ったことだ。娘のアメリーはブルックが面倒を見ることになったが、大金をかけて組織した調査団を引きあげてイギリスに戻るのは問題外だった。やがて見込みのありそうな遺跡が見つかると、現地の遊牧民と遭遇した。彼らはアクエンアテンと同じように太陽を崇拝し、神として崇め奉っていた。そして調査団の学者たちにも、ことのほか熱心に太陽信仰を説いたのだった。もし太陽神に帰依しなければ、この土地から追い出されるか、災いが身に降りかかるだろうと言って。ブルックの調査団は民間の組織だったので、エジプト政府の援助はほとんど期待できなかった。それどころか、いつなんどき調査を禁じられるかわからない。そんなわけで調査団は部族の出す条件を受け入れ、「金色に輝く円盤」の前にひれ伏すことにした。もちろん本気で信じていたわけではないが、いつしか慣れていった。遊牧民の暮らしぶりはとても素朴で、信仰の儀式も大げさなものはなかったが、アメリーのように年端もいかない少女には強烈な印象を残した。

「とても楽しかったわ」と彼女は言った。「わかっていただけるかしら。十歳の小娘だったわたしの前で、その人たちは太陽を讃える祈りの文句を真剣に唱えていました。それはとても荘厳な光景で、今まさに、小説で読むような冒険物語を体験しているのだと感じたものだった。わたしはまだ幼かったから、小説だったら途中で退屈してしまい、ページをめくる手が止まることもあったけれど、彼らが砂をかきわけるさまは何時間でも見ていられました。神話の財宝が、いつなんどきあらわれるかもしれないと思って。あのころのことは、今でもよく憶えているわ。毎日いい天気で、気ままに暮らして。時間はいくらでもありました。あちこちほっつき歩き、疲れたらすわってナイル川を眺めたり、日なたに寝そべったり……あそこですごした一瞬一瞬は、本当にすばらしいものでした。

でも、すべてがバラ色だったわけではありません。あんまり長いことひなたぼっこを続けたせいで、日射病になってしまったこともありました。おかげで、危うく父のあとを追うはめになりかけたんです。ブルックさんもほかの人たちも、もうだめかと思ったそうです。わたしは何日間も寝たきりで、もだえ苦しみ続けました。あのときのことは忘れられません。わたしたちは一年近くエジプトに留まりましたが、これという成果はなにもありませんでした。しかもついてないことに出発の数日前、略奪者の一団に襲われて、せっかく見つけた珍しい資料が持ち去られてしまったんです。さいわいブルックさんは失われた資料の一部を書き写してありましたが、その価値を認めるのは本人だけでした。諸説さまざまあるアクエンアテンの歴史について、ブルックさんと彼を誹謗する人たちのあいだで論争が続きましたが、考古学の大家たちは結局その資料を《歴史を裏づける証拠》とは認めなかったからです。ブルックさんにとっては、致命的な一撃でした。そのとき以来、彼は考古学に対する情熱を失い、少なくとも自ら調査にむかうことはなくなりました。今ではエジプト学に対する関心も、もっぱら芸術的な側面に限られているようです。友人たちとヘリオス・クラブを作ることにしたのだって、エジプト滞在時の影響もさることながら、頭の固い専門家をからかう目的で……」

「ヘリオス・クラブですって」とわたしはびっくりして叫んだ。「スピタルフィールズ地区にある居酒屋の奥に集まっている会のことですか？」

「ええ、それよ」とアメリーも驚いたように答えた。「よくご存じですね」

10

「それはもう」とわたしは驚きを隠しきれずに答えた。「このあいだに集会に参加したくらいですから」

「そうそう、憶えています」とアメリーは笑って言った。「儀式のさなか、ドアの近くに背の高い人が二人、身を潜めていましたっけ。あれはあなた方だったんですね」

あの晩の記憶が、鮮明によみがえってきた。二人の神官役のうち、ひとりは女性らしかったことも。わたしがその話をすると、アメリーは面白がっているかのように、ためらわず答えた。

「ええ、あれはわたしで、隣にいたのはブルックさんです。彼は十年来、ヘリオス・クラブの会長を務めていますから……」

「空席もひとつありましたが、あれはトーマス卿の席だったのでは？」

「そのとおりです。なるほど、あなた方が集会にいらしたのは、トーマス卿の死を調べるためだったんですね」

「知ってのとおり、あれもまた《殺人七不思議》のひとつですから。とても奇妙な事件ですよね？」

「たしかに」アメリーは重々しくうなずきながら答えた。「ブルックさんはとてもショックを受けていました。古い友人を失ったのですから。でもある意味、犯人が彼の周辺から被害者を選んだことに、わたしはさほど驚きませんでした。マイケルもポールもトーマス卿と知り合いだったので、彼の習慣もわかっていたでしょう。二人のうちどちらが犯人にせよ、巧妙で悪辣な計画を立てることができたはずです」

「残念ながら犯人は、ほかの事件でも恐るべき狡猾さを発揮しています。そうとわかったところで、われわれは大した助けにはなりませんが」

オーウェンはそこで一瞬黙り、しばらく考えてからこうたずねた。

「結局のところ、ヘリオス・クラブは冗談半分でやっている会なんですよね？」

アメリーは顔をのけぞらし、ころころと笑った。

「もちろんだわ。さっきも言いましたよね、もともと学会の現状に不満をいだく研究者のグループが、生真面目な重鎮たちをからかうために始めたことだって。エジプトにいたころから太陽崇拝の儀式には慣れていましたから、集会は気晴らしみたいなものでした。そんなわけであまり偉ぶっていない人たちが、自然と集まるようになりました。わたしもヘリオス・クラブへ参加するのはとても楽しいわ」

それからアメリーは少し悪戯っぽく目を輝かせ、声をひそめてつけ加えた。

「あそこへ行くと、なんだか美しいエジプトの夢が見られるような気がして。魔法のような色合い、金色に輝く広大な砂漠、ナイル川の穏やかな流れ、もの憂げに降り注ぐ太陽の光……」

「そしてあなたは、かの王妃ネフェルティティになる……」とオーウェンは言って、もの思わしげに微笑みながら彼女をじっと見つめた。

アメリーはうっとりしたように頬を赤らめた。

「だったら」とアメリーが応じる。「あなたはアメンホテプ四世ね。外見もよく似ているわ」

「どんな男だったんですか？」

「ブルックさんが書き写した資料によると、あなたみたいに唇がぶ厚くて、むっつりした顔だったそうよ。背は高いけれどあまりスポーツマンタイプじゃなく、女性的な腰つきをしていて……」

「忘れては困りますね。わたしはアポロンですよ」とオーウェンは大真面目に釘を刺した。

「ちょっと待っていてください」とアメリーは言って立ちあがった。「お聞かせしたい詩の一節があるんです。これもブルックさんのノートに書かれていたもので、王妃ネフェルティティが夫のアメンホテプ四世に贈った詩です。今から三千年も前にね。とてもすばらしい詩だったので、わたしも書き写しておいたんです」

しばらくして、アメリーは手帳を手に戻ってくると、詩を読みあげた。それは読んでいるアメリーから、じっと耳を澄ませているオーウェンにむかっての、ほとんどあからさまなまでの愛の告白だった。

なんと甘美なことか。あなたの前で湖に身を浸し、
きらびやかな亜麻の薄衣に包まれた
この美しい体をさらすのは。
あるいはともに水に潜り、
小魚を手にあなたのもとへむかうのは。
さあ、わたしを見に来て……

「美しい詩ですね」とオーウェンは感動したように言った。

わたしもその意見には大賛成だった。しかし美しきアメリーがわが友オーウェンと湖で水浴するとしたら、それがどんなに柔らかな薄衣だとしても、《きらびやかな亜麻》をまとったりするだろうか？


「デナムさんはとても才能がおありだとか」オーウェンは数日後、われわれを出迎えたジョン・ブルック氏に言った。

ブルック氏は《芸術愛好家どうし》くつろいで話せるよう、マイケル・デナムのアトリエに行こうと言った。ちょうどマイケルは留守にしているからと。才能豊かな若い画家の作品を見られるなら嬉しいとオーウェンは答えた。

ジョン・ブルックは六十がらみ。白髪まじりの髪とがっちりとした大柄な体は、見る者に畏敬の念を抱かせた。世界各地を巡った経験ゆえだろう、含蓄のある表情をしている。もじゃもじゃの眉毛は、いかにもエネルギッシュな感じだ。服装はエレガントだが、スーツはいっぷう変わった色あいだった。黄土色とサフラン色、これはデナムの絵にも使われていた。

「ええ、そのとおり」とブルック氏はうなずいた。「彼はエジプトへ一度も行ったことがありませんが、変化に富んだ色のニュアンスを直感的にとらえています。わたしが求めているものが何か、よく理解しているんです。バーンズさん、あなたもおわかりのとおり、将来有望な画家ですよ。

ストックさんはどう思われます？」

広々としたアトリエには、すでに完成した絵が二十枚ほど並んでいた。蒼穹や砂漠、椰子の木、古代のモニュメント、ナイルの流れが、さまざまな色合いのなかに混然一体となっている。なるほど、なかなかうまく描けている。たしかにマイケルは色彩感覚がすぐれているようだ。

だからわたしは、とりわけ最後の点について二人の意見に賛成だと答えた。するとオーウェンはジョン・ブルックにむかってだしぬけにこうたずねた。

「ところで、知っていましたか？　目下新聞で大ニュースになっている奇怪な殺人犯は、油絵の形で警察に犯行予告を送っているんですよ」

製紙業者は眉をひそめた。

「ええ、新聞で読みました……でも、どうしてそんなご質問を？　犯人は画家だとお思いなんですか？」

「絵具で文字を書くくらいなら、画家じゃなくてもできますがね」オーウェンは咳払いをしてから答えた。「でも、画家かもしれないという疑問は当然出てきます」

「誰か特定の人物を思い浮かべているんですか？　例えば、マイケルとか」

ジョン・ブルックの口調にとげとげしさはなかった。単に驚いているだけなのだろう。オーウェンはブルックの質問に質問で返した。

「こんな連続殺人を犯す理由が、彼にあるでしょうか」

ブルックはしばらく無言だったが、やがて微かな笑みが顔に浮かんだ。

「だってほら、芸術家っていうのはみんな、どこか常軌を逸していますからね。特にあれくらいの歳ごろだと。若いころは誰でも、ささいなことで理性を失ってしまうものです。でもはっきり言って、マイケルが人殺しをできるような人間だとは思いません。絵を描く以外、何もできない男でしょう。いや、これは誉め言葉ですよ。だって彼は、いずれ画家として名をあげるでしょうから。今はまだそれほど有名ではありませんが、近い将来その真価が認められる日が来るとわたしは期待しています。依頼してある一連の絵が完成したあかつきには、彼の才能にふさわしい個展を開催してやるつもりです」

「息子さんも絵画には興味がおありですか？」

ブルックは顔を曇らせた。

「いいえ。そもそもあいつは、どんなことにも関心がないんです。少なくともわたしにとっちゃ、ただのお荷物ですよ。でも、せがれの話をしにいらしたわけじゃありませんよね」

「もちろん、違います。あなたのご友人だった故トーマス卿のことでね。ご存じのように彼の悲劇的な死は、先ほど話した連続殺人事件のひとつです。あなたもトーマス卿も、ヘリオス・クラブのメンバーだとうかがったものですから……」

ジョン・ブルックはあえて否定することなく、ヘリオス・クラブについてその成り立ちから教えてくれた。アメリーから聞いた話と、ほとんど同じだったけれど。調査隊のメンバーでトーマス卿以外に亡くなった人はいるかたずねると、ブルックは首を横にふり、友人のアーサー・ドールは不幸にも病に倒れたが、ほかの三人は自分と同じくらいぴんぴんしているはずだと答えた。トーマス卿の死にヘリオス・クラブが関わっているとは思えない、まるでお笑いぐさというのが彼の意見だった。

「さっきも言ったとおり、ヘリオス・クラブを作ったのはただのお遊び、気まぐれだったんです。わたしたちのようないい大人が、よく続けたものです。どうしてだか、自分でもわかりませんが。でもここだけの話、集会をひらくのも手間なんで、そろそろ引き時じゃないかと思っているんです。それはそうと、わたしがクラブの会長だというのは、誰に聞いたんですか？」

「あなたもよく知っている人物ですよ。そしてわたしが思うに、見た目もすばらしい方です」

「ああ、わかった。アメリーですね」

オーウェンがうなずくと、屋敷の主人はもの思わしげにこう続けた。

「われらが麗しのアメリー。なんて美人なんだ。この話もしましたよね。彼女のことは実の娘みたいに思っているって。本当ならあの子のためにもっと時間をかけ、丁寧に育ててやるべきだったのかもしれません。アメリーと、それにポールのためにも……困りものですよ、あの子が自由奔放なのには。あまり自覚がないんです。それがときに、トラブルのもとでして。マイケルはアトリエに通う時間を節約するため、この屋敷に住んでいるのですが、すっかりアメリーに夢中になってしまいました。わたしの息子も彼女にぞっこんで、嫉妬心を燃やしています。息子は芸術のことなどまるでわからないので、マイケルが生まれたままの姿のアメリーを絵に描いたのを見て、頭に血をのぼらせました。そしてとうとう、完成しかけていた傑作を引き裂いてしまったのです。もちろんマイケルとポールは、今では口もききません。階段やキッチンですれ違うことがあっても、お互い無視しています。こんな耐えがたい状況がいつまでも続いたら、マイケルの才能にも悪影響が出るかもしれません。いずれ彼にはよそで仕事をしてもらうよう、決意せねばならないでしょう。残念なことです。絵の進捗状況を、逐一見られなくなってしまいますから」

ジョン・ブルックと会ってから一週間がすぎたが、警察の捜査もオーウェンの調査もあまりはかどってはいなかった。謎めいた犯人の顔は闇に紛れたまま、驚くべき連続殺人は何ひとつ解決されていない。前の四件から察するに、事件と事件の間隔は十四日くらいありそうだ。というわけでロンドン警視庁は、五枚目の絵が送られてくるのを今か今かと待ちかまえていた。その期待は裏切られなかった。六月八日、いつものようにカンバスに描かれた殺人予告が、警視庁に届いたのである。《やがて神々の怒りが、＊O＊＊＊　＊M＊＊　PA＊＊I＊＊　LY＊＊＊を襲うだろう》

今回はウェデキンド警部にも、犯人が示したアナグラムの意味がすぐにわかった。そう、オリンピア（Olympia）だ。かつてそこに建立《こんりゅう》されていたというゼウス像が、次なる世界七不思議というわけか。第五の事件は、それに見立てて起きるに違いない。だがこの殺人予告は、誰にむけたものなのだろう？　不幸な被害者はいったい何者なんだ？　犯人の常軌を逸した想像力は、どのように発揮されるのか？　殺人予告は曖昧すぎて、被害者の特定は難しかった。それに今回は、犯行日もはっきりと示されていない。そこで警察は初めて沈黙を破り、殺人予告の内容を新聞に発表した。そうすれば、狙われているのは誰か、つきとめられるかもしれない。ウェデキンド警部とその仲間たちに加え、オーウェンやわたし自身も知恵を絞ったが、そのあいだにも謎の殺人犯は仕上げの準備に取りかかっていたのだった。

　今からふり返ってこの事件を見てみるなら、そこで起きたさまざまな出来事を三人称で描いてもあながち大きな間違いを犯す恐れはないだろう。だから必要に応じ、その手法を使って話を進めよう。わたしはしばらくのあいだ姿を消し、この第五の《不可思議な殺人》について語ろうと思う。それは犯罪史上もっとも驚くべき殺人事件のひとつである。今回の事件が不可能犯罪なのは、地面に足跡が残っていないとか、衆人環視の前で犯人が煙のように消えてしまったとか、そうした理由からではない。《不可能性》の次元が異なっているのだ。しかし謎に満ちている点では、そのほかの事件にもけっして引けをとらないはずだ……

第二部　ネテル

11

マーガレット・リンチ夫人は居間の窓から、不安そうに外を眺めていた。どんよりとした天気だった。空は真っ黒な雲に覆われ、今にも雨が降り出しそうだ。嫌な天気だわ。このぶんだと、嵐になるかもしれない。それどころか、雷雨にだってなりかねない。実を言えば、彼女自身が雷雨を恐れているわけではなかったが、問題は夫のパトリックだ。空が荒れ模様になると、いつも決まって……

ドクター・パトリック・リンチは腕のいい臨床医として活躍していた。ロンドン北部のイズリントン区に十年以上前から居を定め、地元の患者たちの評判も上々だ。純粋に仕事の面だけで見れば、順風満帆と言ってもいいだろう。しかし私生活はと言うと、話は別だった……

マーガレット・リンチは深いため息をついて横をむくと、飾り棚に並んでいる小さな額のひとつに目をとめた。いかにも仲のよさそうな若いカップルの写真が収められている。晴れやかな笑みを浮かべた金髪の若い娘。自分でももう誰だかわからないくらいだが、それは二十年前の彼女だった。なんて変わってしまったことか。パトリックのほうもたしかにしわが増え、少し太ってきたけれど、物腰は若いころのままだ。

結婚してほどなく気づいたことだが、どうやら夫の魅力はわたしひとりに発揮されているわけではないらしい。浮気を疑ったマーガレットは、借金を抱えた夫をほっぽり出して離婚しようかと思った。医院は実質的に、彼女のものだった。父親が残した遺産でまかなったのだから。すったもんだの末、よほど医院に押しかけて夫に会おうかと思ったほどだ。妻としてではなく患者として、相つぐ神経の発作を診てもらうためだ。けれどもリンチ医師の診断は、どうせこんなところだろう。《典型的な嫉妬の症状ですな。とても重篤だが、根拠のない嫉妬だ》とかなんとか。

何年かすると、マーガレットの状態は目に見えて改善したけれど、今度はパトリックが健康を害した。呼吸器系の障害がようやくよくなったかと思ったら、奇妙な病気にとり憑かれてしまい、今から三年ほど前、極度の雷恐怖症になったのだ。初めは強烈な光や照明が不快なだけだった。夏、かんかん照りのときには、日陰を探しまわった。最初のうちは症状があらわれるのもときどきだったけれど、やがてもっと頻繁になった。そんなときには、ともかく薄暗い場所でひとりになりたがった。しばらくすると、雷雨のたびに不安感が高まり出した。心がざわついて落ち着かず、不安はいつしかはっきりとした恐怖に変わった。そして庭の奥にある小屋に、ひとりで閉じこもるようになった。彼はそこで恐れおののきながら、いく晩もすごした。まるで見えない敵の襲撃に怯えているかのように、よろい戸にもドアにも内側から差し錠をかけて。恐怖心はさらにエスカレートしていき、重苦しい天気が続いただけで、たちまち不安の兆候があらわれるようになった。

マーガレットはその兆候を知悉していた。まずは部屋から部屋へと、屋敷中を歩きまわり始める。肘掛け椅子に腰をおろしてはまた立ちあがり、パイプに火をつけては消し、苛立たしげに手で髪をかき上げながら窓の外を眺める。目つきがぼんやりとして虚ろになり、彼女と話をしなくなる。手が震え出し、一か所に数分と留まっていられなくなる。そして避難所の小屋にたてこもり、発作が収まるまで出てこようとはしなくなる。

マーガレットは何度も夫に話しかけ、助けの手をさしのべようとした。けれどもパトリックは、質問をはぐらかすばかりだった。仲間の医者に診てもらったらどうか、なんなら精神分析医にでもと持ちかけても、彼は聞く耳を持たなかった。

「そんなことしたら、身の破滅じゃないか、マーガレット」とパトリックは絶望的な口調で答えた。「考えてもみろ。自分自身の診断も下せないような医者なんて！　医学界だけでなく、患者たちにも物笑いの種にされ、たちまち商売あがったりだ」

その日、六月十三日、マーガレットには心配すべき理由が山ほどあった。ここしばらく、重苦しい天気が続いている。遠雷の音が聞こえたあと、さっとあたりにひと雨降った。それが一週間前のことだ。パトリックの状態は悪化の一途をたどった。いずれ大きな発作が起きるだろう。彼女にはそれがよくわかっていた。しかしその晩、真っ青な顔をして居間に駆けこんできた夫は、今まで見たことがないほど怯えきっていた。スーツケースを手に、新聞を小脇にはさんでいる。

「大丈夫？」とマーガレットはたずねた。夫の調子が見るからに悪そうなとき、いつも言うようにさりげない口調で。「患者さんの家で手間取ったの？」

「いや、《牡牛亭》でビールを飲んできた。こんな暑さだからな……ちょうどよかったよ、ゆっくり新聞が読めて。ほら、おまえも見てみろ……」

パトリックは持っていた新聞をテーブルに放り投げ、一面の記事を指さした。リンチ夫人はさっそく目を通した。


ロンドン警視庁は全国民にむけて、広く注意を喚起している。先月来、わが国を震撼させている謎の連続殺人の犯人から、またしても忌まわしい犯行予告が送られてきたのだ。《やがて神々の怒りが、＊Ｏ＊＊＊　＊Ｍ＊＊　ＰＡ＊＊Ｉ＊＊　ＬＹ＊＊を襲うだろう》と。このメッセージをよく読んで欲しい。そしてここに示された文字と名前が符合する者、犯人に狙われる心あたりがある者は、ロンドン警視庁のウェデキンド警部まですみやかに名のり出ていただきたい。


リンチ夫人は読み終えると、ライトブルーの目で不審げに夫を見あげた。

「どういうこと？　わけのわからないこの犯行予告が、あなたと関係あるとでも？」

「何を言ってるんだ」パトリックはいつになく声を荒らげた。「ＬＹ＊＊はわたしの姓リンチ（ＬＹＮＣＨ）のことだ。それにＰＡ＊＊Ｉ＊＊は名前のパトリック（ＰＡＴＲＩＣＫ）。火を見るよりも明らかじゃないか」

「でも、ほかの文字は？」

「忘れたのか、わたしのミドルネームがエイムズ（ＡＭＥＳ）だぞ。＊Ｍ＊＊にぴったり合う。二番目の文字がＯなのは、わたしは医者（ＤＯＣＴＯＲ）だからだ」

マーガレット・リンチはまだ納得がいかないかのように夫を見つめた。

「たしかにそのとおりね。でも、これにあてはまる人はほかに何百人といるはずよ。身の危険を感じるはっきりとした理由があるなら別だけど……」

「はっきりとした理由だって？」リンチ医師は怯えたように目をきょろきょろさせて繰り返した。

「そりゃもう、大ありさ。気づいていなかったのか？　わたしは何か月も前から毎晩のように悪夢にうなされ、《神々の怒り》に耐えているんだ」

それからパトリックは恐怖に歪んだ顔でこう続けた。

「間違いない。この殺人予告は……わたしに宛てたものだ。安全な場所に隠れなければ。銃を持っていくから、誰もドアを叩くんじゃない。なかに入ろうとする者がいたら、相手かまわず撃ち殺すぞ」

リンチ医師はそう言うと、夕食も食べずに銃を取りに行き、さっさと部屋を出ていった。マーガレットは部屋の窓から外を眺めた。空はすっかり雲に覆われている。夫が庭の隠れ家に、かつてないほど用心深く籠《たてこも》るのが見えた。

天気予報どおり、その晩激しい雷雨がロンドンを襲った。

ウェデキンド警部は警視庁のオフィスで夜勤についていた。いつなんどき犯人がことを起こすかもしれない。《神々の怒り》とは、まさしくこの《怒れる天空》のことではないか。折しも外はバケツをひっくり返したような土砂降りだった。激しい雷鳴を伴って白く輝く稲光が夜空を照らすたび、首都はぶるっと震えあがっては凍りついた。警部はコーヒーを何杯もがぶ飲みし、次々に葉巻を吸いながら、この驚くべき光景を窓から眺めていた。明け方の五時ごろ、そろそろ交代してもらおうかと思っていると、部下の警官が面会希望の女を案内してきた。身なりは上品そうだが、あわてて服を着たらしい。とても大事なことなんです、と彼女は言った。警部は話を聞くとコートを着て、馬車を用意するよう指示をした。

そろそろ夜が明け始めたころ、馬車はリンチ医師宅の前にとまった。警部はそこらじゅう水たまりだらけなのも気にせず、リンチ夫人のあとについてぬかるんだ小道を進んだ。庭を通り抜けた奥に、小屋がたっている。鈍いランプの光で入口前の地面をあちこち照らしてみたけれど、大雨で何度も洗われた地面には、ほとんど足跡が残っていなかった。

「ここです……」とマーガレット・リンチは口ごもるように言った。「嵐のせいで、夜中に何度も目が覚めてしまいました。どうにも心配でたまらず、窓から外を眺めてみたんです。時間は、そう、午前三時ごろでした。稲光に照らされ、ドアが風であいたり閉じたりしているのが見えました。だとしたら、なにか異変があったに違いありません。雷雨が続いているうちは、夫が差し錠を外すはずありませんから。でも、錠はあいていたんです。わたしははっきり確かめようと、上着を着て外に出てみました。するとご覧のとおり、ドアが無理やりこじあけられ、なかには誰もいなかったんです。夫は消えてしまいました。でも、銃はそこに置いたままです。さっぱりわけがわかりません」

ウェデキンド警部はさっと見まわした。ドアにはたしかにこじあけた跡があった。しかもかなり突飛なやり方で。激しい炎であぶったように、木の破片が黒く焼け焦げていたのだ。内側にかかっていた南京錠も、部分的に溶けている。まるで錠のところを狙って、雷が直撃したかのように。小屋は一間の簡素なもので、スチールベッドとスツール、テーブルがあるだけ。乱れたベッドの脇には、弾が入ったままの二連発の猟銃が置いてあった。

「こんな天気のなか、雷恐怖症の夫がひとりで外へ出たとは思えません」とリンチ夫人が背後で不安げに言った。「きっと無理やり連れだされたんです。どのようにしてかはわかりません。夫は警戒を怠らなかったはずですから。誰かやって来たら、銃で撃ち殺すとさえ言ってました。いったい何があったのやら。まさかこんなことがと、信じられない気持ちでいっぱいです。もしかして、新聞に載っていた殺人予告と関係があるんでしょうか?」

「その可能性は高いでしょうね、リンチさん」ウェデキンド警部は重々しくうなずきながら答えた。「最悪の事態を予想しなければなりません……」

警部が言ったとおりだった。午前中のうちに、ロンドン北部の小さな森で奇妙な死体が見つかったという報告が入ったのだ。さっそく現場におもむいて状況を検分した結果、連続殺人犯の新たな犯行に間違いないとわかった。犯人はそこで《殺人七不思議》の五番目にあたる最新の《傑作》を堂々と仕あげたのだった。

死体は高さが五、六メートルもある椅子に、ぐったりとすわっていた。野生動物を監視するための台で、木の枝で作った梯子が取りつけてある。すぐわきの木は落雷でまっぷたつに裂け、死体も椅子も服も黒く焼け焦げていた。目撃者の証言によると、明け方ごろ森から煙があがっているのに気づいて駆けつけてみると、椅子や死体、落雷で裂けた木の一部が燃えていたという。出火の原因は落雷だろうが、火事はほどなく収まった。黒焦げの遺体は損傷が激しく、ようやく結婚指輪から身元が判明した。一見しただけでは外傷の有無もよくわからないが、どうやら雷に打たれて死んだらしい。しかしなんとも奇妙なのは、死体の手が金の小像を大事そうに握っていたことだ。横幅が十センチほどの、ずんぐりした象の置物だった。

連絡を受けたオーウェン・バーンズが、ほどなくウェデキンド警部の助力に駆けつけた。警部は次々に起こる事件についていけず、見るからに悄然としていた。しかしさすがのオーウェンも、大きな力にはならなかった。謎めいた《金の象》について、純粋に芸術的な観点からいくつかコメントしたくらいで。しかし目の前の問題点については、なかなか的確に整理した。

「犯人はわれわれに犯行予告を送りつけ、新たな犯罪を準備していると知らせてきました。残りの世界七不思議に照らせば、メッセージの意味は明白です。大神ゼウスの怒り。そこで誰しも思い浮かべるのは、神の《怒り》を象徴する雷でしょう。犯人は被害者もはっきりと名指ししています。ひとたびパズルが解ければ、疑問の余地はありません。しかもこの被害者は、雷雨を病的なまでに恐れていた。いや、とりわけ恐れているのは、近づきつつある雷雨です。彼は犯行予告が名指ししているのは自分だと感じ、避難所に閉じこもりました。邪魔するやつは撃ち殺すと言い放って……犯人が発した信じがたい予言は、はたして実現したのです。

避難所のドアは、雷に打たれたかのように壊されていました。内側にかかっていた大きな南京錠も溶けていて……リンチ医師は姿を消していました。抵抗のあとはまったく見られず、用意した銃を使った形跡もありませんでした。彼が見つかったのはそこから五、六キロ離れたところにある台のうえでした。玉座についた王のように椅子に腰かけ、落雷で黒焦げになっていました。《神々の怒り》が彼を襲ったのです。

犯人が生身の人間だとしたら、よくもまあ短時間のうちに、こんな演出を準備できたものです。ゼウスをあらわす最適な場所を、夜中のうちに見つけ出すなんて。背の高いこの椅子は、オリンピアにあったというフェイディアスの巨大なゼウス像を想起させます。死体が握っていた金の象は、金と象牙でできていたこの像のシンボルなのでしょう。いったいどうやってこんなにぴったりの場所を、短時間で見つけられたのか？　しかもそこは雷が落ちたか、落ちそうなところです。死ぬほど怯えて小屋にこもっていた被害者を連れ出すのだってひと苦労でしょうに。そして彼の恐れていたとおりになりました。実に驚くべきことです。リンチ医師は何年も前から、いつか雷に打たれて死ぬだろうと言っていたそうですから。まるで自分が殺されるのを予感していたように。ありえないことがいくつも絡み合って、頭がくらくらしてくるほどだ。《殺人七不思議》の五番目にあたる新たな事件を、いったいどんな言葉で言いあらわしたらいいのだろう？」

12

二日後、ウェデキンド警部とオーウェン・バーンズは若い画家から話を聞くためにセヴァン・ロッジを訪れた。新たに判明したいくつかの事実により、捜査の方向性も変わってきた。そこで鉄は熱いうちに打てということになったのである。アトリエに入ると、前掛け姿の画家が絵筆を手にしていた。

ウェデキンド警部は一礼すると、パトリック・エイムズ・リンチ医師が殺された事件に触れながら、訪問の目的を説明した。

「なるほど」とマイケルは言って、絵の出来を確かめるかのようにしげしげとカンバスを眺めた。もっとも、まだ下地の色が塗られているだけだったけれど。「ようやくしかるべき場所まで犯人を追ってきたというわけですか……オーウェン・バーンズさんのアドバイスに従ったんですね？」

「ある意味では」とウェデキンド警部は、画家が気づかないくらい微かな笑みを口もとに浮かべて答えた。「実は捜査に著しい進展がありまして。とりわけ今回の事件、つまり第五の殺人に関してね。被害者のあいだに何かつながりがないか、これまで捜してきたのですが……」

「馬鹿馬鹿しい。犯人は無差別に殺しているんです」画家は色を混ぜながら言った。「被害者が誰かなんて、どうでもいいことだ」

「馬鹿馬鹿しいとは言い切れませんよ、デナムさん。最後の二件については、被害者のあいだに確かな共通点がありますからね。それはご存じだと思いますが」

「何の話か……」

「いやいや」と警部は穏やかな口調で言った。「そんなに難しいことじゃありません。あなたもおわかりのはずだ。デナムさん、わたしが得た情報が正しいなら、あなたはロードス少佐とリンチ医師二人ともと知り合いだった」

「知り合いというのは言いすぎですよ。ロードス少佐についてなら、あてはまらないこともありませんが。あの人とは多少なりとも相通じるところがありましたから。しかしリンチ医師とはほとんど……」

「それでは、二人を知っていたことは認めるんですね？」

「そんなこと言ってませんよ。《牡牛亭》で顔を合わせたことがあるだけです。顔見知りの常連客はたくさんいますから。だから、何だっていうんですか？」

「まさしくそこですよ、わたしが問題にしているのは。あなたと同じく二人の被害者も、頻繁に《牡牛亭》に通っていました。あの手のパブはロンドンに何百軒とあるのに。われわれが追っている驚くべき連続殺人事件の被害者二人が同じ店の常連客だったというのは、偶然の一致にしてはできすぎじゃないでしょうかね？」

「そうかもしれませんが、ありえないことじゃない」

マイケルは絵筆を置き、首に巻いた絹のスカーフをなおしてから言葉を続けた。

「よく考えれば、理にかなったことかもしれません。犯人の動機はもうわかっています。やつは完全犯罪をやってのけようとしているんだ。実は去年二、三回、ポール・ブルックをあのパブに連れて行ったことがあるんです。ロードス少佐もリンチ医師も、なかなか個性的ですからね、ポールにはとても印象深かったようです。まずはロードス少佐の名前をヒントに、彼は思いついたのかもしれません。《殺人七不思議》の計画を」

「あなたは抜け目がありませんな、デナムさん」と警部は落ち着いた声で応じた。

マイケルは控えめな笑みを浮かべてカンバスをふり返った

「よくそう言われますよ、ブルックさんにも。とても魅力的な方で、ずいぶんとお世話になっています。おかげでわたしは今、いささか困った立場に置かれていますけれど。あなたがここに来る原因となった事件を考慮するならね。司法に協力し、市民の義務を果たそうとすれば、ブルックさんの信頼を裏切ることになるのですから。おわかりになりますよね、警部」

「わかってますよ。でも今の状況を理解していないのは、むしろあなたのほうじゃないでしょうかね、デナムさん。できるだけわかりやすくご説明しましょう。この連続殺人がどんな動機にもとづいているのか、初めから決めつけるのはやめにして、とりあえずいちばん新しい事件だけ取りあげていましょう。今から一週間前、つまりリンチ医師が殺された四日前、《牡牛亭》で喧嘩騒ぎがありました。あの店では珍しいことなので、みんなよく覚えていました」

「何をおっしゃりたいのかわかってます。説明させてください……」

「まだ話は終わってませんよ」と警部はさえぎった。「喧嘩の当事者はリンチ医師と、もうひとりはあなたでした、デナムさん。言っておきますが、否定しても無駄です。何人も証人がいますから」

「否定はしませんよ。こちらから説明するつもりでした」

するとと警部は猫なで声を出した。

「それじゃあ、説明してください、デナムさん。どうしてあのジェントルマンに平手打ちを食らわし、つかみかかったんですか？」

「むこうがわたしを侮辱したからですよ」とマイケルはプライドを傷つけられたとばかりに答えた。

「どんな侮辱をですか、デナムさん？」

「それはもう下劣な侮辱をね。事実無根の言いがかりをつけてきたんです」

「事実無根ですか？　ちょっと信じられませんが」

ウェデキンド警部は一瞬言葉を切り、あごひげをしごきながら、広々とした明るい部屋をぐるりと見まわした。

「お仕事には最適の場所ですね」と警部は続けた。「ブルックさんはあなたが快適にすごせるよう、気を使っておられるようだ。手当もたっぷり出ているんでしょう？」

「住む部屋と食事を提供してもらい……小遣い程度のお金はもらっています」

「日々の暮らしに困らないくらい？」

「ええ、今のところはね。でも有名になって絵が売れれば、苦労も報われます。ブルックさんが準備している個展が、きっと成功するでしょう」

「皮算用は禁物ですがね、デナムさん。それはあなたもよくご承知でしょう。目下あなたが自由に使える財産はまったくありません。少なくとも公には。だからその野心に見合った暮らしを送るには、わずかなお金でもぜひ欲しいのでは？　隠さなくてもけっこう、野心というのはつまり、ドール嬢と結婚することですが」

「最後の点について、隠す気はありませんよ」マイケルは警部の態度が急変したことに驚き、口ごもりながら答えた。

「ところが」と警部は続けた。「その点ライバルのポール・ブルックは恵まれています。仮に期待どおりの成功が収められなかったなら――あなたはその可能性も考えたはずだ――たちまち劣勢に陥ってしまうでしょう。お金の大切さは身に染みているのでは？」

「ええ、でもそれがすべてではありません。アメリーの気持ちはお金で左右されたりしませんから」

「今はそうでも、明日のことは誰にもわかりません」

「何がおっしゃりたいんですか？」とマイケルは苛立たしげに言った。「それがいったいリンチ医師と……」

「どんな関係があると？」ウェデキンド警部はうわべだけは丁寧に続けた。「実はですね、わたしの要請に応じて、リンチの取引き銀行から連絡が入りました。わたしの思ったとおりでした。リンチはこの数週間のうちに、多額のお金を引き出したというのです。そんなこと、今までありませんでした。どうも恐喝事件が疑われます。あなたは彼からそのことで責められ、諍いになったのではないですか？」

画家の薄い皮膚の下にくっきりと青筋が立った。マイケルは冷静さを失い始めていた。

「ええ、たしかに彼はそう言って、面とむかってわたしを罵りました。しかも、あのときが初めてではないんです。そんな侮辱をいつまでもさせておくわけにはいきません。しかも、公衆の面前で」

「恐喝の理由は？」

「それは……わかりません。彼から聞いていないので」

警部は黙ってしばらくうなずいていたが、やがてこう続けた。

「目撃者が口をそろえて言っていますが、最後の喧嘩はとても激しいものだったそうですね。そしてその数日後、リンチ医師は殺されました。知ってのとおりの状況でね」

「下種の勘繰りはやめて欲しいな。そもそもゆすり屋が金の卵をうむにわとりを殺すなんて話、わたしの知る限り聞いたことがない」

「相手がおとなしく金を払っているあいだは、たしかにそうでしょう。しかし忌まわしい脅迫に耐えかねて、皆の前で反撃をし始めたら、生かしておくわけにいかなくなる。そうでしょう？」

マイケルは自制心を保とうと必死の努力をした。そしてもう一度スカーフをなおしながら、なんとか落ち着いた声で言い返した。

「とんだ見当違いですよ、警部。ここに来たのは正解だが、目指す相手を間違えています」

するとウェデキンド警部は絵具のほうに歩み寄りながら言った。

「ご存じでしょうが、法廷では被告の配偶者がどんな証言をしても、証拠としての価値はまったくありません。それはそうですよね。愛情と真実が両立しないのは、昔から誰でも知っていることですから。あなたが犯人を名指ししたとオーウェン・バーンズさんから聞いたとき、わたしはふとそれを思い出しました。その手の証言は話半分で聞くことにしていますが、正直、あなたのおっしゃることは疑わしいと思いますね。ところで最後の事件があった晩は何をしていたのか、教えていただけますか？　ここで絵を描いたあと、部屋に戻って床に就いたけれど、それを裏づける証人は誰もいない。たぶんそんなところかと思いますが」

「いえ、正確には違います……」とマイケルは緊張気味に答えた。

「ほう？　じゃああなたは外出したんですか？　あんな悪天候のなかを？」

「ええ、そういうことです。そして帰りが遅くなり……」

「どこへ行っていたんですか？　帰ったのは何時ごろ？」

「アメリーのところへ行っていました……ここに戻ったのが何時か、はっきりとした時刻はわかりません。かなり遅かったはずですが……午前零時近かったか、あるいはもっとあとだったかも。アメリーといっしょにいると、時間なんかどうでもよくなってしまうんです。でもひとつだけ確かなのは、わたしたちがお金の話なんかしなかったということです」

「なるほど」と警部はそっけなく答えた。「その点については、またおたずねする機会があるでしょう、デナムさん。そうそう、あともうひとつ。絵具のチューブを何本かお借りしたいんですが。できるだけ早くお返ししますから。警視庁の専門家が成分を分析し、芸術家気取りの殺人犯が送りつけてきた油絵の絵具と照合し終えたらね」


翌朝、ウェデキンド警部は召喚に応じてやって来た裕福な製紙業者を、警視庁のオフィスに迎え入れた。オーウェン・バーンズは少し離れ、ぼんやりしたようすで煙草を吹かしている。警部は前置きもそこそこに、手にした箱をあけて小さな毛織の布包みを取り出した。なかにはコインが三枚入っていた。一枚は古びた青銅製、あとの二枚は銀合金製だった。どれも表面にギリシャ式あるいはローマ式の列柱が描かれている。

「われわれが得た情報によると」と警部は切り出した。「これらのコインは古代に遡るものです。赤銅色の一枚は、あなたのご友人だったトーマス卿が大弓《クロスボウ》の矢で射殺されたとき、その手に握られていました。あとの二枚は近くの草むらから見つかりました。ちなみにブルックさん、あなたは古銭にお詳しく、ご自分でも集めておられるとか。そこでおたずねしますが、この三枚はあなたのコレクションでしょうか？」

ジョン・ブルックは三枚のコインを手に取り、ざっと確かめうなずいた。

「なくなったのは気づいていましたが、珍しいことではないのであまり気に留めていませんでした。いつもとは別の場所に片づけてしまったのだろうと思って。それじゃああなたは、トーマス卿が……借りていったと？」

「トーマス卿か……あるいは犯人が」ウェデキンド警部は相手の反応をうかがいながら答えた。

ブルックはもう一度うなずくと、重々しい口調で言った。

「つまり犯人はわたしの周辺にいるかもしれない……ということですか？」

「その可能性も、今後は念頭に入れねばならないでしょうね。でも詳しい話はあとにして、とりあえずお聞かせ願えますか。三枚のコインがなくなったのはいつごろだったか」

「よく覚えていないのですが、気づいたのは二、三週間前だったと思います。しかし、その前に盗まれていたかもしれません」

「ブルックさん」オーウェンがいきなり立ちあがって口をはさんだ。「この連続殺人についてあなたはどう思っていらっしゃるのか、お訊きしたいのですが。事実を冷静に分析するのではなく、個人的にどう感じているのかを」

「新聞記事に書かれていることに、どうしても影響されてしまいますが……」

「たしかにそうでしょうが、あなたの芸術的な感覚に期待しているんです。その分野では信頼に値する方だと思っていますから」

ブルックは山高帽の縁をよじり、顔中に細かなしわをよせて笑みを浮かべた。

「古代世界の七不思議についてはもともと個人的に思うことがありましたが、それが今回の忌まわしい連続殺人事件によってはっきりしたようです。よく考えてみると、世界の七不思議には（残念ながら現存しているのは、クフ王の大ピラミッドだけですが）、ひとつの共通点がありま す。もちろん美の判断基準はひとつではありませんが、世界七不思議の建造物はどれも堂々としています。その巨大性によって、人々の目を驚かせたのです。エフェソスのアルテミス神殿しかり、バビロンの空中庭園、ハリカルナッソスのマウソロス霊廟、アレクサンドリアの大灯台しかり。それにオリンピアの神殿に収められたゼウス像も並はずれた大きさで、頭が天井に達するくらいだったといいます。もちろんロードス島の巨像やギザの大ピラミッドも、今日ですら比類するものがないほどの大きさです。これらの建造物はすべて雄大さと荘厳な美しさを兼ね備えていたのでした。しかし、それを作りあげたのは人間です。創造者たる神に追いつき、さらには追い越そうという人間の意志が、そこには感じられます。それはある意味、神々に対する挑戦そのものです。

そうした挑戦という考えが、この連続殺人からもはっきりと透けて見えるのではないでしょうか。わたしが読んだ新聞記事によると、どの事件にもまるで超自然の力が働いているかのようだったとか」

「そのとおりです」とオーウェンは答えた。「灯台守の男が灯台のてっぺんで松明のように燃えあがったとき、彼のそばには誰もいなかったはずなのですから。いかな弓の名手でも、あれほどみごとにトーマス卿を射抜くことはできなかったでしょう。証人に気づかれず、ミス・マリー・ドゥーモントの頭上に大きな植木鉢を落下させるなど不可能でした。ロードス少佐を死に至らしめたのも、人間業とは思えません。目の前に飲み水があるのに脱水症で死ぬなんて、まさに奇怪至極です。そしてリンチ医師はと言えば、理屈では説明できない状況で雷に打たれました。まさしくこの事件は、超自然の力が働いているかのようです」

ジョン・ブルックは目の前の虚空をじっと凝視していたが、やがておもむろにこう言った。

「犯人が神に挑戦しているのかどうか、そこのところはわかりませんが、誰かあるいは何かに挑んでいるのは確かでしょう。それはひとりの人物、あるいは何人かの集団かもしれませんし、例えば司法といった抽象的な権威かもしれません」

「そうだ」とオーウェンは叫んだ。「まさにそのとおり。みごとな分析です、ブルックさん。わたしも同意見ですね。壮大なものへの妄執と優越感に凝り固まった人間の精神構造を的確に言いあらわしている。警部、あなたはどう思われますか?」

ウェデキンド警部はため息をついた。

「たしかにみごとな分析かもしれませんが、それによって真実が覆い隠されてしまうような気がしますね。ブルックさん、あなたも賛成なさるでしょうが、真実というのは必ずしもそんなに《不可思議なもの》じゃありませんよ」

老製紙業者の目に不安の光が灯った。

「それじゃあ犯人はわたしがわが家に置いている人物だと、本気で思っているんですか？」

「ええ、ブルックさん。残念ながらそう信じるに値する理由が、いくつもあるものでね。確固たる証拠はまだ手に入っていませんが、ほかにも……ご存じでしょうが、犯人は事件のたび、謎めいた犯行予告を送りつけてきます。カンバスに、まだ乾きやらぬ油絵の具で書かれたメッセージを」

するとジョン・ブルックの表情が突然変わった。

「つまり、犯人は画家だと？　しかもこの屋敷に住んでいる人物だとすれば、マイケルしかいないとあなたは結論づけたんですね。それはいささか安易な考えだ。そんな可能性は問題外です」

「ブルックさん、理由はほかにもありまして」警部は落ち着くように身ぶりで促しながら答えた。

「いいですか、明白すぎる事柄はかえって疑わしいと言いたいのでしょうが、そうとは限りませんよ。われわれは送られてきた絵と、デナムさんが使っている絵具を較べてみました。鑑定の結果、犯人とデナムさんの絵具が同一だとは断言できないまでも、同じメーカーのものだと判明しました。しかもそのメーカーは、あまり一般的ではないんです。これもまた、偶然にしては出来すぎですよね。

犯人があなたの屋敷で、あなたのコレクションから盗んだコインの一件もあるというのに……」

ブルックは顔を青ざめさせ、口ごもった。

「マイケルじゃない……そんなはずはないんだ……あなたは思い違いをしている」

「もし犯人がデナムさんではないとしたら、彼を陥れようとしている何者かということになりますね。あのコインを盗み、わざとデナムさんの絵具か同じメーカーの絵具を使って、彼が疑われるようにしむけた人物ということに」

「ええ、そうかもしれません」

「だとすると」警部は嘆息した。「残念ながら犯人の可能性はやはり限られてきます……あなたの家で、それほどデナムさんを憎んでいるのは誰でしょう？　この問いに答えるには、われわれよりあなたのほうが適しているはずだ。しかしブルックさん、正直なところを言えば、われわれは捜査に自信を持っていません。お辛いのはわかりますが、こうなったらあなたもデナムさんの有罪にむき合わねばなりません。しかしまだあと一点、確認すべきことが残っています。最後の事件の晩、彼がどこで何をしていたかです。彼があくまで曖昧な態度を続けるなら、はっきり言っておきますが、本人にとって面倒なことになるでしょうね……」

13

ブルック邸のガーデンテーブルの前に腰かけ、オーウェンとわたしはポール・ブルックを待っていた。気持ちのいい午後だった。地平線にも不穏な雲は見られない。わたしはなにげなくあたりを見まわした。ここ数日の大雨で、草木は生気を取り戻したようだ。それでも芝生だけは長く続いた猛暑にやられ、枯れかけていた。とりわけ陽がいちばんよくあたる庭の真ん中あたり、ジョン・ブルックが考え出した奇妙なモニュメント《来世への門》の周囲は危機的な状況にある。いっぽう、つる植物の成長には目を見張るものがあった。先日、ポール・ブルックと会ったとき以来、葉はほとんど倍増しているのではないか。そのとき、ささいだけれど思わずどきりとするような出来事があった。わたしが心の内で思っていた言葉を、誰かが背後から声に出して言ったのだ。

「《来世の門》……」

ふり返ると、くすんだ顔色の小柄な婦人がいた。黒いビロードのガウンを羽織り、ターコイズブルーの地に黒い刺繍をほどこしたサテンのブラウスを着ている。髪を丸くひとつにまとめ、顔つきはにこやかで感じがいいけれど、目は暗く沈んでいた。

それがブルック夫人のミラダだった。歳はそろそろ六十になるはずだが、見た目では年齢がわからない女性たちのひとりだ。

「庭に建てるモニュメントの名前としては、奇妙ですよね。そう思いませんか？」とブルック夫人はいきなりたずねた。それから自分の名を名のり、息子のポールもあと少ししたら来ますからと続けた。

オーウェンはたしかにそのとおりだと愛想よく応じ、モニュメントの独創性を指摘した。

ブルック夫人は何やら考えこみながら、わたしたちの隣のガーデンチェアに腰かけた。

「夫はときどき、おかしなことを思いつくんです」彼女はしばらくじっと黙っていたが、やがてそう話し始めた。「ええ、ちょっと気味の悪いことを……初めて出会ったころとは、すっかり変わってしまいました」

「たしかお二人は、あなたの生まれ故郷で出会われたんですよね」とオーウェンがたずねる。「ずいぶん前になりますが、ご主人がバルカン地方について書かれた著作のなかで読みました」

「そのとおりです」とブルック夫人は遠い目をして答えた。「あのころは若くて、颯爽としていました。つまらないことでくよくよしない、活気に満ちた理想主義者だったんです。まだエジプトのミイラなんかに興味もなくて。でもときとともに、そんな情熱は失われてしまいました。ほかのいろんなこととといっしょに……今は絵画に夢中です。というか、正確には画家にです」

「デナムさんのことですね。あの若くて、才能あふれる」とオーウェンはわざと無関心そうに言った。

ブルック夫人は一瞬黙ってから答えた。

「まあ、そんなところです。でも、先のことはわかりません。デナムさんだって、明日にはもうここにいないかも。そしてまた、別の人がやって来る。スミスさんかもしれないし、ブラウンさんかもしれないし。画家ではなく、彫刻家か音楽家かもしれません。結局、大した違いはありません……」

ブルック夫人は淡々とした口調で話した。もっと抑揚がついていたら非難がましく聞こえるところだが、いまひとつ真意を測りかねた。

「でもわたしには、このモニュメントが陰鬱だとは思えませんが」とオーウェンはわざと明るく、ぶっきらぼうに言った。

「《来世の門》」と彼女は言って、件《くだん》の建造物に黒い目をむけた。「庭の真ん中を飾るモニュメントにそんな名前をつけるなんて、あんまり気持ちのいいことではないでしょうに。わたしの祖国だったら、縁起が悪いって言われるわ。ここで暮らし始めたとき、わたしはもっと明るい名前を考えていたんです。例えば、パラダイス・プレイスとか。でも夫は、それじゃあ月並みすぎるって」

「ああ、なるほど」オーウェンは納得したようにうなずいた。「もしかして、若い画家の絵をあてこすっているのかと思ったのですが。陰鬱な作風ですからね」

「ああ、それも関係しているでしょう。マイケルを非難すべき理由が、はっきりあるわけではないけれど、彼がここに来てからというもの、やけにみんなぴりぴりしているみたいで」彼女は少しためらったあと、こう続けた。「ポールもすっかり変わってしまい……ああ、あの子が来ました」

わたしたちが一礼すると、ブルック夫人は帰っていった。それと交代に、息子が落ち着いた足どりでこちらにやって来る。母親がすれ違いざまに目を合わそうとしても、彼は気づかないふりをした。

それでもポールはしばらく世間話をしたあと、母親と何をしゃべっていたのかとたずねた。オーウェンは会話の内容を説明した。ブルック夫人は個性的な方ですね、と彼はつけ加えた。

「ええ」とポールは冷たい笑みを浮かべて答えた。「父の前では違いますが。父のやり方について、批判めいたことはいっさい口にしません。議論しても始まらないですから。どうせ何も変わらないんだし。でも、そんな話のためにいらしたんじゃありませんよね?」

「もちろんです。マイケル・デナムのことをうかがいに来ました」

ポールは急に表情をこわばらせた、オーウェンはすぐに続けた。

「マイケル・デナムについてあなたが抱いていた疑いが、どうやら確かめられたようなので。詳しい話はできませんが、その点はご理解いただけるでしょう。でも現在、デナムさんは警視庁に呼ばれ、正式な訊問を受けているところです」

「それでは彼に殺人の嫌疑がかかっていると?」ポール・ブルックは驚いたようにたずねた。

「ええ、かかっているなんてものじゃない。有罪はきわめて濃厚でしょうね。でも、お父上はなにもおっしゃっていませんでしたか?」

ポールは肩をすくめ、ほとんど聞こえないくらいの声で《いいえ》と言った。

「わたしがうかがいたいのは」とオーウェンは続けた。「現在あなたがどう考えていらっしゃるかです。つまりマイケル・デナムが連続殺人の犯人だと、今でも思っているのかどうかです」

さっき母親の目に浮かんだのと同じ表情が、一瞬ポールの目にも見てとれた。二人はよく似ている。虚ろなようで強烈な目の力、そのわざとらしい輝き、とらえどころがないけれど、激しい感情がはっきりとあらわれている目つきが。

「わたしはシャツを着替えるみたいに意見や好みを変える人間じゃありませんよ、バーンズさん」

ポールはきっぱりとそう言った。「ひとつの立場にただ盲目的にしがみついているわけではありませんが、マイケル・デナムに関する限り、わたしの確信は揺るぎません。いや、それどころかやつの日ごろのふるまいを見ていると、むしろ強まるばかりです。あなたは前回、わたしの話を本気で取り合わなかったようですが……」

「ええ、そうかもしれません」オーウェンはうなずいた。「しかしおわかりでしょうが、あなたの証言を素直に信じるわけにはいかない理由も、残念ながらありますからね。つまりあなたの証言には、ドール嬢に対する恋愛感情の影響があるのではないかと」

「恋愛感情の何が悪いんです! まるで急性の熱病みたいな言い方をして。本能に導かれるがままの、理性にもとる衝動のような。マイケルには、それがあてはまるかもしれませんが」

「ご意見、ごもっともです」

「本心ですか?」

ポールは目に挑戦の色を浮かべてオーウェンをひと睨みし、やおら立ちあがった。暴力沙汰に及ぶ気だろうかと、一瞬心配になったけれど、ただ花壇に入っただけだった。彼はそこで屈みこみ、パンジーを一輪摘み取り、オーウェンに見せに戻った。パンジーを熱愛するオーウェンに。

「きれいな花ですよね、バーンズさん。見てください、繊細な青のニュアンスを。くすんだビロードのような中心部とライトブルーの花びら、それがすばらしい黄色い斑点との完璧なハーモニーをなしています」

「たしかにみごとな取り合わせだ」

「本当にきれいです……」

「それはわたしも認めますよ、ブルックさん」

「この花の美しさに匹敵するのは、アメリーの美しさだけでしょう。彼女の美貌には、どんな女性もかないません」

「その点も賛成です。反論する気はありません」オーウェンは軽く咳払いをしながら言った。

「バーンズさん、わたしがお示ししたかったのは、花であれ女性であれ、美しき創造物は一日にしてならずということなんです。このパンジーだって、昨日と今日とでは少しずつ違っている。

わかりますか？　成熟に達するには時間が必要なんです。それと同じで真実の愛も、ゆっくりと作りあげていくものです。それぞれの瞬間を味わって、急がずあわてずひとつひとつ段階を踏み、互いにやさしく見守りながら心をこめて育てあげていく。そうすることによって初めて、美が開花するんです。今、あなたの前にある美、この花の美しさを模範として……」

ポール・ブルックの論証は至極もっともで、なんら滑稽なところはないが、いつもならオーウェンが得々として披露する類の話だ。それを彼のほうが聞かされているとあって、わたしは笑いをこらえるのにひと苦労だった。オーウェンは眼前に突き出された花とポールを、悔しそうに見較べている。

「たしかにそのとおりですね」ようやくオーウェンは答えた。

「ただ問題は」とポールは言って、再び腰をおろした。「それをマイケル・デナムがまったく理解していないことなんです」

「説明してみたんですか」とわが友がたずねる。

ポールは肩をすくめた。

「いいえ。時間の無駄ですから。あの男は動物的な本能でアメリーに迫っている。ただそれだけなんだ。彼は明らかな事実から必死に目を背け、怒りの矛先をわたしにむけている。そしてわたしを憎むあまり、あんな恐ろしい行為に及んでしまった……」

「そうでしょうか」とオーウェンは考えこみながら言った。「今回の連続殺人は怒りに駆られた行動というより、冷静沈着な計画にもとづいたもののように思われるのですが」

「でも、彼が犯人に間違いありません、バーンズさん。いったんこうと決めたら、絵を描くときと同じように忍耐強く、巧妙にふるまうんですよ、あいつは」

なるほどもっともな指摘ですとオーウェンはうなずき、思案顔でこうたずねた。

「デナムさんに対して密かに悪意をつのらせているような人間が、あなたのほかにも周囲にいませんかね？」

「どうしてそんなことをおたずねになるんです？」とポールはぶっきらぼうに訊き返した。「マイケルが犯人なのは、もう明らかでしょうに」

「まだそうとは限りません」

「動機もあれば証拠もある。あとは何が必要だと？」

「最後の事件が彼の犯行たりうることを、はっきり証明しなければなりません」

「わたしの知る限り、やつにはアリバイがないはずです」

「あなたはどうなんですか、ブルックさん。十三日の晩のアリバイはありますか？」

「いつもの晩と同じように、部屋で眠っていました」

「それを裏づける証人はいますか？」

ポール・ブルックの目が一瞬、きらりと光った。

「いいえ、誰もいません」

「となると、あんまり喜ばしい状況とは言えませんね」とオーウェンは愉快そうな笑みを浮かべて応じた。「それにデナムさんも、同じような主張をしています。まあ、それはいいでしょう。あなたはまだ、わたしの質問に答えていませんよ。デナムを嫌悪する理由がある人間を、誰かご存じですか？」

オーウェンはそこで言葉を切った。ブルック邸の裏口があいて、ブルック夫人があらわれた。たった今、郵便局からバーンズさん宛ての電報が届きました、と彼女は告げた。

こうしてわたしたちは、ウェデキンド警部からの簡潔なメッセージを受け取った。

《至急オフィスに来られたし。重要な知らせあり》

14

「どうやら、とんだヘマをしてしまったようです」ウェデキンド警部は開口一番そう言った。わたしたちはブルック邸を辞去すると、そのまま午後のうちに警視庁にむかったのだった。

いつもとは違い、警部は椅子にすわっていなかった。部屋のなかを行ったり来たりしながら、とっくに火が消えた葉巻を気づかずに吸っている。苛立っているのは確かだが、そのわけがわからない。彼はわたしたちをぞんざいに迎えると、腰かけて話を聞いて欲しいと言った。

「あなたが示した線を追っていれば、もっとうまい方策を思いついていたんですが、バーンズさん」と警部は言ってオーウェンのほうをふり返った。「犯人が誰であれ、捜査の手はブルック邸へと伸びていました。だからあの晩、二人の容疑者がどんな動きをするか、そっと見張っていればよかったんです。でも犯行の状況について話を戻す前に、捜査そのものについて二、三、お伝えしておくべきことがあります。

リンチ医師の遺体から、鉱物性の油を燃やした痕跡が見つかりました。犯人はリンチ医師の体や腰かけていた椅子、落雷で裂けた隣の木、小枝の束に石油をかけて火をつけた。つまり遺体やその周囲が焼け焦げていたのは雷のせいではなく、犯人が燃やしたからだったんです。

残念ながらこれだけでは、まだ説明のつかないことがあります。隣の木は、たしかに雷が落ちて裂けたのでしょう。あんな巨木を引き裂けるほど怪力の持ち主が、まさかいるとは思えませんから。独力ではもちろん、数人がかりでも、馬の力を使ってもね。地元の樵《きこり》たちにも話を聞きましたが、はっきりと断言していました。あの木にはたしかに、最近雷が落ちたに違いないって。

リンチ医師がこもった小屋のドアには、南京錠がかかっていました。その南京錠も、一部が変形するほどの高熱にさらされていました。それにドアからも、細工をしたような奇妙な跡が見つかりました。まずは錠前のまわりを手斧かなにかで砕き、真っ赤に焼けた炭火のようなもので焦がしている。つまりは、相矛盾するような痕跡がいくつも残っているんです。それはさておき、まずは事実を時系列に沿って追っていきましょう。

六月十三日の夜九時三十分、リンチ医師はいつも以上に不安をつのらせ、庭の奥の小屋に閉じこもりました。そのあと午前一時ごろ、嵐がやって来ました。午前三時ごろ、リンチ夫人はあいているはずのない小屋のドアがあいているのに気づきました。彼女がようすを見に行くと、夫のリンチ医師が姿を消していました。残念ながらリンチ夫人にも、それ以上詳しいことはわかりません。例えば、一時間前にはドアが閉まっていたかどうかとか。午前三時三十分ごろ、雨が降り止みました。そして午前六時ごろ、森番が森から煙があがっているのに気づき、被害者を見つけました。検死医によると、リンチ医師はまず激しく殴られたようです。そのあと絞め殺され、死体が焼かれたのです。死亡推定時刻は午前三時ごろだけれど、最大一時間くらいの誤差を考えれば、おおよそ午前二時から四時くらいということになります」

ウェデキンド警部は火の消えた葉巻を指にはさんだまま両手を背中にまわし、突然立ちどまった。目は執拗に床を見つめている。

「その間《かん》、デナムは何をしていたのか？」と警部はこもった声で続けた。「思うに、すべてはそこにかかっています。われわれはまだこの特異な事件について、わからないことがたくさんあります。この事件をとり巻く信じがたい演出について……」

「たしかにそのとおりだ」オーウェンは鎖の先につけた懐中時計をじっと見つめながら言った。

まるでそれが目新しい、思いもかけなかった品物であるかのように。「まず第一に不可解なのは、被害者が雷雨に対して恐怖をつのらせていったことでしょうね。彼の雷恐怖症は二年ほど前に始まりました。そして犯人が殺人予告を送り、凶行に取りかかろうとしたちょうどそのとき頂点に達しました。まるでこの事件はずっと前から、リンチ医師を標的にして計画されてきたかのように。でもそれは、すでにわかっているほかの手がかりと相いれません。ほかにも不可解なことがあります。犯人はリンチ医師を隠れ家の小屋からどうやって追い出したのか。リンチは外から闖入者が来たときに備えて、手もとに銃まで用意していたというのに……それでも犯人は目的を達成しました。リンチ医師をまんまとおびき出し、犯行現場へと連れて行ったのです。ちょうどうまい具合に落雷に襲われたばかりの木や、野生動物の監視台も、暗闇と雨のなかで見つけて……」

「とりあえず、純粋に物理的な側面から問題を考察するにとどめましょう」と警部はそっけなく言った。「セヴァン・ロッジからリンチ医師の家まで、馬車で三十分もかかりません。あの晩デナムがいたというドール嬢の家からなら、二十分ほどでしょう。被害者が発見された森へも、同じくらいの時間で行けます。つまりデナムが被害者と接触して殺害するまで、最短で一時間くらいだったわけだ」

「たしかに最短時間ではね。でも、細々《こまごま》とした演出をほどこす時間は勘定に入っていません。死体を監視台のうえに運んだり、火をつけたりと。ちょうど雨も降り出したところだから、そんなに容易なことではなかったはずです。もっともそれは、あとからできることですが……」

「被害者が殺された時刻が下限ぎりぎりの午前四時だとすると、デナムのアリバイは午前三時を超えるかどうかで決まってくる。そうでしょう?」

「まさしく」オーウェンは夢見るような笑みを浮かべて言った。「でもわれわれは、あの嵐を重視しすぎているのかもしれません」

「どうしてです?」と警部は眉を吊りあげてたずねた。

「いかに激しい嵐でも、恐るるに足らずってこともありますから」

「よくわからないな、オーウェン」とわたしは口をはさんだ。

「思いあたる寓話があってね……」

「《樫の木と葦》か? 葦は風に吹かれてもたわむだけだが、樫の大木は突風にあおられ根っこからもげてしまう」

「そうじゃないさ、アキレス。ぼくが考えたのは《北風と太陽》の話だ。ある日、北風と太陽はぶ厚いコートを着た旅人を見て、どちらが先にそのコートを脱がせられるか競い合うんだ。北風が力いっぱい吹きかかると、旅人はしっかりコートを押さえる。太陽のやり方は正反対だ。太陽の強烈な光を受けて、旅人は厚いコートを脱がずにはいられなくなる」

「それがこの事件と、どう結びつくんです?」警部が不平がましくたずねる。

「一見、難しい結果を得るために、ほんのささいな工夫で足りることもある。要は適切な方法を選べばいいんです」

警部の顔にへつらうような笑みが浮かんだ。

「それじゃあ犯人は、もっと短時間で目的を達成できたかもしれないと？」

「ええ、場合によっては」

「あと三十分、犯行時間を短縮しましょうか？　あるいは、十五分でも。いや、この際だから数分でもかまいませんよ」

オーウェンは不思議そうな目でウェデキンド警部を見あげた。

「警部、何をそんなにむきになって。やけにかりかりしてませんか？」

「してますとも」ウェデキンド警部は真っ赤になって、突然声を張りあげた。「今までずっと、わたしはマイケル・デナムが犯人だと固く信じてきました。すべてが彼を指し示していますからね。警察に送られてきた絵、盗まれたコイン。そしてミッシングリンクも見つけたと思いました。《牡牛亭》です。最後の二件の被害者も、そして容疑者のデナムも、そこの常連客だったんです。リンチ医師が脅迫されていたこと、ゆすり屋はマイケル・デナムにほかならなかったことを知って、わたしにはもう疑いの余地はなくなりました。しかもリンチ医師とデナムのあいだには、近ごろ喧嘩騒ぎがあったそうじゃないですか。ところが今になって、デナムには事件の晩、アリバイがあるとわかったんです……午前四時まで！」

沈黙が続いた。その間わたしはオーウェンの顔に浮かんだ驚きの表情を、じっくり眺めることができた。彼はわたしに劣らず呆気にとられていた。

「アリバイだって！」オーウェンはようやく口をひらいた。「でも、たしか彼は午前零時以降どこで何をしていたのか、証明できなかったはずでは。彼はおおよそ午前零時ごろ、ドール嬢の家を出たのだから」

「わたしもそう思っていました。しかし今朝、部下のひとりがドール嬢から話を聞いたところ、なんとこう証言したんです。**彼女はデナムと午前四時まで、いっしょにチェスをしていたと**」

麗しのアメリー・ドールは翌日、同じ警視庁のオフィスでウェデキンド警部の訊問を受けた。しかし彼女の証言は、少しも揺るがなかった。マイケルが帰った時刻ははっきり覚えている。彼を玄関の外まで見送って部屋に戻ろうとしたとき、居間の柱時計が四時を打つのが聞こえたからと。そのあとデナムに確かめると、恋人の評判に関わることなので、いちばん肝心な点は黙っていたと認めた。長居をしすぎたのが少し後ろめたくて、帰り際に柱時計を見ることはなかったけれど、それくらいの時刻だったはずだと彼はつけ加えた。

最後の事件から一週間がすぎたころ、オーウェンとわたしはドール嬢のもとを訪れた。それまでずっとわが友は、胸のうちを明かそうとしなかった。捜査が佳境に入っても道半ばだと、わたしは過去の経験からわかっていた。すでにさまざまな出来事が錯綜しているが、ドラマのクライマックスはこれからだ。ロンドンの町を包む夜の帳のように陰鬱で不安を掻き立てるクライマックスが、この先にまだ控えている。

ガス灯が灯り始めた夕刻、辻馬車はドール邸の鉄柵の前にとまった。呼び鈴を押すと、戸口にあらわれたアメリーは少し驚いたような顔をした。それでもわたしたちを居間に案内すると、そろそろいらっしゃるだろうと思っていましたと言って、皮肉っぽい笑みを浮かべた。彼女は伯母さんを紹介した。とても高齢でとてもにこやかで、誰が何を言ってもうなずいている。世間話は短めに切りあげ、アメリーは伯母さんを寝室に連れていった。そして数分後に戻ってくると、今日はどんなご用件でとたずねた。友人としてかしら、それとも公式の訊問で？

「おわかりでしょうが、その両方ですよ」とオーウェンは、アメリーを見つめながら答えた。

「それならほっとしました。わたしの顔も見たくないからって、容疑者リストからはずされたのかと心配してましたわ」

「そんなご無礼をするものですか」オーウェンはやたらに愛想よく答えた。「でもあなたに仕える二人の男性のうち、わたしがどちらに目をつけているかお話しさせてください。あなたはどちらかの共犯者かもしれない。その可能性も除外はしませんけれどね」

アメリーは顔を曇らせた。

「わたしの証言を、信用していないんですか。事件の晩、マイケルがこの家にいたという……」

「あなたがたお二人が惹かれ合っているという点を考慮に入れなければ、信用しない理由は何もありませんがね。チェスの試合に熱中するあまり、時間など気にしていなかったのでは？」

アメリーは柱時計をふり返り、オーウェンに視線を戻して首を横にふった。

「警部さんにもその点を何度も訊かれました」アメリーは咳払いをしてから言った。「でも間違いありません。マイケルが帰ったとき、時計が四時を打つのが聞こえたんです」

「残念ですね」とオーウェンはため息まじりに言った「少なくとも警察は残念がるでしょう。彼らにとってデナムさんは理想的な容疑者ですから」

オーウェンはデナムにとって不利な証拠を数えあげた。なかでもリンチ医師が殺される少し前、デナムと喧嘩になったことについて詳しく説明した。リンチ医師はデナムを卑劣なゆすり屋だといって非難したのだと。

「あなたはこれが根拠のある非難だと思いますか。もしそうなら、何をもとにゆすっていたんでしょうね」

アメリーは椅子の肘置きにゆっくりと指を這わせながら少し黙っていたが、やがてきっぱりとこう言った。

「マイケルがゆすり屋だなんて、とても想像がつきません。人殺しだって言われたほうが、まだ納得がいくわ。リンチ医師のことは、名前しか知りません。マイケルがときおり話していたので」

「どんなことを?」

アメリーは肩をすくめた。

「もう覚えていません」

「リンチ医師が雷恐怖症だったという話では?」

「ええ、そう言われてみると……でもマイケルはいろんな話題のひとつとして話したんです。その男を脅迫する理由なんかあるとは思えません。いずれにせよ、マイケルはお金にあまり執着していませんし……」

「お金そのものに執着がなくても、手段のひとつとして必要なのでは？　例えば、何かとてもお金のかかる計画を抱いていて、実現できるかどうかは費用が集まるかにかかっているとすると？わたしが聞いたところによると、彼はあまり裕福ではなかったそうですが」

「わかってます」

「それは障害ですよね……彼の幸せを妨げる」

アメリーは肩をすくめた。

「そんなことありません。いずれにせよ、前にも申しあげたとおり、わたしまだ心を決めていませんし」

「あなたはそうでも……彼のほうは？」

アメリーは苛立ったような身ぶりをした。

「でも、どうして今ごろになってそんなことを訊くんですか。犯人は彼じゃないと、もうわかっているのに」

「兄でなければ、弟のほうか……」

アメリーは目を丸くして立ちあがった。

「ポールのことを言ってるんですか」

「デナムさんが無実だとすれば、今度はポール・ブルックさんに目をむけるのが理屈でしょう」

アメリーは髪をヘヤネットで包んでいたので、はつらつとした表情をぞんぶんに眺めることができた。微かに日焼けした顔に、ほんのり赤みがさすのが見てとれる。そこに彼女の気持ちがよくあらわれていた。

「ええ、まあ……でも、わたしには信じられません……」

「犯人の正体をじっくりと数学的にあぶり出すほうが、ずっとたやすいことなんです。いきなり誰かを名指しして、そこにどんな恐ろしい出来事が隠されているか気づくよりもね」

アメリーは重々しくうなずいた。

「それでも事実は事実です」とオーウェンは続けた。「もうひとりの容疑者が勘定からはずれたからポール・ブルックさんが犯人だというのは、机上の空論にすぎないかもしれません。しかしいくつかの手がかりがはっきりと示しているように、芸術家気取りの犯人はブルック家を頻繁に訪れている人物、少なくともブルック邸に何度か行ったことのある人物でしょう。そこのところを考慮して、去年のクリスマス・パーティーの晩を思い出してください。あれが事件の出発点だったのですから。二人の求婚者に《殺人七不思議》を要求したとき、誰かに操られているような感じはしませんでしたか？　近くにいる何者かにうまく誘導されているような、さりげない暗示にそそのかされているような？」

「その話もすでにしましたよね。そんな印象は受けませんでした。たくさんの人が、あのとき話に加わっていましたし」

「よくブルック邸を訪れている人たちですか？」

「たぶんそうだったと思います。はっきり覚えている人はいませんが。けれども誰かがうまく会話を誘導したとしたら、とても狡猾な人物だと言えるでしょうね」

「犯人が狡猾なのは、もはや言うまでもありません」とオーウェンはのんびりした口調で言った。「われわれが相手にしているのは並はずれた人間、今まで出会ったことがないような尋常ならざる犯罪者です。司法に挑み、警察をあざ笑い、偽の手がかりをばらまき、好き勝手なときに、思いのままのやり方で人を殺している。まるでもっとも基本的な自然の法則にさえ、とらわれていないかのように。透明人間になることもあれば、空気より軽くなることもある。遠く離れた的を巧みに射止めることもあれば、渇きにもだえ苦しむ人間を死に至らしめることもある。だからこそその点を、あの晩のことをあえて強調するんです。どんなに細かな点、どんなにわずかな記憶でも、とても重要になるでしょう」

アメリーはしばらくじっと黙っていたが、やがてすまなそうに首を横にふった。わたしだってひとのことは責められません、とオーウェンは言った。自分もその場にいたのだから、探偵として失格だと。

「いずれにせよ」とオーウェンは続けた。「せっせと頭を絞れば、そこから何かを引き出せるというものじゃないんです。記憶の女神《ムネモシュネ》は丁重に扱わないと。そうすればとても豊かな恵みをもたらしてくれる。例えば、文芸をつかさどる九名の麗しい女神《ミューズ》たちを生んだのもムネモシュネです。今は彼女たちも、少しばかりすねているみたいだが。ここしばらくインスピレーションの熱い吐息が感じられないんでね」

「ギリシャ神話の話はいったん置いて、エジプトの神に席を譲っていただけるかしら。例えば、太陽神アトンのような」とアメリーは皮肉っぽい笑みを浮かべて言った。

「ヘリオス・クラブの例会にも、毎回参加させていただけますか?」

「もちろんよ。さあ、アトンの息吹に触れて。そうすればあなたの第六感もきっとよみがえるわ。光の道へと導く指標を、アトンは示してくれるはずよ」

「光の道ですか」とオーウェンは繰り返した。顔は笑っているが、どこかもの思わしげだった。「闇を照らす光、真実へといたる光!」

「太陽はお好きでしょ、バーンズさん」アメリーはノーと言われるのを心配するかのようにたずねた。

「太陽が嫌いなイギリス人なんていませんよ」

「目を閉じて、思い浮かべなさい。太陽のやさしい光が広がるのを」アメリーは身ぶり手ぶりを加えて話した。「そのぬくもりがそっと体を包むのを……あなたの精神はただ太陽と触れ合うことで豊かになる。それこそが心を空しくするための最良の方法では?　そして本当に大切な、本質的なことに集中するための。あなたのほどの知性をもってすれば、必ずや連続殺人の謎を見抜けるはずだわ」

アメリーは強い霊感に打たれたかのように、しばらく体をこわばらせていた。オーウェンはすぐに疑いを抱いたのだろう、彼女のほうに身を乗り出し、ためらいがちにこうたずねた。

「冗談を言っているんですか、それとも本気?」

「おわかりでしょうが、その両方よ」アメリーはハシバミ色の大きな目を見ひらいて、陽気な口調で応じた。「でも真面目な話、あなたは試してみるべきね。リラックスして陽光のなかに横たわり、瞑想してみるといいわ。そのうち天気のいい午後にでも、機会を見つけて教えてあげるわね。この方法を充分に生かすこつを。そうすればきっと大きな啓示を受けて、秘められた謎を解く鍵を授かるでしょう」

帰り道、わたしはアメリー・ドール嬢について一言加えずにはおれなかった。彼女はどうも礼儀作法に、あまり気を使わないようだと。

「アメリーはとても魅力的で、礼儀正しい人だよ」とオーウェンはわたしを見ずに言い返した。

「礼儀は文句なしだって言うなら、それでもいいさ。魅力的なのも間違いないが、少し魅力をふりまきすぎなのでは」

「どういう意味だね?」

「道徳観念がどうも人とは違うようなんでね。あんなあからさまにきみに言いよるなんて、ちょっとはしたないんじゃないか」

馬車ががたごと舗道を走っていると、眠りについた家々に沿って並ぶガス灯の光に照らされたオーウェンの顔が見えた。

「きみは大袈裟なんだよ」とわが友は沈黙のあとに答えた。「アメリー嬢は調査の手助けをしようとしているだけさ」

「本人はそう言ってるがね」

「ははあ、きみは妬いてるようだな、アキレス」

わたしは大きく咳払いをしてから答えた。

「きみがむかおうとしている先に危険が待っているとは言わないが、たしかに彼女の魅力には無関心ではいられないさ。今なら二人の求婚者の気持ちもよくわかる。彼女を手に入れるためならどんなことでもする気だったとしても、狂気の沙汰だとは思わないな」

「そもそもの仮説に戻ろうじゃないか。マイケルもポールもアメリーも、それについては完全に意見が一致しているのだし。謎の連続殺人犯は、マイケル・デナムかポール・ブルックのどちらかだろう。しかしアメリーの助力が得られれば心強い。だってここだけの話、ぼくは隘路にはまりこんでしまったようだからな。警察を笑ってはいられない」

「それじゃあ、これからも彼女に会うつもりなのか……折に触れて、」

「ああ、近々そうすることになるだろう」

しかし彼には気の毒ながら、それから二週間は軽口をたたき合ったり、太陽の光を浴びながら散歩をしたり、そんなお楽しみに浸る余裕はほとんどなかった。さまざまな出来事が立て続けに起こったから。まず手始めに六月二十三日、六枚目の絵が警察に届いた。犯人は砂色の地に黄土色の絵具で、こう書いていた。

AT　＊＊＊＊＊SE　P＊＊C＊　＊OH＊はもうすぐ神々のもとへのぼるだろう。

15

その晩、オーウェン・バーンズはいつになく苛ついていた。時間がたつにつれ、苛立ちはどんどんとつのっていくようだ。警察に六番目の殺人予告が届いてから、すでに四日がすぎていた。予告状の文面は新聞にも掲載され、暗号を解読した者はすぐに警察へ知らせるよう、例によって市民に呼びかけていた。

「今度は警部も」オーウェンは肘掛け椅子にすわりこみ、辛辣な皮肉を飛ばした。「犯人の謎かけが解けたようだな。《世界七不思議》のうち残りは二つだけだから、さして難しくはないがね。ハリカルナッソスのマウソロス霊廟か、ギザにあるクフ王の大ピラミッドだ」

「ＳＥ　Ｐ　Ｃ　ＯＨがケオプス（ＣＨＥＯＰＳ）つまりクフ王のアナグラムならば……」とわたしは言った。

「なにか疑問でも？」

「いや。でも最初のＡＴはどうなるだろうと思ってね。ケオプスにあてはまらないけれど」

「ウェデキンド警部の話だと、ＡＴと次の点のあいだにはわずかに間隔があったそうだから、これはアナグラムの一部ではなく、場所を示す前置詞の at だろう。だとすれば、そのあとに来る言葉《＊＊＊＊＊ＳＥ》は地名ということになる。そこで《Ｐ＊＊Ｃ＊　＊ＯＨ＊》なる人物が、神々のもとへのぼるという意味だ」

「数ある可能性のひとつとしてはね」わたしは疲れきったようにため息をついた。「ああ、神様、次の事件が起きるまで、なんて多くの仮説を立てねばならないことか」

「やけに悲観的じゃないか、アキレス。でも悲しいかな、ぼくもそんな気持ちなんだ。実際に事件が起きるまで、このメッセージの謎を解くことはできそうもないからね。次の被害者は誰なんだろう？　犯人はいつ、どのようにして犯行に及ぶのか？　今度もまた、《不可能》犯罪なのだろうか？　ぼくたちはもう何時間も倦まず自問し続けているけれど、答えはまったく見つからない。

今、ウェデキンド警部はどんな心境だろうと思うと、正直彼の立場にはなりたくないね。賭けてもいいが、ここ数日、ほとんど寝てないだろうよ」

「われわれだって、徹夜続きじゃないか」

「まあね。しかし、責任の重さが違うからな。それに彼がいくらがんばっても、忌まわしい犯行を未然に防ぐことはできないだろう」

「でも警部の部下が交代でブルック邸の周囲を固め、二人の容疑者が不穏な動きをしないか見張っているんだろ？」

「ああ。でもあそこは庭も広いからな。それで第六の犯行を食い止めることができるだろうか」

「無理かもしれないな。でも二人が本当に犯人なのか、その手がかりくらいはつかめるんじゃないか。もし犯行の時刻、彼らが屋敷にいたことが確かめられれば、二人とも嫌疑が晴れるのだから」

「言うはやすしさ」オーウェンはため息をついた。

それから彼は立ちあがり、暖炉の前へ歩み寄って、飾ってある優美な凍石製《ステアタイト》の小像に話しかけた。

「愛しき女神《ミューズ》たちよ。何ゆえわれらを見捨てたまうか？　かくもつれなき仕打ちをするとは、われに二心《ふたごころ》ありとでも？　カリオペよ、何ゆえその美声は魔法の言葉をささやきかけてくれぬのか？　クレイオよ、何ゆえ栄光の巻物を広げ、古《いにしえ》のごとくわれを輝かせてくれぬのか？　ポリュムニアよ、何ゆえわれのなかに、記憶の炎を掻き立ててくれぬのか？　しかるにわれはパズルのピースを、すべて手にしているはず。ただそれを合わせることができないのだ。麗しきエウテルペよ、何ゆえ得意の笛を吹きて妙なる楽を奏で、夢の神モルフェウスに捧げしわが心に創意を躍らせたまわぬか？」

　オーウェンは《愛しき伴侶たち》のわざとらしい沈黙にこうして抗議し続けたが、とうとうあきらめたかのように椅子にすわりこんだ。

「われながら情けない」と彼はつぶやいた。「今ではまわりの人々のほうが、ぼくのうえを行っている。《インスピレーション》について教えてくれる娘もいれば、花の美しさについてこと細かに説明する若者もいるんだから。先が思いやられるよ。おまけに先日はブルック氏から、世界七不思議における美と壮大さの関連についてご高説をたまわる始末だ。本当ならぼくの口から発せられるべき指摘だったのに。ああ、アキレス、自分が情けない。ぼくは並の人間に成り果てようとしているのだろうか？　神はなんと残酷な仕打ちをぼくに与えるのか！　ただ凡人たちを見下すことで、これまでどうにか生きてこられたこのぼくに。やめてくれ。それはあまりに残酷だ。とても耐えられそうもない」

　わが友が内心の悲しみをいつまでも吐露し続けるものだから、わたしは口をはさむことにした。こうした深い憂鬱は、長引く恐れがある。

「今回は《七不思議》のうちのどれか、すでにわかっているじゃないか。あとはあてはまりそうな場所を見つければいい」

「それならことは簡単だな。お題はピラミッドなんだから。ロンドンの街角にはいくらでもある」

「つまらない冗談を言ってるんじゃない。まさか本物のピラミッドじゃないさ」

「するとまだ悩みは尽きないな」

「お墓のことは考えてみたかい？　あるいは、墓地のことは？　ピラミッドはお墓だったよな。王家専用だけれど」

「いや、それは考えなかったな。いや、よかったよ、きみが指摘してくれて。ついでだから、どの墓地から始めればいいのか教えてくれないか」

わたしはオーウェンの皮肉を聞き流し、立ちあがって書棚の前に行った。古典のコーナーをざっと見まわしたあと、古代世界の七不思議に関する本が蔵書のなかにないかたずねた。

「『イリアス』のわきに『ギリシャ史概説』がある。七不思議を選び出したフィロンの失われた手稿の一部が、そのなかに引用されているはずだ」

わたしはページをぺらぺらめくり、目あての箇所が見つかると肘掛け椅子に戻った。

「興味深いことが書かれているぞ」わたしはしばらくしてからそう言った。

オーウェンは左右のこめかみに指先をあて、ずらりと並んだ小像をしばらくじっと凝視していたが、やがて沈黙から抜け出した。

「この部屋にあるものは必然的に、すべて興味に値するものばかりだよ、アキレス」

「例えばさっききみが触れた、世界七不思議に関するブルック氏の説だけど、それは人間が美と壮大さをもってして、神と自然に比肩しようという意思のあらわれだという考えは、フィロンがはっきり言っていることなんだ」

「ブルック氏は馬鹿じゃないさ。読書家で古典にも詳しいし」

「バビロンの空中庭園は反自然的な建造物だったとここに書いてある。だって地上の果実が人間の頭上に置かれたんだから。さらに彫刻家ペイディアスはオリンピアのゼウス像によって、ゼウスが住むというオリンピア山を長年凌駕《りょうが》し続けていたし、ロードス島の巨像はある意味、新たな太陽神《ヘリオス》だと言ってもいい……ちょっと待てよ！　これは殺人予告の文句そのものじゃないか。ケオプスつまりクフ王のピラミッドについて、こう書いてある。ピラミッドによって、人は神々のいい、いい、もとへのぼるのだと」

「そいつは面白いな、アキレス」オーウェンは微かに笑みを浮かべながらうなずいた。「でも、ほかに何かわかったことがあるかい？　犯人はフィロンを読んでいたと？　天才的な殺人犯なら、それくらい驚くにはあたらないだろうよ」

「そうだな。でもこれで、犯人がいかなる人物かがわかるのでは？」

「隠された人物像はね。あとはおもての顔をつきとめるだけだ」

「《美》を愛する人物だろうな」

「すぐれた審美眼の持ち主であることは疑いない。でも、どうしてわざわざそんなことを言うんだ？」

「ここにある、こんな一節のせいさ。やはりフィロンが書いたものでね。一見、どうということのない文章だが、なぜか事件の謎に関係しているような気がしてならないんだ……《美は太陽と同じく姿をあらわすなり、周囲にあるものすべてを見えなくする》」

　オーウェンは何かはっとするものを感じたらしく、ひとつひとつの音節を味わいながらこの言葉をゆっくりと繰り返し、おもむろに裁定をくだした。

「なかなか興味深いな、アキレス。さすがにわが友として選んだだけのことはある。めったにないことだけど、今回ばかりは本領発揮だ。もちろんその一節がきみの注意を引いたのは、《美》という言葉ゆえだろう。われわれが論じている《七不思議》に関わる《美》だ。それに《太陽》という言葉も、このところよくぼくたちの話題に出てくるし。目に見えない《ゾーン》はもちろん、われわれが追っている不可思議な真実と結びつく……」

　オーウェンはいきなり立ちあがると、組んだ両手を口にあて、居間をぐるぐる歩きまわり始めた。何か一心に考えているようだ。

「この一節には、どこか挑戦的なものがある」彼はようやく口をひらいた。「逆説的な挑戦とでも言おうか、光の悪戯と言おうか。光が生み出す輝かしい美は、陰の部分《ゾーン》を照らし出すと同時に、そのきらめきによって陰を作り出す。すべてを照らす美しき太陽そのものが、アメリー嬢の主張を否定しているんだ。恵み深き太陽神ヘリオスは、その周囲をあまねく光で満たすと彼女は言っているのだから……」

「黒い太陽みたいなものかい？」

「そんなところだ。でもぼくが言いたいのは、輝いている太陽を前にして、その逆説《パラドックス》を正面から見据えるということさ。美が姿をあらわすとき、まわりにあるものはすべてかすんでしまう。しかしそれだけなら、逆説的なことはなにもない。しかし太陽とは光り輝くものだから、周囲の美を引き立たせると同時に、われわれの目をくらませてもしまう……思うに犯人のたくらみもそこにあるんだ。いずれ劣らず美しく、まばゆいばかりの連続殺人。犯人がやってのけた驚くべき事件の数々に、われわれはいつしか眩暈《げんうん》されてしまう……」

オーウェンはそこで立ちどまり、わたしをふり返って、ひと言ひと言区切りながらこう言った。

「わかるかい、アキレス。ぼくたちは美に惑わされている。それこそが犯人による挑戦だ。夜空で瞬く星のような犯罪、夜露に濡れた花のように優美でみずみずしい、黄金色に輝く驚異。ぼくたちはその美しさに目をくらまされ、真実が見えていない」

「なるほど、そのとおりだ」わたしは長い沈黙のあとに言った。「でもそれ以上のことは、あいかわらず何もわかっていない」

「そうかもしれないな」とオーウェンは苦笑いを浮かべて言った。「でも犯人がやっているのは危険な火遊びだ。自らが作りあげた芸術作品を、無理やりぼくらに見せつけようとしている。でも、最後には火傷をするからな」

ロンドン警視庁ではウェデキンド警部が、頭に血をのぼらせて現状分析に全力を注いでいた。

こめかみにたてた青筋が、いつ切れないともかぎらないほど太く膨らんでいる。彼はさまざまな同僚たちと繰り返し話し合い、セヴァン・ロッジの周囲に張りこんでいた警官たちからも随時報告を受けていた。そのうちのひとり、率直そうな赤毛の若い巡査ジョンソンは、見張りの順番が終わると警部のところにやって来た。

「殺人予告の絵が送られてきてから、もう六日になる」とウェデキンド警部は葉巻を嚙みながらうめいた。「なのにまだ、何も起きていない。犯人はことに及ぶのを諦めたのだろうか？」

「もう、両手を縛られているも同然ですからね」ジョンソンは自信たっぷりに言った。

「どうして犯人にそれがわかるんだ？　くれぐれも姿を見られないようにしろと言ったじゃないか」

「できる限りのことはしています。でも見張りを続けていれば、嫌でも村人たちにも気づかれます。彼らがブルック邸の住人にその話をすれば、すぐにばれてしまいますよ。われわれが小鳥のさえずりを聞きに来てるんじゃないってね」

「容疑者が屋敷を出ていかないか目を光らせ、必要に応じてあとをつけるだけでいいんだ」

「そうしていますとも。でも今のところ、怪しい動きはなにもありません。デナムは二度ほど町に行きました。一度目は買い物に、二度目はパブに。ブルックの息子は一度だけロンドンに行き、ストランド通りの近くを散歩していました。尾行した者の話では、絶対に気づかれなかったはずだそうです」

「夜は？」

「静まり返っています。屋敷のまわりには木が生い茂っていますが、監視の目を逃れて屋敷を抜け出すには、われわれの位置を正確に把握していなければならないでしょう。そのうえ、よほど運がよくなければ。われわれは屋敷から離れた場所にいますが、要所はしっかり押さえています」

「だが絶対に」とウェデキンド警部は拳を握りしめて言った。「二人のうちどちらかが外出を試みるはずだ」

「ええ、そうでしょう。しかしボス、われわれがしっかり見張っていますから」

若い警官が退出すると、ウェデキンド警部は紙切れを一枚取り出し、丹念に削った鉛筆でピラミッドを描いた。そのうえに大きなクエスチョンマークをつけ、少しさがって全体をもの思わしげに眺める。

それから彼は、壁にでかでかと張った首都の地図に目をやった。頭のなかで倦まず繰り返している疑問――いつ、どこで、どのようにして――場所に関する疑問がいちばん気になってしかたなかった。次なる犯行の舞台はどこなのだろう？　新たな傑作を作りあげるため、今度はどんな道具立てを選ぶのか？

壁の地図に刺してある六、七本のピンは、次の事件で犯人が狙いそうな地点を示している。ピラミッドというより古代エジプトに関連している場所で、そこにも警察官が張りこんでいた。博物館が三つに、個人のコレクションがいくつか。そのうちひとつはかの大英博物館で、古代エジプトの石棺や貴重な品々が展示されている。

第六の絵が届いて以来、ウェデキンド警部はこの場所に思いきって大量の捜査陣を投入した。新聞に《大英博物館で殺人》という大見出しが躍るのが、早くも目に浮かんだ。しかし徐々に疑問が湧いてきた。犯人の奔放な想像力からして、あまりに単純であからさますぎるというオーウェン・バーンズの意見も一理あるかもしれない。

ウェデキンド警部は部下の報告書を読みながら、うとうとし始めた。眠気で朦朧とした頭のなかで、ロンドンの地図に刺したピンが動き始める。キノコみたいにあちこちに突き出したピンは、やがてクエスチョンマークの形、殺人予告の文字の形になった。

《AT　＊＊＊＊SE　P＊＊C＊　＊OH＊はもうすぐ神々のもとへのぼるだろう……AT　＊＊＊＊SE　P＊＊C＊　＊OH＊、AT　＊＊＊＊SE　P＊＊C＊　＊OH＊》

多くの警官たちが協力して、メッセージの解読にあたった。《＊OH＊》はファーストネームのジョン（JOHN）に違いないと主張する者もいた。なるほど、いい思いつきだ。しかし大英帝国には山ほどジョンがいるのだから、問題解決にはほど遠い。《AT》は場所を示す前置詞だろう。それならうしろの《P＊＊C＊》ともうまく合う。これはおそらく《広場（PLACE）》で、その前にある《＊＊＊＊SE》が広場の名称だろう。この説を思いついた警官はあちこち探した結果、条件に合う広場を見つけ出した。キングス・クロスの北にある《パラダイス・プレイス》だ。しかしそれは辻公園ほどの目立たない小さな広場で、残念ながらピラミッドとも古代エジプトとも関係がなさそうだ。ウェデキンド警部はいちおう警官をひとり配置することにしたが、あまり期待はしていなかった。念のためといったところだ。警部は前日、オフィスによったオーウェン・バーンズとその友人アキレス・ストックに、よほどその話をしようかと思った。部下のひとりが暗号文を、《パラダイス・プレイスで、ジョンはもうすぐ神々のもとへのぼるだろう》という意味に読み解いたと。しかし次の事件が持ちあがるのを待つ緊張と不安が嵩じるあまり、つい言いそびれてしまった。どのみち《パラダイス・プレイス》は事件と無関係そうなので、伝えるまでもないと思ったのだが、それが痛恨のミスとなった。オーウェンとアキレスなら、そこからさらに別の推理を展開しただろうに……

殺人予告が届いて七日目の夜十時ごろ、ウェデキンド警部は大忙しの一日を終えて、帰宅しようとしていた。とそのとき、オフィスのドアがいつになく勢いよくあいた。飛びこんできた警官のゆがんだ表情を見て、警部は話を聞くまでもなくぴんときた。《殺人七不思議》第六の事件が起きたのだ……

16

その日、六月三十日の午後は穏やかな天気になりそうだった。東風が不穏な雲を吹き払い、空には明るい太陽が輝いている。

アメリー・ドールは自転車にまたがり、上機嫌でサヴァン・ロッジの門を抜けた。居間の窓からそれを見ていたジョン・ブルックは、サイクリング用の衣服に身を固めた彼女も魅力的だと思った。いかにも自転車にのり慣れているらしい、颯爽とした姿だが、持ち前の優美さは少しも失われていない。ああしてペダルをこいでいると、すらりとしてしなやかなスタイルがむしろ際立つくらいだ。ジョン・ブルックは芸術作品を愛でるように、若い女をじっくりと眺めた。短めのバギーパンツ、きれいなキャラメル色の上着《ボレロ》。それが柔らかそうなベージュ色のゲートルと、ビロードのリボンを巻いた平帽子とよく合っている。リボンは彼女のにこやかな目と同じハシバミ色だった。しかしこの魅力的な一幅の絵も、残念ながらほどなくくすんでしまった。

日暮れが近づくと、ぶ厚い雲が地平線に湧きあがった。ジョン・ブルックは裏口から屋敷を出て一瞬空に目をやると、《来世の門》へ続く小道を歩き始めた。今にも雨が降り出しそうだが、まだ少し庭を散歩する時間はあるだろう。美しい庭だ。暗い空の気分を反映するかのように、どことなく奇妙な危うさが漂っているけれど。真っ赤な夕日がそこかしこで、雲の隙間を貫いていた。光と影の戦い。そこでは青や灰色、紫、赤、黄色が溶け合い、えもいわれぬ調和を生み出している。自然だけが、あるいはマイケルのような才能ある画家だけが描きうる色調だ。

ジョン・ブルックは数歩歩いてふとふり返った。二階の窓に人影が見える。あれは息子の部屋だ。しかしポールだと確かめる暇はなかった。人影はたちまちカーテンの陰に隠れてしまったから。

彼はため息をついて、また歩き始めた。ポールには手を焼かされる。このところ続いている事件のせいで、事態はますます悪化しているようだ。二時間前、息子はアメリーと口論になり、不機嫌そうに部屋にこもったきり出てこなかった。諍いの原因はわからないが、どうやら嫉妬心が絡んでいるようだ。マイケル、アメリー、ポール……もう何か月も前から、この三人のあいだであいも変わらぬ恋愛ごっこが続いている。彼らのすったもんだのせいで、屋敷の雰囲気まですっかり悪くなってしまった。みんなぴりぴりと緊張しているのが、肌で感じられるほどだ。ジョン・ブルックにはそれが、わかりすぎるほどわかった。ここらで決心しなければ。三人のうちひとりが余計なのだ。かといって、息子のポールを追い出すわけにはいかない。それにアメリーもだ。彼女の亡き父親に対する尊敬と友情からにすぎないとしても。となると残るはマイケルだ。もちろん彼を解雇するつもりはないが、屋敷から遠ざけるだけならいい。でも、マイケルはそれをどう取るだろう？　ヘソを曲げて、それならもう仕事は断ると言い出すのでは？

ジョン・ブルックはこの件についてマイケルと話すのを、先延ばしにしていた。考えるだけでも気が重いが、そろそろ本気にならなければ。息子の姿がまた脳裏に浮かび、彼はうしろをふり返った。しかし屋敷の窓は見えなかった。彼が立つ位置からは、正面《ファッサード》の大部分が菩提樹の葉叢《はむら》の陰に隠れていた。

ブルックはさらに数メートル、つる棚のあたりまで歩いて立ちどまり、庭師の仕事ぶりを検分した。ここ数日の暑さで、《来世の門》のまわりの芝生がだいぶ傷んでいた。そこで彼は二日前、手入れを命じておいたのだ。そのあたりは地面が少しへこんでいたので、新しい芝の種を蒔く前に土を盛って平らにするようにも言ってあった。ジャックじいさんはとても丁寧な仕事をしていた。いささか熱心すぎるくらいだ。というのも庭の中心部が半径十メートルくらいにわたり、茶色に染まってしまったからだ。盛り土の周辺部はあまり厚みはないが、それでも大変な作業だったろう。

ジョン・ブルックはところどころ地面が露出している芝生を悲しげに眺め、天を仰いで思った。なに、ここ二週間のうちに雨が降れば、芝もまた伸びるだろう。

「どう思ってるの、あなたは？」背後で突然声がした。

ブルックははっとふり返った。いつのまにか妻のミラダが、すぐうしろに立っていた。足音などまったく聞こえなかったのに。じっとこちらを見すえる真っ黒な目、重々しい表情、暗色のロングドレス。そんな彼女の姿は凶兆を告げる鳥のようだった。彼女もいつかはもっと明るくなるのだろうか？　そういえば、ずっと妻の笑顔を見ていないような気がする。もうどれくらいになるか、わからないけれど。ミラダは地面に目をむけている。ああ、妻は庭師の仕事についてたずねたのか。

「よくやってる」とブルックは答えた。「きっとあそこを通っても、一センチの段差も感じないだろう。平らに均《なら》してから芝の種を蒔くことにして、本当によかった。ずっと前から思っていたことだし……」

ミラダはそっけない声で、夫の言葉をさえぎった。

「そうじゃないわ。ポールが腹を立ててることよ」

「ああ」とブルックは短く答えた。「そもそも今日は何が原因で、喧嘩になったんだ?」

ミラダの黒い目が、夫の顔をじっと見つめる。

「あきれたわ、知らなかったの?」

「知るわけないだろ」とブルックはため息まじりに答えた。「二人の声が聞こえるなり、すぐにわたしは……」

「耳をふさいで部屋を出ていったわけ?　この問題に無関心でいるのはよくないわ、あなた。わが子にはもっと注意をむけないと」

「おもてには出さないが、わたしだってとても心配しているんだ」

「事件があった晩、アメリーとマイケルがずっとチェスをしていたという話のことよ。わざと嘘をついてマイケルにアリバイを作ってやったんだろうって、ポールがアメリーを責めたの。でもアメリーが返事をしなかったものだから、ポールはいっそう激しく問いつめた。そこにマイケルがやって来て……彼は余計な口出しをしないよう、じっと我慢していたけど、アメリーはその場を立ち去ってしまった。もうわたしたちの仲はお終いだと、ポールに捨てぜりふを残して……それでポールも居間を出ていった。よほどむしゃくしゃしているらしく、ものすごい音をたててドアを閉めていったわ。あとはずっと部屋にこもって、歩きまわっているみたい。キッチンはあの子の部屋のすぐ下なので、行ったり来たりする音がよく聞こえるのよ。あなた、どうにかしないといけないわ。さもないと、大変なことになるような気がするの」

とそのとき、最後の言葉を強調するかのように風が立ち、あたりの木々の葉をざわざわと揺らした。

「わたしにまかせておきなさい」ブルックは結局そう言った。「マイケルは町に移して仕事を完成させることにしよう。心配するな、ミラダ。いずれ、みんな落ち着くさ」

「できるだけ早いほうがいいわ」

「週末までに、マイケルに話してみる」

ブルック夫人はうなずくと、黙って引き返していった。

ああは言ったものの、ブルックは口ぶりほど楽観的な気分ではなかった。妻が遠ざかるのを見ていると、風向計の矢羽根のようにショールの端がまくれあがった。

空はますます暗くなっていった。つる棚の下を歩き始めたとき、雨粒を感じた。引き返して妻のあとを追おうかと思ったが、天球儀を見てはっと立ちどまった。天球儀のまわりに四本の棒が、ちょうどピラミッドの形になるように立ててある。おかしなことを考えたものだ。いったい誰が、何のためにこんなことをしたのだろう？

そんなことを思っているあいだにも、雨は本降りになってきた。ブルックはずぶ濡れになりながら、ドアにたどり着いた。

居間には妻とアメリー、マイケルがいた。ポールのやつ、あいかわらず顔を見せる気がないらしい。ブルックは椅子に腰かけた。四人ともじっと黙りこくっていた。窓を打つ雨の音がやけに響いて聞こえた。ブルック夫人はテーブルのうえの石油ランプを灯した。金色に輝く光のおかげで、寒々しかった部屋の雰囲気が明るくなった。口に出してそう言ったほうがいいな、とブルックは思った。みんながのってくるような話題を、何か見つけなければ。警察は無能だとか、警察が追っている手がかりは間違っているとかなら、きっと興味があるはずだ。

「警察はまったくわかっていないな」とブルックはいきなり口をひらいた。「彼らを責めるわけにはいかないが、この怪事件では根本的なミスを犯している……」

「どんなミスを？」マイケルがたずねる。彼は背中に手をまわし、窓際に立って雨が降るのを眺めていた。

「そもそも今回の事件に取り組むのに、いつもと同じやり方でするのが間違いなんだ。つまり、純粋に合理的な精神で」

「おや、それじゃあいけないんですか？」

「今回の事件ではね。警察はとても巧妙で狡知に長けた殺人鬼を追うだけで、そのほかの可能性を考えていない」

「どういった可能性をかしら？」今度はアメリーが会話に加わった。

　ミラダ・ブルックの目にも、同じ疑問が浮かんでいた。アメリーよりもずっと慎重で、控えめそうではあるけれども。

　ランプの散光に照らし出されたジョン・ブルックの顔は不安げで、とても歳とって見えた。なんだか背中も、急に曲がり始めたようだ。けれどもそれは歳のせいというより、気苦労の重みに耐えかねたからだろう。しばらくためらったあと、彼はようやく口をひらいた。

「人が初めから《ア・プリオリ》除外しがちな仮説、科学者たちが相手にしないような仮説だ。まずは今回の連続殺人を、ざっとふり返ってみよう。わたしの知る限り、この事件について少しでも筋のとおる説明はまだまったくなされていない。新聞記事を逐一細かく読んでいるわけではないが、おおよそのところは把握している。どうやら犯人は透明人間にもなれれば空も飛べる。被害者の頭を麻痺させ、自由に操ることもできれば、物体のなかを楽々とすり抜けることもできる。雷に劣らぬ威力があるエネルギーの塊に変身することだってできるそうじゃないか。これらすべての共通点は何か？　どの事件もとうてい人間業だとは思えない、つまりはそういうことだ。何か得体のしれない生き物か、目に見えない力によるもののような……」

「目に見えない力ですって……」とアメリーは繰り返した。「ネテルのような？」

「まさしくそれさ、アメリー。ネテルだ。きみはそれがどんなものか知ってるかね、マイケル」

画家は雇い主にそう問われて考えこみ、首を横にふった。

ブルックはもの思わしげにしばらく黙っていたが、やがて微かな笑みを浮かべた。

「実のところ」と彼は話し始めた。「わたしも本気で信じているわけではないんだが、古代エジプト文化を研究するうえでは興味深いテーマでね。ネテルというのは象形文字《ヒエログリフ》で神を示す三つの子音字NTRのことなんだが……」

「つまりエジプトの神々が関わっていると？」とマイケルがたずねる。

「ああ、でも、よく知られているような、古典的な神々の姿を考えてはいけない。ネテルというのはもっと抽象的で、素人にはうまく説明するのが難しい概念なんだ。常に変動し続けている、目に見えない力とでも言おうか。ネテルは時間のなかでも、空間のなかでも、決して一か所にとどまることはない。わかりやすい例として、太陽をあげればいいだろう。太陽は常に動いて、闇の力と戦っている神で、ケプリともラーともアトゥムとも呼ばれる。東からのぼるとき、天頂にあるとき、西に沈むとき、それぞれに応じてね。けれども毎日、太陽が地平線に隠れると、同じ混沌《カオス》の脅威が訪れる。もう二度と太陽を拝めないかもしれないという不安が。わかるかね、決して勝利が得られることはないんだ」

画家はうなずいたが、その顔には懐疑の表情がありありと浮かんでいた。

「それじゃあ、あなたは」と彼はたずねた。「そうした神のような存在が連続殺人の犯人だと考えているんですか？」

「わたしはむしろ《目に見えない力》とでも呼びたいが、《神のような存在》と言ったってまんざら間違いじゃないだろう。エジプト学者の言うネテルがいかなるものか、正確なところはわたしにも説明できないが、闇の脅威から生み出された目に見えない力が……」

「びっくりするようなお話ね、おじさま」とアメリーが、好奇心半分疑い半分で口をはさんだ。

「わかってるさ。よくわかってる。そりゃまあ、われわれはいつもヘリオス・クラブで馬鹿な話を山ほどしてきたが、思うにこうした手がかりを考慮に入れなかったのは、大きな間違いだったのではないだろうか。結局この領域で確かなのは、確実なことなど何ひとつないという事実だけだ。科学は今、急速な進歩を遂げつつあり、いずれは自動車が馬車に取って代わるだろう。それはわたしも認めるが、要は物質文明が揺籃期にあるというにすぎん。そこには精神に関わる要素などほとんどない」

こうして夕食まで、科学の進歩と人類の未来に関する考察で話がはずんだが、その間ポールはまったく顔を見せなかった。夜の八時ごろ、家長は食卓を立って窓の前へ行き、外を眺めた。雨はあがっているが、地面は泥だらけだった。

彼は食堂を出ると、階段の前でしばらくためらっていたが、意を決したように二階にあがり、息子の部屋のドアをそっとノックした。返事はない。今度はもっと強く叩いたが、やはり反応はなかった。ジョン・ブルックは肩をすくめて下に降り、書斎に入った。

ここには、かつてナイル川のほとりの調査で見つけた古代エジプトの遺物が飾ってある。ブルックはヘリオス・クラブでもしているように、過去を偲んでお香を焚くことにした。思い出が波のように脳裏に押しよせてくる。彼は肘掛け椅子にゆったりと腰かけた。静まり返った部屋に、影が伸びていた。

どうして古代エジプトの《目に見えない力》のことなど、持ち出してしまったのだろう？　彼は徐々に深まりつつある闇のなかで微笑んだ。会話を活気づけ、口の重いわが家のミイラたちを再生させるつもりだったのか？　そう、たぶん……でも、それだけではない。やむにやまれぬ気持ちにさせるものが、何かあったのだ。芝生の手入れをせずにはいられなかったように。屋敷の何者かが、そんな考えを吹きこんだのか……もしかして、ネテルが？　まさか、ブルックはネテルなんて信じていなかった。少なくとも、夕食の前に誇示していたような確信があったわけではなかった。だとすると、誰が？　天球儀のまわりに四本の棒を立て、ピラミッドの形に囲ったのは誰なんだ？

ジョン・ブルックがこんなふうに自問しているあいだにも、影は広がり続けた。彼のすぐわきに、アヌビスの石膏像が置いてある。ジャッカルの頭をした神像は、闇に包まれいっそう不気味だった。廊下から微かな足音が聞こえ、小さくノックする音がした。どうぞ、とブルックが言うと、いつものようにぎいっときしみながらドアがあいた。

ハヤブサかワニの頭をした怪物が、あらわれるのではないか？　香の煙と過敏な想像力のせいで、ブルックは一瞬、そう思った。けれども戸口の人影は、もちろんエジプトの神の姿などしていなかった。それは彼がよく知る人物だった……

午後八時四十五分、雨はすっかりあがっていた。風が雲を吹き払ってくれたようだ。しかし太陽はすで地平線に沈もうとしている。そのとき、外で金切り声が響いた。

悲鳴を聞いたマイケルは、あわてて外に飛び出した。数十秒後、彼は庭を抜ける小道を足早に歩いていた。黄昏《たそがれ》どきとはいえ、あたりのようすはまだはっきりと見えるくらい明るかった。雨に濡れた木々が夕日を受けて輝き、ぬかるんだ土の道には足跡がくっきりと残っている。何者かが、マイケルの前にこの小道を通ったのだ。

道の突きあたり、《来世の門》のところで、石油ランプが風に揺れていた。円柱に取りつけた鉄輪から長い糸をたらし、地面すれすれに吊り下げてある。天球儀のまわりには、四本の枝で即席のピラミッドが組まれていた。その前に男がひとり、うつぶせに倒れている。ピラミッドに囲まれた天球儀が発する不思議な力に引きつけられたかのように、男は必死に頭と腕を伸ばしていた。しかし、彼はもう動いていなかった。肩甲骨のあいだに刺さったナイフが、運命の一撃となって彼の歩みをとめたから。あたりには嵐で散ったクレマチスの花びらが点々とし、円柱の柱頭にとまった小鳥の陽気な鳴き声が響いている。しかしその美しいさえずりも、《来世の門》を通り抜けてしまった男……裕福な製紙業者ジョン・ブルックの耳にはもう届かなかった。

17

マイケルはこの異様な光景を前にして、しばらく茫然自失していた。やがて背後から足音と、彼を呼ぶ女の声が聞こえた。ふり返ると、アメリーがつる棚の下を通ってこっちにやって来るのが見えた。ほどなく彼女はわきに立ち、マイケルの腕を取った。泥にまみれてぐったりと横たわるジョン・ブルックの死体を見つめながら、真っ青な顔で震えている。

「なんてこと」アメリーは恐ろしそうに言った。「死んでるわ……」

「殺されたんだ。ほら、背中にナイフが……」

「でも……誰がこんなことを？」

「それはぼくにもわからない。今、来たばかりなんだ」マイケルは思案顔で答えた。「このあたりから悲鳴が聞こえたので、すぐに外へ出て来てみると……」

「悲鳴はわたしも聞いたわ。そうしたら、あなたが小道を歩いていくのが見えて……」

「それならよかった」マイケルは深いため息をつき、そう言った。

「どうして？」

「まわりを見てみろよ。ぬかるみに犯人のものらしい足跡は、ひとつも残っていない。つまりここを歩いた人間は、ブルックさんとぼく、それにきみ以外、ひとりもいなかったということだ……わかるだろ、それが何を意味するか？」


忘れがたい晩があるものだ。ウェデキンド警部にとって昨日の晩は、間違いなくそのうちのひとつだった。あのときの動揺、暗闇のなかでの逆上を決して忘れはしないだろう。それに庭のいたるところで揺れるランプ、木々や円柱にぶらさげた角灯、それに雨でぬかるんだ地面のことも脳裏に焼きついている。大急ぎですまさねばならなかったのも、ひと苦労だった。ぐずぐずしてなんかいられない。次に大雨が降って、柔らかな地面に束の間残った足跡を消し去ってしまう前に、証拠調べは万全を期しておかねばならなかった。

もちろん、事件そのものが警部にとっては衝撃だった。この新たな殺人を食い止めることができなかったのが、なんとも歯がゆかった。オーウェンは真夜中近くに駆けつけ、開口一番こう言った。

「パラダイス・プレイス……パラダイス・プレイスでジョンはもうすぐ神々のもとへのぼるだろう……ご存じでしたか、警部。この場所がそう名づけられたかもしれないのを。《P＊＊C＊》は被害者の名前ではなく、地名を指していたのか」

ウェデキンド警部は何も答えなかった。オーウェンはさらにこう言い添えた。殺されたジョン・ブルックによれば、つる棚は《生命のトンネル》を、天球儀は《パラダイスへの出発》をあらわしていた。そしてブルックは、死んだらここに埋葬して欲しいと望んでいたと。それでもやはり、ウェデキンド警部は無言だった。オーウェンは当然のことながら、世界七不思議の見立てについてもつけ加えた。「なるほど、これがクフ王のピラミッドというわけか……四本の棒の先端をひとつに縛り、四角錐の形に組んである。単純だがうまく考えたものだ」と。そのときも警部は黙って、本来の捜査に全力——肉体的にも精神的にも——を注いでいた。まずは足跡を採取するのが先決だ。

警部はその晩、関係者の証言も集めた。さらに翌日の午後もう一度、彼らを警視庁のオフィスに呼んだ。

その場に同席したオーウェンは隅の椅子に脚を組んで腰かけ、半分目を閉じくつろいだようすで煙草を吹かしていた。まるでその存在を忘れてくれと言わんばかりに、コート掛けの陰にそっと身を潜めている。最初に呼ばれた若い画家は、オーウェンが小さく咳払いをするまで、彼に気づかなかったくらいだ。

「デナムさん、もう一度お話を繰り返していただく前に」警部は十五分ほど訊問を続けたあとに言った。「状況をよくご理解いただけるよう、いくつかの点について確認しておきたいと思います。皆さんの証言によると、午後六時少し前に雨が降り始め、午後八時ごろまで続いたそうですね。

そのあともまだ、ぱらぱらと降ることがあったけれど、足跡を消し去るほどではありませんでした。ブルック氏は午後八時ごろ食事の席を立ちました。生きている彼の姿が見られたのは、そのときが最後でした。午後八時四十五分、あなたは庭でブルック氏の死体を見つけました。死体は天球儀の前に倒れていました。あなたは小道を歩いていったとき、足跡がずっと続いているのをはっきり見たんですよね。わたしたちも確かめたところ、それは被害者の足跡でした。足跡は小道の入り口から始まって、ブルック氏が倒れていたところまで続いていました。しかしほかに足跡は、まったく残っていなかったんですね？」

「ええ、まったく。すでに申しあげたとおりです」

警部は少し考えてから、また言葉を続けた。

「あの場所については、あなたもよくご存じでしょう、デナムさん。屋敷の裏には敷石が張られ、その先が芝生の庭になっています。芝生を突っ切る土の小道を三、四十メートル進むと、天球儀の前に出ます。そのすぐ手前で、五メートルほどつる棚の下を通らねばなりません。ところで天球儀の周囲は半径十メートルに渡って、新しく土が盛られていました。庭師が土を運び、平らに均《なら》しておいたのです。しかし考慮に入れるべき範囲は、実際のところもっと広いでしょう。あたりの芝はとてもまばらだし、地面は雨で濡れていたので、一歩でもそのうえを歩けば足跡が残ってしまうはずだからです。われわれが調べたところ、モニュメントから少なくとも十メートル以内は、足跡をつけずに近づくことは不可能でした。しかしそこには、被害者と証人の足跡しか残っていませんでした。さらに半径三、四十メートルの範囲にも、怪しい足跡は皆無でした。午後八時から八時四十五分まで、小道を歩いた者も被害者以外いないはずです。雨で小道も土が柔らかくなっていましたから。だとしたら、被害者はどのように殺されたのでしょう？　犯人はどうやって足跡をひとつも残さず、被害者に死の一撃を加え消え去ったか？　まるで雲のうえから降り立ったかのように。あなたの証言がいかに重要か、これでおわかりいただけるはずです。だって最初に現場へ着いたのは、あなたなんですから。ところで、ドール嬢がやって来るまでどれくらいの時間、被害者の前にひとりでいたんですか？」

「よく憶えていませんが、十秒か、二十秒くらいだったかと。アメリーに訊いてください。彼女のほうが確かでしょう」

「よかったですね、アメリーさんがちょうどいらしてくれて。さもなければ、あなたはブルック氏を殺しうる唯一の人間になりかねないところでした……それはおわかりでしょうが」

「もちろん、わかってます。あのときも、真っ先にそう考えました。だからこそ、これは奇妙だとすぐに気づき、どこかに犯人が隠れていないかとあたりを確かめてみたんです。でも、どこに隠れるっていうんです？　せいぜいつる棚のうえか、木々に覆われた梁のうえくらいでしょう。しかし、誰もいませんでした」

「ドールさんが知らせに行っているあいだ、あなたは被害者のそばにつき添っていたんですね」

「ええ、わたしがちょっと押した拍子に、アメリーは転んでしまいました。だから着替えなければと思い、わたしが死体を見張ることにしたんです。それでよかったんですよね？　死体を見つけたら、警察が来るまでその場にとどまるべきでは？」

「賢明な対応でしたよ」警部はずる賢そうな笑みを浮かべてうなずいた。「それはともかく、犯行時刻に話を戻しましょう。あなたが死体を見つけたと主張するときにブルック氏を殺すのは、たしかに不可能だったかもしれません。だからといって、あなたが容疑者リストから除外されるわけではありません。なぜなら、犯人がいかに巧みな策を講じたにせよ、犯行は間違いなく午後八時から八時四十五分のあいだなのですから」

「夕食のあと、わたしはアメリーといっしょに食堂を出ました。昨日の午後、彼女とポールは口論になりました。わたしたちはそのことで、少し話をしました。こんな状態をこれ以上続けるわけにはいかない、さっさと決着をつけたほうがいいとわたしは言いました。アメリーはポールに会いに行き、もう別れようときっぱり告げるべきなんです。わたしはようやくそう説得し、アトリエで彼女を待ちました。ポールの反応を想像すると、もちろん心配でたまりませんでした。二十分か三十分くらい、はらはらしながら待っていたでしょうか。そのとき、あの悲鳴が聞こえ……」

「どんな悲鳴でしたか？」

「ぎゃっとうめくような、短い叫びです。とっさに思ったのは、アメリーが助けを求めているのではないかということでした。逆上したポールに殴られるか何かして……だからぐずぐず考えてはいませんでした。アトリエの窓はあいていたので、悲鳴がどちらから聞こえたかはだいたいわかりました。しかし外を眺めても、木が茂っていてあまりよく見えませんでした。そこでわたしは外に飛び出しました。あとはご存じのとおりです」

ウェデキンド警部はもの思わしげにひげをなでながらうなずくと、単刀直入にこうたずねた。

「ブルック氏があなたを追い払おうとしていたことは知っておられましたか？」

画家はさっと顔を青ざめさせた。

「いいえ。誰が言ったんです？」と彼は口ごもりながら言った。

「確かな筋から聞いたことです」警部はわざと穏やかな口調で答えた。「それで充分でしょう。あなたをクビにするつもりはありませんでしたが、もう屋敷に住まわせるのはやめにしようと思っていたようです。それで来週にでも決着がつくはずでした。あなたの存在がいざこざ続きのもとだってことは、ご自分でもおわかりでしょう。ブルック氏はそれにもううんざりしていたんです」

マイケルは顔を曇らせ、目を伏せた。

「あなたがそうおっしゃるなら……でも、それがこの事件とどう結びつくんです？」

「わたしはあらかじめ《ア・プリオリ》、何も除外しないんです」と警部はもったいぶった口調で答えた。

マイケルの次にアメリーが呼ばれた。彼女の証言は画家が言ったことを裏づけるものだった。やはり悲鳴を聞いて外に飛び出し、マイケルのあとを追ったという。間隔はある程度あいていたけれど、彼が小道を進むあいだ一瞬たりとも目を離さなかったとアメリーは断言した。ひとつだけ食い違っていたのは、彼女が転んだいきさつだった。

「何言ってんのかしら。わたしがズボンを汚したのは、彼のせいじゃないわ。彼は支えようとしてくれたけれど、わたしが勝手に足を滑らせてしまって」

「なるほど。だったらデナムさんは、的外れな気づかいをしたということでしょう」ウェデキンド警部は不平がましく言った。「これほどの重大事件ですからね、正確に証言してもらわないと。ロミオ風の牧歌的な話ではなく」

「男性が女性の僕《しもべ》たりえなくなったら、世も末でしょうがね」椅子にゆったりと身を落ち着けたオーウェンが、そう口をはさんだ。

「その話はまた後日、対等な立場のときにぜひ続けさせていただきますね、バーンズさん」アメリーはオーウェンをふり返ってそう言った。

「対等な立場のときですって？」とオーウェンはやつれた顔で言った。「もしあなたに不都合がなければ、その前にお話ししたいですね」

「わたしとしては」とウェデキンド警部がそっけなくさえぎった。「お二人にお許しいただき、羊の話に戻りたいんですが[1]」

「いいでしょう、牝牛の話でないのなら」

「あら、バーンズさん、牝牛に何かご異存でも？」

1「本題に戻る」という意味の言いまわし

「ことのほか愚鈍な動物だと思うんでね。とりわけあの鳴き方にはいらいらさせられます。人間にもあの手の輩がよくいますよ」

「ああ、よかった。一瞬《女にも》って言うかと思ったわ」

「まさか、そんなこと言うものですか。でも神話のなかには、牝牛の姿をした女が何人も出てきますよね。エジプト神話の女神ハトホルは、牝牛の頭をしています。ギリシャ神話のイーオーは、不幸にも牝牛に変身させられてしまいました。なんと牡牛に誘惑された女までいるのだから狂気の沙汰だ。もっともその牡牛はゼウスなのですが。女の名前はエウロペで……」

「彼女の名前を取ったヨーロッパは、狂気の牝牛ってことかしら」とアメリーはうなずきながら言った。「わたしたちの古き大陸がどんなに……」

「いいかげんにしてください」と警部が声を荒らげた。「さもないとこのわたしが、怒り狂った牡牛になってしまいそうだ。ドールさん、昨晩午後八時から八時四十五分まで、どこで何をしていたか正確にお話し願えますか？」

アメリーはカンカン帽を脱ぎ、指でつまんでまわしながら、警部の口調にびっくりしたように目をぱちくりさせた。

彼女の説明はこうだった。夕食のあとマイケルと玄関ホールで話をした。ポールと会うのは不安だったけれど、行ってみると彼は部屋にいなかった。きっと外に出たのだろう。ポールは地所の東側と市立公園を隔てる小さな森のほうへ、散歩に出るのが習慣だった。そこでアメリーもそちらへ行ってみたが、結局ポールは見つからなかった。そんなわけで、ちょうどそのころ南側に位置する庭で何が起きていたのか、知らずにいたのだった。屋敷に引き返して、もう一度ポールの部屋をノックしようとしたとき、悲鳴が聞こえたのだという。

ポール・ブルック自身、東側の小さな森へ散歩に出かけたことは認めていた。あそこは木が生い茂っているので、アメリーが気づかなかったのも無理はないと彼は続けた。

ポールもほかの人々に劣らず憔悴しきった表情だった。目の下には真っ黒な隈ができている。疲労困憊しているのはもちろん、一家を襲ったこの悲劇に衝撃を受けているのだ。しかし彼の目には、画家よりももっと決然たるものが感じられた。それは怒りと同時に不安を抱いている者の目だった。くしゃくしゃに乱れた黒髪が、彼の狼狽を物語っていた。

昨日の午後はアメリーと口論をしたあと夕食の時間まで、ずっと部屋にこもっていたとポールは言った。午後七時ごろ、居間に降りてみたけれど、もうみんな食堂に移動したあとで誰もいなかった。約一時間後に雨があがると、彼は気分転換に外へ出た。いらいらしてしかたなかったので、頭を冷やそうと思ったのだ。悲鳴はポールの耳にも届いた。しかしまだ森を散歩中で、はっきり聞こえなかったので、あまり心配はしなかった。屋敷のほうへ引き返したのは、ようやく午後九時ごろだった。すると前にも近所で見かけたことのある男が走り寄って来て、警察の者だと名のり、新たな指示があるまでここを離れないようにと言った。

「それはあなたの動向を監視していた警官のひとりです、ブルックさん。あなたと、デナムさんの動向をね。彼が言うには、あなたが散歩しているところを見なかったと……」

「だからって、わたしのせいですかね。むしろ警官の責任では？」

「彼が監視を命じられた区域は一部だけだったので、あなたがそこに入らなければ気がつかない可能性はありますが……」

「たしかに可能性としてはね」

喰ってかかるようなポールの口調を、警部は笑って受け流した。

「ブルックさん」と警部は、奇妙なくらいやさしい声で言った。「お父上から譲られる遺産の額がどれくらいになるのか、教えていただけますか？」

「まったくわかりません」

「とはいえ、かなりの額になるはずですよね？」

「もちろんです。でもそれが、事件とどんな関係があるんです？　警察は芸術家気取りの殺人鬼を追っているんじゃないんですか？　金銭的な私利私欲とは別の動機に駆られた殺人鬼を」

「われわれは今でもそう思っていますよ。しかしあなたには、容疑者としての要素がいくつもあるんでね。あなたが受け取る遺産の額を考えると、これまでの殺人は今回の事件を隠すための煙幕にすぎなかった可能性も除外できません。ジョン・ブルック氏を殺すことが、犯人の隠された唯一の目的だったかもしれないんです。仮説はいろいろありますが、どれにおいてもあなたは容疑者リストにしっかり入っています。正直に言えば、真っ先にでかでかと名前があがっていますよ。

しかも最後の二件で確固としたアリバイのないのは、あなただけですし」

ポール・ブルックはショックを隠せなかったが、すぐに闘志を取り戻した。そして乱れた髪を苛立たしげにかきあげ、こう言い返した。

「まずはこれが本当に他殺なのかどうか、証明すべきなのでは？」

「お父上が自殺をしたとお思いなんですか？」

「その可能性も、ないとは言えないでしょう」

「われわれの目から見ると、ありえませんね。傷の具合からして、不可能です」警部はぐいっと前に身を乗り出し、怒声をあげた。「だからこれは、間違いなく殺人事件なんです。だとしたら犯人は、どうやってブルック氏を殺したのでしょう？　それはまだわかりませんが、犯人の策略は必ずや暴いてみせますよ。われわれを信頼してください。いやなに、難しいことではありません。犯人の正体はすでに見当がついているんですから」

18

製紙業者の息子が退席すると、オーウェン・バーンズは次の証人を入れるのを少し待つように言った。

「警部、あなたがたの捜査によると、純粋に実践的な側面から見て、足跡を残さず被害者のもとまで行き来するのはまったく不可能だとお思いですか？」

「ええ、地上からはね。それ以外の可能性については、あなたがすでにお考えのことでしょう」

「つまり、足跡をごまかした形跡はないと？」

警部は首を横にふった。

「デナムとドール嬢の証言によれば、それはありえません。あなたもお聞きになっていましたよね。犯行現場にむかったとき、地面には被害者の足跡しか残されていなかったとデナムは断言しています。足跡は屋敷から出発し、規則正しい歩幅で天球儀まで続いていました。ブルック氏は太っていたので、足跡が小道に沿ってくっきりと残っていたのです。土を敷き詰めたあたりまで来ると、足跡はややぼやけていました。地面がぬかるみすぎて、鮮明に残らなかったのです。しかし鑑識の専門家によれば、怪しげな点はまったくなかったそうです。例えば、足跡のうえに別の足跡が重なっているとか。被害者と同じ靴を履いた何者かが、あとずさりしていった形跡もありませんでした。さいわい二人の証人は、足跡のうえを踏みつけないよう配慮を怠りませんでした。いっぽう証人自身の足跡は、残念ながらかなり乱れていました。駆けつけた警官が、そのうえを何度も踏んでしまったからです。しかしそれらは事件が発覚したあとについたものなので、さして重要ではありません。考慮すべきは被害者の足跡だけです。というわけで、マイケル・デナムとドール嬢が共犯でない限り、犯人が地面を歩いて被害者のところまで行き、犯行に及んだとは考えられません」

「まわりの木々は調べましたか」オーウェン・バーンズはゆらめく紫煙を目で追いながらたずねた。

「もちろんですよ。距離も測ってみました。人がのぼっても折れないくらい太い枝のある木は、いちばん近いものでも庭のモニュメントからたっぷり十メートルは離れていました」

「木々のあいだにロープを渡したのかもしれません。例えば、つる棚のうえを通るくらい長いロープを。犯人はそれにぶらさがって移動し、つる棚のうえに降りて犯行に及んだ。それからまたロープを伝って引き返す。あとはロープを始末すれば……」

「そんな仕掛けをするには、最低限の準備が必要です。しかし準備したとしたら、大雨が降っているあいだしかありません。その前では、どうしたってロープが見つかってしまいますから」そこで警部は、ずる賢そうに目にしわを寄せた。「ところでその時間、自由に動きまわっていた唯一の人物……それは一番の容疑者、ポール・ブルックです。ただ困ったことに、地面には足跡が残っていませんでした。丈夫なロープを渡したのだとしても、片づけるときには引っぱったり落としたりするでしょうし」

「ポールが犯人だとしたら、どうやって被害者を現場までおびきよせたんでしょうね？」

「簡単なことですよ。だって父親ですからね。例えばこう言えばいいんです。誰も見ていないところで、きちんと謝りたいとか」

「正直、あの男がそんなことを言うとは思えませんが。でも、あなたのおっしゃるとおりでしょう。ジョン・ブルックをあそこまで来させる口実はいくらでもありそうだ……」

「ところでバーンズさん、お気づきになりましたか？　最後に話を聞いたときから、彼はずいぶん変わりましたよね。以前ほど攻撃的ではなくなって……その間、ずいぶん苦労をしたみたいだ」

オーウェンは笑いをこらえきれなかった。

「激情の恐るべき力が、またしても証明されたわけだ。われらがロミオ君が激しい恋心に捕らわれているのは明らかです。しかし残念ながら、今や彼の思いは嫉妬の局面に入ったようだ。嫌なものですよね、嫉妬というのは。これまでも、その名において最悪の事件が起きています。ここで最後の証人、ポールの母親から話を聞くことにしましょう」

ミラダ・ブルックはいつにも増してむっつりしていたが、悲しみに打ちひしがれているようすはなかった。まだ悲劇が実感できないのだろうか？　それとも夫に対する愛情が、ときとともに薄れてしまったのか？　ウェデキンド警部はそんなふうに自問しながら、ふと気づいた。彼女の目に宿る奇妙な光だけは、いつもと変わらぬ輝きを発している。「こんなおつらいときだというのに証言をお願いするのは心苦しいのですが、どうしても捜査に必要なことなので」と警部は如才なく前置きをしたあとで、昨晩の出来事をひとつひとつできるだけ正確に話して欲しいとたのんだ。しかしわかったのは、ほとんどすべて知っていることばかりだった。

ブルック夫人は午後八時から八時十五分まで使用人の女といっしょにキッチンに、そのあと三十分間は居間にいた。八時三十分ごろ、夫人に呼ばれた執事がやって来て、翌日にやるべき仕事のリストをメモした。時間は五分とかからなかった。十分後、悲鳴がしたけれど、彼女は気に留めなかった。窓が閉まっていたので、よく聞こえなかったからだ。そのときは、鳥の鳴き声だろうと思った。玄関ホールを走り抜けるマイケルの足音のほうに、はっとしたくらいだ。結局アメリーがものすごい勢いで居間に駆けこんできたとき、ブルック夫人は初めて何かあったとわかったのだった。とっさに思い浮かんだのは息子のことだったが、すぐに夫の悲報が告げられた。

「わたしの理解が正しければ」と警部は言った。「一波乱ありそうな雰囲気だったんですよね？」

「ええ」と未亡人は重々しく答えた。「ここ数週間、いえ何か月も前から。けれども事態は日に日に緊迫し、悲劇が差し迫っているのが感じられました。夫にも、ようやくそれがわかりました。すでにお話ししたように、夫はマイケルをよそに住まわせようと決めたのです」

「ご主人はすでにその話をデナムさんにしたと思いますか？」

「いいえ。夫が決心したのは、ちょうど昨日の午後でした。前もってそんな話をマイケルにしたとは思えません。なぜって夫は、彼にできるだけ落ち着いた環境を提供できるよう心を砕いていましたから。彼が余計な心配をせず、最高の条件で仕事に専念できるようにと。もちろん、マイケルがほかの人からそれを聞いた可能性はありますが」

次にブルック夫人は、夕食のときに夫が口にした、事件の前兆とでも言うべき奇妙な話について明かした。ブルック氏によれば、古代エジプトの《目に見えない力》が連続殺人に関わっているというのだ。

オーウェンとウェデキンド警部はその証言を、興味深く聞いていた。やがてオーウェンが口をはさんだ。

「ご主人はご自分のことで、怯えているようなようすはありませんでしたか？　何か身の危険を感じているような」

ミラダ・ブルックはしばらく考えたあと、首を横にふった。

「いいえ、なかったと思います。ポールとマイケルの諍いが重大事にいたるのではないかと心配していましたが、自分のことでは特に何も。エジプトの神々について話したのは、皆の不安をまぎらわし、気持ちを落ち着かせるつもりだったのでしょう」

「そうは言っても……」

「わたしはただ、自分の印象を述べているだけです。もちろん間違っているかもしれませんが、自分なりに確信があります。長年夫婦をしていますから、夫が何を考えているかはわかります。夫は絵画のことしか頭にありません。さらに言うなら、マイケルを世に出すことしか……」

「それが長きにわたって、息子さんの嫉妬心を掻き立てたのでは？」

　未亡人の真っ黒な目が、突然きらりと光った。

「嫉妬心ですって？」と彼女は叫んだ。「そんな生易しいものじゃありません。ポールは何か月も何年も、黙って苦しみ続けました。夫は父性愛が強いほうですが、残念ながらそれが実の息子にむけられることはありませんでした。本人が気づいていたかどうかわかりませんが、その点夫はとても不器用で、失敗ばかりしていました。わたしは何度も目をひらかせようとしましたが、彼は聞く耳を持ちませんでした。夫が美術にかけるのと同じ情熱を、ポールは持ち合わせていません。だからポールはつまらない人間なんだというのが、夫の言い分なんです」

「つまり息子さんには、父親を恨む理由が充分あったわけですね？」

「ええ、そうです」とブルック夫人はおごそかに言った。「だからって、ポールは父親を殺したりしません」

　沈黙が続いた。未亡人のきっぱりとした口調は、オーウェンとウェデキンド警部にとってとても印象的だった。

「しかしながら」とオーウェンは続けた。「犯人はあなたの近くにいるとおぼしき証拠が、いくつかあるんです。まずはご主人のコインが盗まれたこと。それに今回の事件の演出もです。ご主人はあのつる棚が生命のトンネルを象徴していると言っていました。彼はそこを通って、来世の門だという天球儀の前で死んだのです。これは偶然の一致ではないでしょう。警察に届いた殺人予告の件もあります。そこには《パラダイス・プレイス》を指すと思われる文字が書かれていました。あなた自身が庭のモニュメントにつけるつもりだった名前ですよ。これら諸々の細かな事実を知っているのは、あなたに近しい人物だと思うんですがね」

「そうかもしれません。でも、夫を殺したのはポールではありません」とブルック夫人はそっけなく繰り返した。

「証拠はありますか？」とウェデキンド警部がたずねる。

「いいえ。でも、わたしにはわかります。ポールは人を殺せるような子ではありません。さもなければ、とっくの昔にそうしていたでしょうよ」

「しかし、何者かがご主人を殺したのは間違いありません」

「違うとは言ってませんよ」

「だったら、誰が？」

「それを見つけるのは、あなた方のお役目でしょう。残りの容疑者は数が限られているんですから、状況は明らかなのでは……」

「デナムさんですか？」

ブルック夫人は目をしばたたいただけだった。

「残念ながら、というか本人にとってはさいわいなことですが、彼にはアリバイがあります。ご主人が殺されたときだけでなく、その前の事件のときにもね」

「どちらの場合も、同じ人物の証言にもとづいたアリバイですけど」

「ドール嬢の証言を疑っておられるんですか？」

「疑っているんじゃありません。確信しているんです。チェスのゲームをしていたというのは、嘘に決まっています。ポールがそう言っていました。昨晩の事件については、実際に目にしたことをほぼ正確に証言していると思います。でもマイケルが《死体を見つけた》というとき、アメリーは彼の動作を必ずしもきちんと見わけられなかったのでは」

「ドール嬢のことは、どう思っていらっしゃいますか？」

「アメリーに反感は持っていません」ブルック夫人はためらいがちに答えた。「彼女のせいでポールが苦しんでいるのは、わたしもつらいですが……でもアメリー自身は、あまりわかっていないのでしょう。問題は、みんなが彼女を甘やかし、受け入れてしまうことなんです。アメリーの教育には、多少なりとも夫に責任があります。教師としてジョンにどれほどの手腕があるのか、わたしの考えは先ほどお話ししたとおりです。状況を考えれば、アメリーはまずまずうまく行ったんだと思います。それでも後遺症のようなものは、多少残っていますが。例えば人生のつらい現実を見ようとしないこと。それに平気で嘘をつくことも……」

「つまりあなたは、デナムさんが犯人だと思っているんですね？」

「残念ながら、そう考えざるをえません」

わたしはその晩のうちにわが友の部屋を訪ね、こうした訊問の詳細を知ったのだった。ここまでお読みになった方々にはおわかりのように、オーウェンは証人たちがどんな反応をしたかについてもこと細かに語ってくれた。ウェデキンド警部は捜査の新たな展開を前にして、不満をつのらせていたという。オーウェンはそう語りながら、その実自分自身の気持ちを吐露していたのだろう。

「ぼくが帰る直前、警部のもとに最新の捜査報告書が届いてね。犯行現場の周囲に生えているシナノキを重点的に調べるよう部下に命じてあったんだが、目ぼしい手がかりはまったく見つからなかった。枝に切りこみもなければ、ロープの切れ端もない。煙草の吸い殻やマッチのかけらのような、取るに足らないものがいくつか残っていたほかはね。もちろん犯行現場はほかの場所かもしれない。それでも何か手がかりが見つかるものと期待していたんだが。堂々巡りだよ、アキレス。堂々巡りしてばかりだ」

オーウェンはその言葉に合わせるかのように、暖炉の前に敷いた古い絨毯のうえを行ったり来たりした。

「緊張は高まっている」と彼は続けた。「すでに六件の殺人事件を抱えているのに、犯人がまだ捕まらないなんて」

「でも犯人の正体は、明らかになりつつあるのでは？」とわたしは言った。「思うにポール・ブルックが、いちばんの容疑者じゃないか。きみも指摘したように、やつにはアリバイがない。それに父親から受け継ぐ遺産の額だけでも、連続殺人の動機としては充分なのでは？」

「たしかにそのとおりさ、アキレス。今日はポール・ブルックがいちばんの容疑者でも、明日はそれがマイケル・デナムになるかもしれない。あるいはもっと別の誰か、例えばブルック夫人にね」

「でも彼女に、夫を殺す動機なんかないだろう？」

「いや、あるとも。そもそも普通なら、真っ先に疑うべきは彼女なんだぜ。なぜなら被害者の妻なんだから。彼女だって遺産の多くをもらうはずだ。犯罪の陰に女ありってことさ。しかし今回の事件は普通とは違う。すべてが結びついているようでありながら、すべてが相矛盾している」

わたしはオーウェンを横目でうかがいながら、ドール嬢が犯人だという可能性も大いにあると指摘した。

「動機は充分じゃないか」とわたしは説明した。「彼女がマイケルのほうを愛しているとしよう。ところが雇い主のブルック氏が彼を追い出そうとしているのを知って、仕返しをしようと思ったのかもしれない」

「動機としてはちょっと弱いな……」

「彼女がポールのほうを愛しているなら、ブルック氏亡きあとは彼と結婚するだけで大金が手に入る」

「ブルック氏は遺言のなかで、アメリーの名前もあげているだろうがね。でもまあ、たしかにその可能性はある。いずれ彼女が容疑者にあがってくるかもしれない。すでに二度も嘘をついていたと疑われていることだし。ここまで来れば、どんな可能性も無視できない。もっとも狂気じみた可能性だって、真っ先に検討しなければ。それにほかの死体のこともある。すでにわれわれは、計六つの死体を抱えているんだ。正確に言うなら、二かける三個の死体をね」

雨が窓ガラスにあたって、ぱらぱらと音をたてていた。わが貧しき数学の能力では、どこがどう違うのかわからないと、わたしはオーウェンに言った。

「それはだね」とオーウェンは勢いこんで説明を始めた。「三つの系列の事件に、それぞれ二つの死体があるからさ。第一と第三の事件のあいだには関連性がある。被害者のエイドリアン・マクスウェルとミス・マリー・ドゥーモントは若いころ、プリマスで知り合いだったかもしれない。第二と第六の事件の被害者であるトーマス卿とジョン・ブルックは友人同士で、二人ともヘリオス・クラブに通っていた。第四と第五の事件では、被害者のロードス少佐とリンチ医師が《牡牛亭》の常連客で、店でよく顔を合わせていた。それに絡んで脅迫やらミイラの呪いやら、莫大な遺産、狂信的なセクトなど、いろんな話が出てきたが、それはひとまず置いておこう。事件の背景には世界七不思議があることも忘れてはならない。それぞれの事件は、七不思議に見立てた演出を凝らせている。その中心にあるのは狂気の愛だ。ジュリエットを抱くロミオを思わせる愛。ところがジュリエットは、ロミオに死体の山と完全犯罪を求めているのさ。まったく正気の沙汰じゃない。

こんな奇怪な事件を前にして、われわれはただもう啞然とするしかない。これはただの無差別連続殺人より、もっと異常な犯罪なんだ」

　わたしはうなずいた。しばらく沈黙が続いたあと、わたしはこうつけ加えた。

「きみの一覧はまだ完璧じゃないぞ。ひとつ大事な要素が抜けている。それぞれの事件に決まって見られる……不可能犯罪という要素だ。なんなら超自然と言ってもいい。どの事件も計画的犯罪なのは間違いないのに、どう見ても人間の手では成し遂げられないんだ」

「不可能犯罪かける六ってわけか」とオーウェンがまぜっかえした。「それでも最後には、論理的に可能な答えが見つかるはずだ」

「もしかして、かける七では？　連続殺人はまだ終わっていないんだから」

　微かな雨音が静寂を満たしていた。これまでわが友は数多くの事件に関わってきたが、彼のこんなようすを見るのは初めてだった。これでは難事件を前にして茫然自失しているウェデキンド警部と、ほとんど変わらないではないか。いや、不屈の名探偵というオーウェンの評判からしたら、もっと悲惨な状況だろう。いつもは真ん中からぴしっと分けている髪が、鼻のあたりまでだらしなくたれさがっているのは、彼が無力感に苛まれている証だった。

「まさしくきみの言うとおりだよ、アキレス。連続殺人はまだ終わっていない。でも犯人はいったいどうやって、次なる賭けをやり遂げるつもりなんだろう？　今度もまた犯行予告の絵を警察に送りつけてみろ、ウェデキンド警部は道の端々に見張りの警官を立てて、容疑者の動きを監視させるくらいじゃすまないぞ。ぼくとしては、犯人の大胆不敵で狡猾なやり口に脱帽するがね。われわれがまさかと思うような場所を、犯人は狙ったのだから。自分自身が暮らしている場所をね」

「美しき田園風犯罪か」わたしはこんな悲惨なときにも、なけなしのユーモアセンスを発揮した。「きみの大事なタレイアにふさわしい事件じゃないか。そうだよな、オーウェン」

わが友は暖炉の前を歩きながら、件の女神像に目をやった。このときばかりは称賛のまなざしというより、怒りに満ちた一瞥だった。

オーウェンが何か言いかけたとき、玄関の呼び鈴が鳴った。ほどなく、ウェデキンド警部の見慣れた人影があらわれた。目深にかぶった山高帽が、雨に濡れて光っている。彼は四角い薄っぺらな包みを右手に持っていた。一辺が二十センチほどで、丹念に包装してあった。警部はコートを壁にかけると、包みをひらき始めた。

「新たな絵とは思えませんが」とオーウェンが言った。「これまで犯人が郵便で送ってきた絵は、少なくとも倍の大きさでしたから」

警部の顔には、抑えきれない怒りの表情がありありと読み取れた。

「どうやら犯人は、必要に応じて迷わず習慣を変えるようです。今回、これを届けたのは郵便配達人ではありませんでした。夕方、あなたが帰ったあと、警察官のひとりが見つけたんです。警視庁の玄関を入ったすぐわきの廊下に置いてありました。なんともまあずうずうしいと言うか、自信過剰と言うか。われわれが容疑者を訊問しているさなか、すぐ目と鼻の先に置いていくなんて。

おまけにぴったり一日前に、持ってきているんです。まさしく警察に対する挑戦だ」

ウェデキンド警部は包みをひらくと、信じがたいものを見せた。たしかにそれは七番目の殺人を予告する新たな絵だった。なんと大胆不敵なんだろう。むこうみずにもほどがある。犯人はこうやって、警察をあざ笑っているのだ。

絵筆でカンバスに殴り書きされた文字は、ひと目見て犯人のものとわかった。


スーザン・チャーライズ（SUSAN CHARLAIS）は七月三日深夜零時ぴったりに、ヘアウッド墓地に埋葬されるだろう。警察当局はぜひとも葬儀に参列されたし。

19

翌日の昼すぎ、わたしたちは警視庁で再びウェデキンド警部と会った。昨日と同じ灰色の空は、相つぐ事件を反映しているかのようだった。どう見ても、幸先のいい七月の始まりとは思えない。

わたしたちは大雨に打たれながら、ロンドン警視庁のポーチを抜けた。

「今日は七月二日ですから、七月三日は明日です」とウェデキンド警部は理屈っぽい、きっぱりとした口調で言った。「つまり対策を練るのに、まだ一日以上時間が残されているわけです。それにこの間、われわれは無為にすごしていたわけではありません。朝一番で部下を集め、指示を出しました。まずはスーザン・チャーライズという名の人物を見つけること。新聞にもすでに連絡をしてあるので、捜索要請が午後の版にもう掲載されているはずです。第二にヘアウッド墓地を厳重に見張ること。大丈夫、何ひとつ偶然に任せたりしません。容疑者の監視も怠らないよう、しっかり命じてあります。今日と明日の昼間は警官がサヴァン・ロッジの前で見張りに立ち、怪しい動きをする者があればあとをつけることになっていますし、ドール嬢が家にいるあいだは、そこにも監視の警官をつけます。明日の晩は家から出ないよう、厳重に要請してあります。家族の集いってところですかね。警官も容疑者も、われわれ全員がサヴァン・ロッジに集まることになるのですから。午前零時が近づいたら、皆で犯行現場と目されるヘアウッド墓地へむかいましょう。もちろん墓地もしっかり監視してあります」満足げな苦笑いが警部の顔に浮かんだ。「それにしても《殺人七不思議》を最後までやり遂げようだなんて、犯人も自惚れがすぎましたな。だって今回われわれが見張るべき範囲は、限られていますからね。それにわたしたち三人とわたしの部下以外は、墓地のなかに入れないようにします。スーザン・チャーライズという名の人物はもちろん、ほかの誰も通しません」

「それじゃあ犯人は、殺人予告を守れないだろうと?」とオーウェンがもの思いに沈みながらたずねた。

「容疑者のひとりが本当に犯人で、殺人予告どおりに事を起こそうとするなら、それは不可能です」

「問題は」とわたしは口をはさんだ。「犯人が予告状に書かれているとおり、一言一句守るかどうかですね」

「前には犯行時刻がもっと曖昧だったこともあるが」と警部は言った。「おおむね予告どおりに実行しています。次なる被害者の名前についても、どんなふうに殺されるかについても」

「たしかにそのとおりだ」オーウェンはうなずきながら、煙草入れを取り出した。「ちなみに犯人は自分の身に危険が及ばないよう、殺人予告を適度に謎めかしていたが、書いている中身はけっして嘘じゃない」

「つまり」とわたしは言った。「犯人はスーザン・チャーライズなる人物を殺そうとしていると、きみは確信しているんだな？」

「その恐れは充分にある」

「予告どおりの日に？」

「これまでのやり口やみごとな手際から考えて、犯人は言葉どおりに実行するつもりだろう。芸術家肌の殺人者という評判もかかっているし。だから犯人がこの驚くべき挑戦を成し遂げようとするなら、明日の晩、宣言した時刻にやると思うな」

「それじゃあ場所は？」

「場所については、もちろん何か罠があるかもしれないが」オーウェンはそう言ってウェデキンド警部をふり返った。「警部、あなたはもうこの地方の地図を細かく調べたんじゃないですか？いや、国全体の地図だって調べているかもしれないな」

「もちろんです」と警部は肩をすくめながら答えた。「わたしより詳しい人たちにも、問い合わせてみました。ですから、間違いありません。イギリスにヘアウッドという名の村はひとつだけ。ブルック家の屋敷がある町のすぐわきですよ。正確に言えば三マイル。これでもう決まりでしょう。しかもヘアウッド村にひとつだけある教会には、墓地もついています。のちほど現地を確かめに行ってみるつもりですが、ようすはざっと聞いています。どこにもあるような墓地です。ただ小さな教会のわりに、墓地は普通よりやや広めだそうです。L字の形をしていて、草がぼうぼうに生えて、森との境界もはっきりしていないとか」

「普通より広めの墓地ですって？」オーウェンは驚いたように言った。「いったいどうしてだろう？理由はご存じですか？」

「それじゃあひとつ、名探偵さんを驚かせましょうか。実はその理由も、ちゃんと調べてあるんです」ウェデキンド警部は皮肉っぽく答えた。「新聞が面白おかしく書き立てているように、ロンドン警視庁の警官は愚鈍かもしれませんが、ときには好奇心を発揮することもあるんです。墓地の大きさについてはわたしも気になったので、ちゃんと調べましたとも。チャールズ一世の時代、村では騎士党員と円頂党員が小競り合いを繰り返しました。クロムウェルが率いる狂信的な一派は、その日いっきに攻勢を仕掛けました。敵軍だけでなく、騎士党員をかくまった疑いのある村人を端から虐殺していったのです。一晩で、百名以上が殺されたそうです。しかしこんな昔話は、目下われわれが抱えている事件の解決には、大して役立たないでしょうが」

オーウェンはせっせとパイプに葉を詰めるばかりで、何も答えなかった。彼は苛立たしいくらいゆっくり火をつけると、ようやく口をひらいた。

「まずはスーザン・チャーライズという名前の人物を見つけるのを、最優先すべきでしょう。できれば、的外れではない人物をね。ところで、犯人が仕掛けた最後のアナグラムは解読できましたか？」

そう問われて、警部は破顔一笑した。

「もちろんですよ、バーンズさん。わたしのことを、ろくすっぽ数も数えられない能なしだって思ってやしませんか」

「それはまたどうして？」

「だって七引く六は一ですからね。われらが天才芸術家が最後まで残しておいた、世界七不思議の七番目というわけだ。つまりはマウソロス王の墓、ハリカルナッソスのマウソロス霊廟です。これは王の死後、妹であり妻であったアルテミシアによってたてられたものです。彼女は故人を偲び、自らの愛と悲しみにふさわしい巨大な墓を望んだのでした。こうして当代きっての芸術家たちが、エーゲ海のほとりにたつこの堂々たるモニュメントに、すばらしい彫刻をほどこしました。

霊廟には三十六本のイオニア式円柱が並ぶ柱廊と、馬車の像や獅子像を配したピラミッド型の屋根があったと言います」

「警部、驚きましたよ、あなたがそんなに物知りだったとは」

「前もって調べておいただけです」ウェデキンド警部は謙虚に答えた。「そこまでわかっていれば、あれこれ考えるまでもありません。アナグラムの解読なんか、子供にもできますよ。スーザン・チャーライズ（SUSAN　CHARLAIS）は、ハルカルナッソス（HALICARNASSUS）を示しているんです」

「完璧なアナグラムだ」オーウェンはパイプをくゆらせながら、玄人然とうなずいた。「これまでのうちで、最高の出来だろう。だからこそ心配なんですよ。犯人はいちばんの傑作をわれわれに示して、有終の美を飾ろうとしているんじゃないかって思うんです。このアナグラムは、そんなぼくの印象を裏づけているではありませんか」

「犯人の思惑どおりにはさせません」ウェデキンド警部はそう叫んで、机をどんと叩いた。

「警部、もしあなたの立場なら、そんなに安心はしていられませんけどね。犯人はますます大胆不敵になっています。それにこれまで数々の危機を乗り越え、みごとにやり遂げた手腕に自信を強めているはずです。警官たちがいるすぐ目と鼻の先に殺人予告の絵を置いていったのが、何よりの証拠だ。ところで予告状について、捜査は進めているんですか？」

「もちろん」と警部は両手をうえにふりあげ叫んだ。「あっちの線、こっちの線と同時に調べていますよ。前回の事件、前々回の事件、これから起こる事件。要はいたるところに捜査の手を広げていきます。《森のイタチが走っていく》って、童謡にもあるじゃないですか。あちらと思えばまたこちらです。ですが予告状の線もほかと同じく、大した収穫はありませんでした。目撃者は誰もいません。今回、犯人が絵を小さめにしたわけは、容易に想像がつきます。バッグに忍ばせることができますからね。ひとつだけ確かなのは、絵が置かれたのは午後四時以降だということです。さもなければ掃除婦が気づいたはずですから。さして捜査の参考にはなりませんが」

　そのときノックの音がして、制服警官が入ってきた。昨日から行方不明の娘を心配した両親が、新聞を読んで通報してきたのだという。娘の名前はスーザン・チャーライズだった……


　七月三日の朝が来た。うっとうしい天気だった。わずかに晴れ間が覗くものの、午後になるとそれもどんよりとした灰色の雲に覆われてしまった。特筆すべきことは何も起きなかったが、警察だけでなく容疑者たちの側にも緊張感が高まった。

　アメリーはティータイムが終わるとすぐに伯母の家を出て、ブルック家へとむかった。夜はそこにいるよう、警部に指示されたのだ。家のわきの小道から山高帽をかぶった男が出てくるのに気づいても、彼女はあまり驚かなかった。午前中にも、窓から見かけていたからだ。おそらく見張りの警官だろう。男はアメリーに近寄り、サヴァン・ロッジへは辻馬車で行かれますかと丁寧にたずねた。さし迫った状況なのはわかっていたが、もう準備はしてありますからとアメリーはそっけなく断った。

男は帽子をあげて一礼した。アメリーがすたすたと歩き去ると、もの欲しげに彼女を見つめる男の目に微かに失望の色が浮かんだ。その日のアメリーはことのほか美しかった。裾飾りのついた青いサテンのドレスがとてもエレガントだ。ゆったりとふくらんだ袖と幅の広いレースのベルトが、すらりとしたスタイルを引き立てている。

ほどなくアメリーは、目の前に止まった辻馬車に乗りこんだ。ふと気づくと、すぐうしろからもう一台、馬車がついてくる。なかから山高帽の男が、アメリーのほうをじっと注視していた。

サヴァン・ロッジの柱廊で、さらにアメリーは見知らぬ山高帽の男二人と出会った。玄関に入ると執事が彼女のケープを脱がせ、手紙を差し出した。

「今朝の配達で届いたものです」と執事は言った。

アメリーはさっと手紙を一瞥した。たしかにあて先はサヴァン・ロッジになっている。そこにこう殴り書きされていた。

ブルック夫妻様気付、アメリー・ドール様
彼女は封筒をたたんですばやくカーディガンのポケットに入れると、居間にむかった。居間にいたのはブルック夫人ひとりだった。

未亡人はげっそりして、すっかり老けこんでいた。

「葬儀はあさってての予定よ」と彼女は言った。「それまでのあいだに、新たな不幸が起こらなければ……警察から話を聞いているわよね、アメリー？」

アメリーは黙ってうなずき、ミラダ・ブルックの隣に腰かけた。そのときドアがひらき、マイケル・デナムが入ってきた。マイケルがドアを閉めたのもつかの間、すぐにまたあいて、今度はポール・ブルックが駆けこんできた。

「アメリー」デナムはポールを無視して言った。「きみに話があるんだ」

「ちょっと待てよ、マイケル」とポールが居丈高にさえぎる。「彼女には、ぼくも話すべきことがある。きみに劣らず大事な話がね」

「どうしてそう断言できるんだ」

「家長の言葉なんだから文句はあるまい、マイケル」


同じころ、ヘアウッドから続く街道を辻馬車が一台、快調に走っていた。空を流れるどんよりした灰色の雲は、まるで馬車を追いかけてくるかのようだった。乗っているのはウェデキンド警部にオーウェン、それにこのわたし。三人は狭い客席で身を寄せ合い、馬車の振動に合わせて体を揺らせていた。わたしたちは次なる事件の舞台と思われるヘアウッド墓地を、最後にもう一度確認したところだった。南東部分にたつ建物を取り囲むようにして、でこぼこの地面が広がっている。周囲の森に侵食されて、墓地の境界ははっきりとしなかった。生い茂る草のあいだに、傾いた墓石が点々としている。しかしその先にはこんもりとした茂みが続き、墓を見つけるのもひと苦労だろう。それでもウェデキンド警部は、断固たる措置に出た。十数名もの部下を動員して、墓地の境界をはるかに超える範囲をしらみつぶしに調べさせたのだ。今晩、ヘアウッド墓地で殺人を犯すなど絶対に不可能だと、確信を得られるまで。

娘が行方不明になったチャーライズ夫妻には、昨日のうちに会いに行った。十七歳の娘スーザンは七月一日の午後、ロンドンにある自宅近くの公園へ散歩に出かけて、突然姿を消してしまったのだという。スーザンは金髪できゃしゃな少女だった。口のわきにあるほくろが、愛嬌を添えている。引っ込み思案で従順で、男の子たちとのつき合いもなかった。どうして行方不明になったのか、両親にはまったく心当たりがないという。けれども新聞の告知を読んで、彼らはとても心配していた。

ウェデキンド警部はさっそく捜査にかかったものの、成果はまったくなかった。警官たちの必死の捜索にもかかわらず、スーザン・チャーライズは今のところまだ見つかっていない。

「スーザンの身に何があったのか、今どこに監禁されているかはわかりませんが、彼女が今夜ヘアウッド墓地で殺されるなんて、絶対にありえません。犯人が容疑者たちのひとりならなおさらです。しっかり監視をつけていますから」

「いやな天気だな」オーウェンは馬車の窓からちらりと外を見て、そう答えただけだった。「今夜は雨にならなければいいけれど」

でこぼこ道を揺られながらサヴァン・ロッジに近づくころ、地平線が灰色の雲に覆われたかと思ったら、たちまち大雨となって頭上に降り注ぎ始めた。

一行は大慌てでブルック家の屋敷に駆けこんだ。途中、警部は入り口の見張りを命じた二人の警官がいないことに気づいた。玄関ホールに入ると怒鳴り声と、階段をばたばた駆けあがる足音が聞こえた。居間ではブルック夫人とアメリーが、床にぐったり倒れているマイケル・デナムをのぞきこんでいた。デナムは口から血を流し、アメリーはすすり泣いている。大丈夫、気を失っているだけだから、と屋敷の女主人はアメリーをなぐさめた。ほどなく二人の警官がポール・ブルックを連れてきた。ポールは髪をふり乱し、白いシャツの袖はびりびりに破れていた。顔面蒼白で、見るからに苛立っている。

「殴り合いの喧嘩になったので」と背が低いほうの私服警官ジョンソンが言った。「われわれが仲裁に入らねばなりませんでした。しかし駆けつけたとき、一方はすでに倒れていました。もうひとりはわれわれを見ると逃げ出しましたが、今捕まえたところです」警官はポール・ブルックのほうをふり返った。「どうやら少し落ち着いたようですが」

「申しわけありませんでした、みなさん」ポールは拳をさすりながらおもむろに言った。「馬鹿なことをしてしまいました。あんなふうに逃げる必要など、まったくなかったのに……だってここはぼくの家ですから、勝手に入りこんだふとどき者には（彼は意識が戻り始めたライバルに目をやり、あざ笑うように口もとを歪めた）それにふさわしい扱いをする権利があるはずだ」

「ポールったら」とアメリーが叫んだ。「ひどいわ！　よくそんなことが言えるわね……マイケル、大丈夫？」

画家は必死に体を起こしたところだった。手の甲で口を拭って顔をしかめ、ポールを恐ろしい目で睨みつけると、軽蔑の口調でこう言った。

「ここですべきことはもう何もない。この乱暴者のおかげで、それがよくわかった。さあ、アメリー、さっさとここを出よう。もしこいつがきみを引き留めようとして少しでも動いたら、思い知らせてやる。二度も不意打ちを食らわされやしないからな」

マイケルはそう言いながらゆっくりとポールに近づいた。アメリーは泣き崩れている。ウェデキンド警部はさっとマイケルの前に立ちはだかり、おかしなまねをしないようそっけなく命じた。さもないと、すぐさま警察に引き立てるからと。

一時間ほどすると、張り詰めていた雰囲気がすこし緩んできた。とりあえずみんなで、軽い食事をすませた。今がどんなに大変な時か、ウェデキンド警部があらためて説明した。それを聞いて二人の若者も、あと数時間はお互い我慢しようという気になったらしい。一杯飲んで待つことにしたが、不安はつのるいっぽうだった。壁灯が灯ると、ガラス・シェードのなかからしゅうしゅうというガスの音が聞こえた。

耐え難い静寂のなかで、柱時計が九時を打った。ウェデキンド警部はじっとしていられず、せかせかと歩きまわりながら絶えずあたりに目をやっている。風のうなり声はとっくに止んでいたが、そのあとに続く静寂はいっそう重苦しかった。

やがて時計が十時を打った。

「あと二時間か」警部は額に汗をにじませ、オーウェン・バーンズに言った。「頭がおかしくなりそうだ。わたしたちはみんな、ここで待っていなければなりません。何も起きるわけないんです。それでも、新たな事件が目の前に迫っているような気がしてしかたなくて」

「残念ながら、どのみち待つほかありません」ため息まじりにそう言って、オーウェンも柱時計に目をやった。「何時に出発する予定ですか？」

「一時間後に馬車が到着することになっています。むこうには十一時十五分ごろに着き、それからさらに三十分ほど待たねばなりません。いやはや、何もかも尋常じゃありませんよ、バーンズさん。こんなに馬鹿げて異常な状況は、これまで経験したことがありません」そこで警部は声をひそめた。「ほら、まわりを見てください。われわれが探している犯人らしき人物が、四人のなかにいるでしょうか？　二人の青年は、そんな役割を演じられるほど神経が太そうには見えません。今だって立ったりすわったり、歩きまわったりと落ち着きがありません。廊下に出るときだって、すれ違わないようやけに気をつけているし……あの二人が犯人だとは思えませんよ。だったらアメリーは？　彼女は甘やかされた子供みたいに、部屋の隅ですねています。ブルック夫人はこの二日間で、十歳も老けてしまったようだ……どうお考えですか、バーンズさん？」

名探偵は懐中時計を苛立たしげに弄んでいたが、無言で首を横にふっただけだった。彼もまた警部と同じ気持ちでいた。つまりはいかにありえなかろうが、第七の不思議な殺人があと二時間のうちに行われるような気がしてならなかった……


　しばらくして、オーウェンは廊下でアメリーとすれ違った。彼女は不安に苛まれているようだったが、それが事件のせいなのか、恋人たちの諍いのせいなのか、オーウェンには判然としなかった。アメリーの顔は真っ青だった。彼女はこのまま一晩中、神経を尖らせているのだろうか？　それでもオーウェンは、サテンのドレスを着たアメリーがとても美しいと思った。

「ドールさん、あなたは心の強い人だ。それに美しくていらっしゃる」オーウェンは軽く会釈をして言った。


　しかしアメリーは、期待したような反応をしなかった。ハシバミ色の大きな目でオーウェンの顔をじっと見つめていたが、やがて彼にこう言い残して居間のドアを押しあけた。

「ともかく、これはよく考えたうえでの行動ですよね」

　目下の状況からすれば、べつに不自然な言葉ではないだろう。というのもオーウェンは、警察と同じ役割を担っているのだから。今夜、これから起こることは、多かれ少なかれ彼らの責任だ。とはいえアメリーのもの言いには、何か引っかかるものがあった。それはオーウェンの耳に、妙なる楽の音のように響いた。しかし完璧な音楽と言うには、半音の十分の一ほどずれているのではないか。でもそのときはどうでもいいことだと思い、さして気にとめなかった。彼はもとの席に戻り、必死に平静を保とうとした。

　一行が屋敷を出て警察の馬車に乗りこむころ、あたりは真っ暗で涼しくなっていた。けれども雨はすっかりあがり、風もまったく吹いていなかった。

　霧に包まれたヘアウッド村の教会の前で馬車を降りたとき、わたしの胸を湧きあがった奇妙な不安を、どう言いあらわしたらいいのだろう。闇に屹立する尖塔は、夜を切り裂く恐ろしげな黒い矢のようだった。けれども隣接する墓地は、さらに驚くべき光景を呈していた。たなびく霧に包まれ、点々と灯る小さな光にぼんやりと照らし出されている。草むらのあちこちに雑然と立ち並ぶ墓石の群れは、闇のなかで燐光を発しながらとぐろを巻く蛇のようだった。

　ほかの馬車からも次々に警官が降りてくる。わたしたちはウェデキンド警部のあとについて、墓地の中心へむかった。警部は見張りの警官に次々状況を確かめたが、そのたびに異常なしという答えが返ってきた。わたしたちは石油ランプが四つのった、小さな納骨堂の前に着いた。ランプの光はたなびく霧に吸いこまれ、あたりはほとんど見えなかった。小さな光の点が、いくつもまわりでゆらゆらと揺れている。それが近くまで来ると、警察官の特徴的な人影が闇に浮かんだ。

「さあ、着きました」とウェデキンド警部は、ぼんやりしたランプの光でわたしたちを照らしながら言った。「あと三十分、ここでお待ちいただきましょう。そうすれば、ことは明らかになる。おそらく、ここにいる誰かひとりが……」

　そのとき教会の大時計が十一時半を告げた。カリヨンの音がとても近くで響いたものだから、みんなどきりとして飛びあがった。音が止んでも、しんと静まり返ったなかに反響がいつまでも続いているような気がした。警部は話を続けたが、その声にはさっきほどの自信が感じられなかった。突然、事態が急展開した。ばたばたと足音が響き、光が上下しながらこっちへむかってくるのが見えた。

「誰も動くな」と警部は叫び、わたしたちのほうへやって来る警官にランプを振りかざした。

「ホームレスの男を捕まえました」と警官は息を弾ませながら言った。「教会の裏に隠れていたんです。事件とは無関係そうですが、いちおうお知らせしたほうがいいかと思いまして……」

ウェデキンド警部は驚いたようにわたしたちを見まわし、少しためらってからこう命じた。

「なるほど。すぐに連れてこい」

ほどなく件の巡査は、小柄な男を連れて戻ってきた。クルミの実みたいにしわだらけの顔、つぎはぎだらけの上着、ぶかぶかの長靴。けれども愛想がよく、おしゃべりそうだ。

男の説明は簡潔で、嘘をついているようすはなかった。毎日、このあたりをうろついているのだが、明かりが見えたので何事だろうと思ってやって来たのだと。

男の話を聞いて警部も納得したらしく、実は凶悪犯を追っているのだと教えた。もちろん、詳しいことは伏せたうえで。すると男は、もし凶悪犯がこのあたりにいるなら知り合いのはずだと答えた。おれは村の最古参だから、ここいらの信徒のことは神父様より詳しいんだと。

大時計が十一時四十五分を打ち、警部の苛立ちはつのるいっぽうだった。もういいから男を連れ帰るよう、彼は巡査に命じた。けれどもふと思いついて、ヘアウッドにはほかにも墓地はないかと男にたずねた。そんなにこの土地に詳しいと自慢するなら、何か知っているかもしれない。「ほかに墓地だって？　ありませんね」と老人は答えた。「いやまあ……何を墓地と呼ぶかしだいだが」

男のもの言いが気になって、警部は詳しい説明を求めた。男は言葉を濁しつつ、騎士党員と円頂党員の血なまぐさい戦いの話を始めた。

「ずいぶんと死者が出たんでね、しまいには遺体を共同墓穴に埋めにゃならなかった。五十体くらいにはなったろう。もちろんきちんとした墓地じゃないが、記念碑も置かれている。というか、文字の消えかけた石が据えつけてあるだけだが。なにせ、時とともに……」

あたりは暗かったが、ウェデキンド警部は黒いひげ面を夜目にもわかるほど真っ赤にさせた。「それはどこだ？」という警部の叫び声に、見張りの警官たちまでみんな飛びあがった。

「いや……そんなに遠くじゃないが」老人は帽子を直しながら、口ごもるようにして答えた。

彼は警部の態度が急変したのにたじろいで、一歩あとずさりした。警部のほうは男ににじり寄り、声を張りあげて質問を繰り返した。

「そんなに遠くじゃない……野原のなかでさぁ。石が目印になるので、すぐに見つかりますよ。むろん、夜の夜中だから、あらかじめ知らないと……」

「アメリー？」と突然マイケル・デナムが、あたりを見まわしながらたずねた。

「アメリー？」とブルック夫人も、息子の腕を取りながら繰り返した。「さっきまでここにいたのに」

その場の全員が目をきょろきょろさせたが、アメリーがいないのは明らかだった。みんなが気づかないうちに、すばやく姿を消したのだ。ウェデキンド警部の大声に、見張りの警官たちが一瞬注意をそらした隙をついたのだろう。

突然、遠くで声があがった。

「ほらあそこ。誰かが走って逃げていく」

「捕まえろ」とウェデキンド警部は唸り声をあげた。「アメリーが犯人だったんだ。逃《のが》すな。必ず捕まえるんだ」

20

三人の警官があとを追い始めたが、闇に乗じて疾走するアメリーに、たちまち引き離されてしまった。警官たちはすぐに負けを認め、五分もしないうちに戻ってきて、とても追いつけませんでしたと上司に報告をした。

ウェデキンド警部は部下を口荒く怒鳴りつけると、オーウェンをふり返った。怒りとパニック、迷いが奇妙に入り混じり、形相が一変している。

「どうしましょう、バーンズさん？　午前零時までここに留まりますか？　それとも応援を呼んで、あたりを探索するべきでしょうか？」そこで彼は懐中時計にちらりと目をやった「えい、くそ、あと五分しかない」

「今すぐ」とオーウェンは、いきなり老人にむかって言った。「今すぐ共同墓穴へ案内してください。警部、部下の警官はこの場で配置につかせ、われわれはデナムさんやブルックさんを連れてもうひとつの墓地へむかいましょう。さあ、急いで。一分も無駄にできません」

ウェデキンド警部、オーウェン、それに土地の老人が歩き始めた。わたしはしんがりを務め、デナムとブルック、その母親からできるだけ目を離さないようにした。さいわい、道は歩きやすかったが、未亡人にとってはペースの速さがひと苦労だった。警部は足を速めるよう絶えず男をせかしたが、男のほうはもうすぐ着くからと一生懸命になだめた。たしかに、歩き続けた時間は五分にもならなかった。

むき出しになった土地の真ん中に奇妙な光が見えたとき、教会のカリヨンが深夜十二時を告げ始めた。

「ほら……」警部はぼんやりと浮かぶ光の点を、震える指で示した。「何だ、あれは？」

「あそこですよ」と老人はあえぎながら言った。「ちょうどあのあたりに、遺体は埋葬されたんです。石は野原の端にありますが、だいたいあのあたりです。そう、光が灯っている……」

「誰かいるようだぞ……誰かがロウソクに火を灯している」

「行ってみよう」

わたしたちはまた歩き始めた。地面は最近掘り返したらしく、柔らかくてぬかるんでいる。

「見ろ」とウェデキンド警部が、老人をうしろに残したまま叫んだ。「真新しい足跡が続いている。気をつけて。踏まないようにするんだ。女の足跡らしいぞ。きっとドールさんの足跡だ。驚いたな。信じられん。あそこにいるのはドールさんでは？」

野原の真ん中に灯った明かりの脇に、はっきりと人影が見えた。警部はわたしたちより前にいたので、もっとよくわかったはずだ。いったいどういうことなんだ？　わたしは恐慌に陥った。つじつまの合わない出来事ばかりじゃないか。そのうえ真夜中、ランプの光をたよりに、ここまで大急ぎで歩いてきたせいで、わたしの理性はもう限界に来ていた。何か突飛な事態が待ちかまえているだろうとは思っていた。これまでも支離滅裂なことだらけだったのだから、それが当然の帰結じゃないか。もしあたり前の話で終わったら、それこそ驚きというものだ。

わたしたちは湿った柔らかな地面に足を取られながら、急いで歩き続けた。まわりに目をやれば、たしかに足跡がいくつも残っている。警部の指示どおりそれを踏まないように気をつけて、ようやくそこまでやって来たとき、数メートル先に広がっていた光景は、わたしの奔放な想像力の範囲をさらに超えていた。

はたしてアメリーが、あおむけに横たわった少女の前にひざまずき泣き崩れている。少女の体はうっすらと土に覆われ、胸には料理包丁が突き刺さっていた。そのまわりをぐるりと囲んで、火が灯った三十六本のロウソクが立ててあった。すぐにはわからなかった詳しい状況が、ほどなく明らかになった。周囲の地面はかなりの距離にわたり、昼間の雨でぬかるんでいたが、残っているのはアメリーの足跡だけだった。死体の少女は金髪で、口もとにはほくろがひとつあるところから見て、行方不明になったスーザン・チャーライズだろう（それはのちに確かめられた）。死後、時間がたっているらしく、硬直が進んでいる。

「わ、わたしが殺したんじゃないわ……」アメリーは涙に濡れた顔をこちらにむけ、うめくように言った「わたしが殺したんじゃない……」

不気味で悲しく、心揺さぶる光景だった。不幸によって姉妹のように結びついた、美しい二人の若い女。ひとりは震えながら泣き濡れ、もうひとりは死に凍りついている。そこには想像しがたい、驚くべき対照《コントラスト》があった。二人が着ている紫と青のドレスも、繊細にして醜悪なイメージを醸していた。明るく調和のとれた色合いのうえに、赤い泥がこびりついている。

「そうだろうとも、アメリー。そうだろうとも」オーウェンは彼女のほうへ歩みより、なだめるような声で言った。「でもロウソクに火をつけたのはきみなんだろ?」

「いいえ、わたしじゃないわ」

「いや、きみだ」と名探偵は根気強く繰り返した。「そうとしか考えられない。ロウソクが灯されたのは、さほど前ではないはずだ。なのに周囲には、足跡が残っていないのだから……」

「わたしじゃないわ」とアメリーはすすり泣きながら言った「わたしじゃない。本当よ。ロウソクの火は遠くからも見えたわ。ほら、もうかなり減っているし」

「いや、ありえない」とオーウェンは思案顔で言った。「でも……ほら、見てください。ロウソクは三十六本。ハリカルナッソスのマウソロス霊廟にたっていたイオニア式円柱と同じ三十六本だ。みごとなものです。犯人は《殺人七不思議》の最後を飾るため、一段と腕をあげた。すべて犯行予告どおり行われています。スーザン・チャーライズが予告された場所、予告された時刻に埋葬されたのですから。しかもわれわれが監視していたなかで。すごいじゃありませんか、警部。かくも驚くべき最終章を前にしたら、ただ敬服するしかありません。ご覧のとおり、この事件も《不可能犯罪》の一種です。例によって犯人は、足跡を残さず犯行現場までやって来ました。まるで羽の生えた怪物であるかのように。けれども今回の不可能犯罪は、殺人そのものを指すのではありません。被害者の死体には、すでに死後硬直が始まっていたのですから。今回、問題なのは三十六本のロウソクです。小アジアの伝説的国王にふさわしい、堂々たる葬儀を思わせるではないですか。ロウソクはどれも少し前に火をつけたようです。しかし誰ひとり、そんなことできたはずはないんです。まったくもってすごいことだ」

「だが、わたしは騙されんぞ」警部は目に怒りをたぎらせ、うめくように言った。「何者かがロウソクを灯したはずなんだ。それは彼女、ドール嬢だ。彼女こそ、われわれがこの数週間追っている連続殺人犯なんだ」

《違うわ》という悲痛な声が、少女の死体に身を乗り出したアメリーの口から漏れた。「だったら説明してもらおうか」と警部は叫んだ。「どうして突然、姿を消したんだ？　いったいどうやって、少女の死体を見つけることができたんだ？　われわれがこの二日間、必死に捜してきた少女を、ほんの一瞬のうちに」

「説明しろと言われても……わたしにはできません」

「できないって？」ウェデキンド警部は黒い瞳をぎらつかせ、あざ笑った。「いいでしょう、ドールさん。それならわたしにも考えがある。あなたを殺人容疑で逮捕します。今、目の前にいる少女殺害の罪で。それからあと六件の殺人容疑で」

21

ロンドン警視庁へ戻る馬車のなかで、わたしはさっき目にした不気味な光景を脳裏からふり払おうと空しい努力をした。死体のまわりに並んだ三十六本のロウソクが、目の前で踊っている。しかしそれはただの想像ではなく、まごうことなき現実の光景だった。わたしたちは夢を見たわけじゃない。それでも今夜の出来事は、なんだか長い悪夢にすぎなかったような気がした。ことのほか悲痛な場面で終わる悪夢のような。理性と感情が激しい戦いを繰り広げていた。アメリー

・ドールが犯人だとは、どうしても思いたくなかった。そのいっぽうで、彼女の無実はありえない気もした。必死に罪を否定する口調は真実味にあふれていたけれど、事実はどうにも動かしがたい。
ヴィクトリア・エンバンクメント通りを抜けて警視庁の玄関に入ったときは、午前二時だったろう。警察局が入るネオゴチック様式の小さな建物は、わたしにもすっかり親しいものになっていた。わたしは無口そうな警察官といっしょに歩き、オーウェンはウェデキンド警部と《犯人の女》に伴った。

《犯人》という言い方に、わたしは情と理の両面からあらためて不安と反発を感じた。かくも魅力的なアメリー・ドールが、本当にわれわれが追っている殺人鬼なのだろうか？　いやそんなこと、わたしには信じられない。この事件に犯人が存在するのは確かだが、超自然的な力のなせるわざではないかと疑いたくなる気持ちもわからないではない。しかし犯人が四人の容疑者のうちにいることは、異論の余地がなさそうだ。仮にブルック夫人が現行犯逮捕されたとしても、わたしは今と同じ反応をしただろう。理由は異なるが、彼女が前代未聞の殺人鬼だとは思えない。残るは二人の若者だが……彼らが犯人だという確証もない。それなら、誰が？

わたしは頭がくらくらし始めた。そのときウェデキンド警部が立ちどまった。何か命じる彼の声に、はっと現実に引き戻された。わたしはアメリーの姿を見て、思わず震えあがった。彼女は泥に汚れた青いドレスを着たまま、二人の制服警官につき添われて薄暗い入り口を抜けようとしている。小さなすすり泣きも聞こえた。ウェデキンド警部とオーウェンがあとからついていった。ひとりは決然とした足どりで、もうひとりはふらふらと。

わが友は訊問に立ち会うことを認められた。わたしはおとなしく廊下で待っているようにと言われたので、警部のオフィスに近いベンチに腰をおろした。

ほどなく、切れ切れの会話が聞こえ始めた。声はぼんやりしていたので、話の中身まではよくわからなかったけれど、警部の仮借ない口調は聞き取れた。しつこく吠える猛犬のように、ひたすら相手を責め続けている。いっぽうアメリーは悲痛な声で、次々に繰り出される攻撃に絶望的な抵抗を試みていた。しかし彼女の声は、刻一刻と弱まっていった。あとどれくらい、持ちこたえられるだろう？　オーウェンはどうしたんだ？　彼の声は聞こえない。いったい何を考えているのか？

こうして一時間近くすわっていただろうか、どこかで見覚えのある警官がドアの前で立ちどまった。なかから漏れ聞こえる会話の調子に、ためらっているようだ。やがてわたしたちの目が合った。

「少ししたらまた来ることにします」警官はわたしに目くばせをして言った。「やれやれ、あのご婦人の立場になりたくないですよ。どんないきさつか知りませんが、ともかくとんだ目に遭ってますね」

たしかにそのとおりだ、とわたしは答えた。でも今にいたる一連の経過を考えると、まったくわけがわからなくなるとつけ加えた。

「わたしもあの現場から戻ってきたところなんですが」と警官は煙草に火をつけながら話し始めた。「大雨のせいで、現場検証は中断せざるをえませんでした。あの雨では、足跡はもちろん大した手がかりは残らないでしょうね。それでもたっぷり一時間は、死体の周囲を調べることができました。あなたがたやドールさんの足跡以外は、何も見つかりませんでしたが。地面が柔らかかったせいで、足跡は深いわりに不明瞭でした。しかし、ドールさんのものに間違いありません。彼女は五分前にわれわれの前から消え去り、現場までまっすぐやって来たのですから。残っていた足跡は、明らかに新しいものでした。それはあなたがたの足跡も同じで、見た目はよく似ていました。昼間には何度かにわか雨がありましたし、疑問の余地はありません。死体はあの場所に、一日以上前から置かれていたのでしょう。検死医によれば、死後二日は経っているそうですから、行方不明になった直後に殺されたわけです」

「つまり」とわたしは考えながら言った。「犯人は少女を殺し、遺体をあそこへ運んで埋めたのか。そのあと何度か雨が降って、犯人の足跡は徐々に消えた。さらに死体を覆っていた土が雨で洗い流され、腕や顔がおもてにあらわれた……」

「まさしく。それには死体の運搬も雨のなかで行われたんじゃないかと思います。泥のなかを歩けば、足跡なんかほとんど残りませんからね。そうでしょう？」

わたしは目を閉じ、その不気味な場面を脳裏に思い描いた。雨のなかを引きずられていく死体、泥だらけの足、死体を隠すために泥をすくう手、少女の弱々しい死に顔……

「残る問題は、火のついたロウソクですね」

「問題ですって？　はたしてそうでしょうか」警官はあざ笑うように言った。「もしあの若い女が犯人なら、ロウソクの一件も説明がつきます」

「でも、彼女でなければ？」

「だとしたら、正直驚きですね。だって彼女やあなた方の足跡以外、何も見つからなかったのですから」

警官はこう言い残して立ち去った。わたしは打ちひしがれてうなだれた。懐中時計の針は午前三時半を指している。警部のオフィスのドアに目をやったとき、会話の声が突然小さくなっていたのに気づいた。一時的な中断だろうか？　それとも何分も前からこうだったのか？　警官が来たせいで、注意がそがれてしまったようだ。しかしすぐに耳をつんざくウェデキンド警部の怒鳴り声がして、そんなわたしの思いを吹き飛ばした。それは壁を揺さぶるような激怒の叫びだったので、正直少し心配になった。

次の瞬間、ドアがばたんとあいて、警部が獰猛なライオンのように部屋から飛び出してくるのが見えた。黒いあごひげ、たれさがった口ひげ。その形相たるや、大きなヤマを逃して地団太を踏む盗賊かと思うほどだった。

警部が遠ざかると、わたしは恐る恐るオフィスに入り、用心深くなかを見まわした。ドール嬢はオーウェンの腕に抱かれて体を縮こまらせ、まだすすり泣いている。わが友はと言えば、片手で彼女を支え、もう片方の手に持った手紙を唖然としたようすで読んでいた。

22

「ようやく日が出たな」とオーウェンは、窓のカーテンをあけながら陽気な口調で言った。わたしたちは夕方近く、彼のアパートでお茶を飲んでいるところだった。「何日も雨続きだったから、嬉しいじゃないか」

「ぼくがとりわけ嬉しいのは、ドール嬢にとって事態が好転したことさ」とわたしは応じた。「実を言えばこの数時間、彼女はもうおしまいかと思っていたからな」

オーウェンはテーブルに戻ると、自分用にお茶をもう一杯注いだ。なんともありがたいことに、わたしたちが使っているのは中国磁器のティーカップだった。

「ところでぼくは、彼女がブルック邸で口にした言葉がとても気になってね。墓地にむかう直前のことなんだが。そういえば彼女はぼくのほうをとても奇妙な目で見ていた。そんなことは前にもあったんだが、もちろんぼくにはその意味がわからなかった。≪これはよく考えたうえでの行動ですよね》というひと言は、あの状況からすればとても自然だったし、結局ぼくもそう思うことにした。いやはや、犯人は巧妙にやってのけた。実に驚くべき才覚だ。あの手紙を何度も注意深く読んだが、ぼくの筆跡にそっくりだと認めざるをえない。そこまで完璧を期さなくたってよかったのに。だってドール嬢は、ぼくの筆跡をよく知っているわけじゃないんだから。でも、犯人にはそれがわからなかった。だから少しの危険もないよう、念には念を入れたんだ。犯人の奸計には、ほんのわずかなミスも許されないのさ」

オーウェンが言っているのは、昨日の夕方、ドール嬢がサヴァン・ロッジに着いたとき、執事に手渡された（それは執事自身も認めている）手紙のことだった。それは昨日、ロンドン中心部の郵便局から送られたものだった。

一語一句をここに再現はしないが、ひと言で言うならオーウェン・バーンズの名を騙ったその手紙は、捜査上の必要から指示通りに行動するようドール嬢に求めていた。それについては警察も了解しているからと。墓地の監視は犯人に対する罠にほかならない。犯人をあぶり出すための秘密作戦で、その成否はドール嬢の協力にかかっている。やるべきことはわずかだが、完璧に遂行しなければならない。午前零時が近づいたら、タイミングを見計らってそっと姿を消し、手紙に詳しく示した場所へむかうこと。墓地の近くだが、必要ならば走っていくように。ロウソクが灯っているので、野原の端からでもすぐにわかるはずだ。次にそこで、犯行現場を押さえられたが必死に無実を訴える犯人の役を演じなければならない。警部がどんなに激しく責め立てようが、お芝居はもうやめていいと言われるまで続けること。ここが作戦のいちばん大事なところだ。このとき警官たちは、犯人が馬脚をあらわすのを虎視眈々と待ちかまえているからだ。

ときと場合を考えれば、こんな突飛な計画もやむをえないところだろう。ともかく殺人鬼を捕まえることが先決だ。ドール嬢は当然のことながら、この手紙について誰にも話すことができなかった。犯人はとてつもなく悪知恵が働くので、ほんの少しでも怪しげなふるまいをしたら、最後に残った逮捕の機会を台なしにしてしまうかもしれない。

ことのなりゆきは、ざっとこんなところだ。けれども手紙の末尾は、記憶に刻みこまれている。とりわけ《愛しいアメリー》というひと言は、彼女とオーウェンを大胆なくらい親密に結びつける巧みな効果を発揮していた。犯人はそうした心理的な側面も、正しく見抜いていたのである。


愛しいアメリー、正義の名において力を貸してくれ。怪物によって無残に殺された無辜の被害者たちのため、たのんだとおりをできる限りやりとげて欲しいんだ。余計な疑問は持たないこと。そうすれば、必ずやぼくらは目的を達することができるだろう。きみのことだから、秘密は絶対に守ってくれるはずだ。このことは誰にも話してはいけない。ぼくにもだ。おかしな計画だと思うだろうが、最後まで演じ続けてくれ。これは熟慮のうえの行動なんだ。それを忘れないように。

オーウェン・バーンズ

「あの手紙を読めば」とオーウェンは続けた。「アメリーが廊下で口にした言葉の意味がよくわかる。彼女は命じられたお芝居をする前に、励ましの言葉が欲しかったんだ」

「そして彼女は、与えられた役割を完璧にこなしたわけだ」わたしはそのあとの陰惨な出来事を思い返しながら、ため息まじりに言った。

「しかも最後まで。もちろん、警部のオフィスでわれわれ三人きりになったとき、アメリーはもうわけがわからなくなっていただろう。ぼくも警部もこの作戦のことは知っているはずだから、その前でお芝居を演じても意味がないと思うようになった。少女の遺体を前にして、神経はもう持ちこたえられそうになかったし、三十六本のロウソクという不気味な演出にもショックを受けただろう……」

「あれは彼女が灯したんじゃないのか?」

「どうやら違うようだ。その謎については、またあとで触れることにしよう。警視庁のオフィスに戻ったあと、ウェデキンド警部は本気でアメリーを責め立て、怒鳴りまくった。そりゃそうさ、警部は彼女が犯人だと信じこんでいたんだから。その勢いに気おされて、アメリーはとうとう本当のことを言った。しかしわれわれも、事情がわかるまでに少し時間がかかった。さいわい彼女は例の手紙をその場に持っていたので、それを見て初めて納得できたんだ。彼女はよほど自制心を失っていたんだろう、ついでにひとつ告白をした。マイケルのアリバイについて証言したことは嘘だったと……」

「チェスをしていたという話か？」

「そう。事件のあった晩に二人でチェスをしていたのは事実だが、朝の四時までではなかった。マイケルは午前一時ごろに帰ったというんだ。マイケルもそれは認めたよ」

「そんなことだろうと思っていたさ。あのとき、彼女はあんまり正直に話しているようには見えなかったからな」

「マイケルに不利な事実が次々に出ていたものだから、チェスをしていた時間を三時間ほど延ばせば、窮地を救ってあげられると思ったんだ。マイケルはそのときまでチェスの時間について言葉を濁していたし、彼が自分から否定するはずもないので、とっさにそんな嘘をついてしまったのさ。もちろん警部からは大目玉を喰らったけれどね」

「そりゃそうだ。虚偽証言ってわけだから」

「まあな」とオーウェンは悔しそうに言った「でも警部は彼女が罰を免れられるよう、できるだけのことをしてくれるだろう。警部にはこれまでずいぶん協力してきたんだ。謝礼についてはっきり言ったことはないが、代わりにちょっとした手助けを求めたからってばちはあたらないさ。ともあれ、嘘がばれても、デナムの立場に大きな違いはない。次の事件、つまり雇い主のブルック氏殺しでは、れっきとしたアリバイがあるんだから」

「それもドール嬢の証言にもとづいているんだが」

「ああ。しかしアメリーも、そちらの証言は撤回していない。彼女にはしっかり訊問もしたし、あのとき置かれていた状況から見て、嘘はついていないと思うな。いずれにせよ、マイケル・デナムもほかの容疑者も、昨晩の事件については確固としたアリバイがある。誰ひとりロウソクに火をつけることはできなかったはずだ。彼らからほんの一瞬たりとも目を離していないんだから」

「殺人については？」

「それは話が別だ。スーザン・チャーライズはたしかに七月一日の晩に殺されたらしい。手紙か何か犯人の巧みな策略によって、死体が見つかった場所までおびきよせられたのだろう。ちょうどそのころウェデキンド警部がこの部屋を訪れ、新たな殺人予告の絵が警視庁で見つかったと告げた。けれども犯人が大胆にも、こんなにすばやく行動するとは思っていなかったので、まだ監視体勢を敷いていなかった」

「ロウソクに火をつけたのは、本当に犯人だろうか？」

「ほかに誰がいるっていうんだ」とオーウェンは肩をすくめて言い返した。「ロウソクを灯すことができたのは、一見するとたしかにドール嬢ただひとりだ。しかし手紙で命じられたお芝居を告白した以上、そんなささいなところで嘘をつき続ける理由はないじゃないか。そうとも、三十六本のロウソクは、犯人がなにか巧みな策を用いて火をつけたに違いない。犯人は空中を飛びまわれるのかと思ったのは、これが初めてじゃないし。そもそも、ロードス少佐が殺されたときだってそうだ。小屋のまわりにはまったく足跡がなかった。あのときは真昼間に、時間をかけて丹念に調べたんだ。そのあとジョン・ブルック殺しでも、犯人は空飛ぶ能力を見せつけた。たしかに現場検証は夜に行われたが、かなり細かく確かめたはずだ。昨晩の捜査は雨が降り始めたせいで、大急ぎですませねばならなかったけどね。捜査員たちも、よく考えると前の事件より確信はないと認めてはいる。そこでぼくは捜査員のひとりにたずねてみたんだ。例えば先の尖った竹馬を使えば、地面に小さな跡しか残さずに移動できるんじゃないかって。もちろん、簡単じゃないけれどね。すると彼は、そうした跡だったら見逃したかもしれないと言っていたよ」

わたしは一瞬考えて、犯人がそんな曲芸をしているさまを頭に思い描こうとしたが、首を横にふった。

「正直、いただけないな。前回の事件でもそうさ。ブルック邸の庭の木にロープを渡し、犯人がそこを伝ったなんてね」

「それはぼくにもわかってる」と言ってオーウェンは肩をすくめた。「でも、もっとうまい答えが見つからなければ……ともあれ、今回の事件にも一利あった。今まで確固たるアリバイのなかった二人の容疑者に、アリバイができたんだ。ポール・ブルックと母親のブルック夫人さ。われわれはあの二人からずっと目を離さなかった。だから彼らがロウソクに火をつけるのは不可能だ」

「結局、四人のうち誰も犯人ではありえないってことか」そう言って手を大きくふった拍子に、わたしはティーカップを倒してしまった。オーウェンはテーブルの端で、危うく落ちるのを止めた。

「そうとも」と彼はうわずった声で言った。「ほら、わかっただろ。人の命も、ものの運命も、ほんのちょっとしたことに左右されてしまうんだ」

「犯人があの四人でないとしたら、別の誰かってことかい?」

わが友は額にうっすら汗を浮かべて立ちあがると、もうお茶は飲み終えたかとたずね、慎重な手つきでティーカップを片づけ始めた。

「ああ、たぶん、ほかの誰かだろう」とオーウェンはつけ加えた。「ジョン・ブルックが殺されたあと、犯人は屋敷内の誰かだと結論づけたのが間違いだったのかもしれないな。確固たる証拠は、何もなかったのに。不可解な殺人がブルック家の敷地内で、目に見えない、あるいは空気よりも軽い犯人によって犯された。けれども犯人は、外からやって来たのかもしれない。二人の警官が監視にあたっていたが、われわれが確認したとおり、それでは不充分だったのさ。容疑者が外出するのはチェックできるが、敷地はとても広いので、なかで何が行われているかまでは把握しきれない。だから犯人は誰であっても不思議はない。並はずれた悪知恵の持ち主なのは間違いないが、その仮面の裏に隠れている顔は、イギリス国民の誰だろうと驚くにあたらないんだ」

理屈から言えば、たしかにそうだろう。けれどもわたしは、微かな落胆を覚えずにはおれなかった。逮捕されればいいと思う相手がいるわけではないが、犯人が見ず知らずの誰かでは、事件の妙味が損なわれてしまう。スミスだろうがブラウンだろうが、おんなじじゃないか。それに容疑者リストの人数が国の人口と変わらなくなったら、事件を解明しようがない。どんな手がかりにもとづいて、捜査を進めればいいんだ? 犯人が狂気にとり憑かれているのでないとしたら、犯行の動機はいったい何なのか? わたしは長い困難な道のりの末、出発点に戻ってしまったような、悲痛な思いにとらわれた。

奇妙なことに、オーウェンはとても元気そうだった。

「どうするつもりなんだ？」とわたしは沈黙のあとにたずねた。

「もちろん、調査を続けるさ、アキレス。おかしなことを訊くじゃないか」

「新たな手がかりのあてはあるのかい？」

「いや、いや。でも、やり方を変えることになるだろうな」

彼は大切な中国磁器のティーカップをキッチンにしまってきたところだった。暖炉の前で立ちどまり、凍石製《ステアタイト》の優美な小像に微笑みかけた。

「わが愛しき女神《ミューズ》たちよ。なんと見目麗しいことか。だがここで、ひと言言わねばならぬ。きみたちがわが家に来てからというもの、名探偵オーウェン・バーンズはもはやその名声に値しなくなった。しからばひとときみたちのもとを離れ、過ちを償う機会を授けよう。きみたちを捨てていくのは忍びないが、パパ・オーウェンはしばしここを離れ、どこかで出なおすことにしよう……」

「どこかで？」とわたしはびっくりして叫んだ。オーウェンの子供じみた身ぶり手ぶりには、苛立ってもいたけれど。「旅にでも出るつもりなのか？」

「いいや。さっきも言ったように、やり方を変えるんだ」

「それじゃあ、どんなやり方にするんだ？」

「あれさ」とオーウェンは言って、窓の外を指さした。隣家の屋根すれすれのところで、太陽が輝いている。「太陽という名の《強烈な力》を使うんだ。ケプリ、レー、アトウムと呼んでもいい。いや、アクエンアテンのほうがいいかな。これはアメンホテプ四世の別名で、太陽神アトンに愛されし者という意味だからな」

オーウェンは太陽にむかって魅せられたように微笑みかけた。それを見て、わたしは不安になった。

「気は確かか、オーウェン？」

「いやはや、ぼくは今までずっと見るに堪えない醜態を演じ続けてしまった。理性ではもはや何の結果も得られないのなら、頼れるものは霊性のみだ。それによって初めて、謎を解く鍵になる基調色を見つけることができると、ぼくは確信しているよ」

第三部　アトン

23

読者諸氏にはすでに申しあげたように、わたしはすでに事件のいきさつを充分把握しているので、いくつかの章はあえて三人称で書くことにした。そのせいで、物語の直線的な展開は少し損なわれたかもしれないが、事件の全体像はより明確になったことと思う。それゆえここからはさらに大胆な書き方により、オーウェンがところどころぼかして打ち明けた話を再構成してお伝えしよう。彼が言葉を濁したのには恋愛感情が絡んでいるだろうが、単にそれだけではないとわたしは確信している。

《基調色》なるものを見つけるためにオーウェンが採ったいささか変則的な方法は、今でもなおわたしにはとても曖昧に思える。彼は《光》に達するために、美しきアメリー・ドールが申し出た方法に訴えることにした。それは読者諸氏にも容易に想像がついたことだろう。奇妙な探偵コンビの推理により、犯人が描いた暗い絵に少しずつ光があてられ、その全貌が浮かびあがってきた。どこまでがオーウェンの思いつきで、どこからがアメリーの思いつきなのか、わたしにはわからない。わが友は魅力的な推理のいくつかを自分の手柄にしているが、彼がどれくらい正直に話しているかは疑問だ。そうやってオーウェンは自分を安心させようとしているのだろう。なにしろこの事件で、彼はいつもの精彩を欠いていたと言わざるをえないから。それについては、《美は太陽と同じく姿をあらわすなり、周囲にあるものすべてを見えなくする》というフィロンの言葉を繰り返すにとどめよう。わたしがこの一節を引いたとき、オーウェンも大いに賛同したが、その実彼自身がすっかり目をくらまされていたのだ。

つまりオーウェンは、自分で気づかないうちに図星を指していたわけだ。他人の愚鈍を嘲笑しているつもりが、それと知らずに自らの愚鈍をあげつらっていたのである。彼の弁護のためにつけ加えるならば、今回の事件はかつてないほど難しいものだった。文字どおり《不可能犯罪》というべき七つの殺人事件が、彼に挑みかかってきた。さらには、犯人の動機も謎に包まれている。前にも指摘したように、六人目までの被害者には二人一組で関連性があった。捜査の結果七人目は、ほかの六人とまったく無関係だったけれど。だとすると、単に頭のおかしな犯人による無差別連続殺人というわけではなさそうだ。殺し方ひとつとっても、やけに手が込んでいるし。

こんなにけたはずれの謎を解ける者が、オーウェンのほかにいただろうか？　いや、とてもそうは思えない。ここ数世紀にわたる犯罪史に秘められた数ある難事件のうちでも、これほど凝りに凝った事例は珍しい。しかも大筋では、とても単純なのだ。彼の魅力的な相棒も、ときには教師役を買って出て、もつれた謎を解き明かすのに貴重な一翼を担った。前にも述べたように、わたしはその経緯を自由に再現することにしよう。

彼らに言葉をゆだねる前に、いくつか細かな点についてあらかじめ触れておきたいと思う。なかにはあとから知ったこともあるが、それはさして問題ではない。犯人は最後の事件によって《殺人七不思議》の幕を閉じ、その後は世間を騒がすこともなかった。七つの殺人それぞれについては容疑者不詳のまま、単独あるいは複数犯による謀殺事件という判断がくだされた。最後の事件の夜、墓地に老人があらわれたのはまったくの偶然だった。アメリー、マイケル、ポール・ブルック、母親のブルック夫人に対する疑いも晴れた。四人ともそれぞれアリバイがあることから、最終的に無実と認められたのだ。アメリーの虚偽証言についてはウェデキンド警部が尽力して、罪が問われないように処理をした。もしうまくいかなければ、今後いっさい警視庁に協力はできないと、オーウェンがはっきり言い渡したからだ。マイケルは最後の事件のあと、ほどなくブルック邸を出てロンドンに引っ越した。こうしてサヴァン・ロッジは落ち着きを取り戻した。ポール・ブルックも母親も、それを喜んでいるようだ。アメリーとオーウェンの《捜査》が続いているあいだ、二人のライバルは彼女にあまり会えなくなった。しかし悲劇的な事件のせいで、恋の焔《ほむら》にも陰りがさしたらしい。休息のひとときは、明らかに誰にとっても好ましかった。

24

第一の謎解き

七月終わりの太陽が、エピングの森に隣接する小さな草原に、燃えるような光を投げかけていた。目に見えない森の住民たちの微かなささやきを除けば、あたりは静まり返っている。オーウェンは目に黒いスカーフをかぶせて草のうえにじっと寝そべり、気持ちのいい陽光を浴びていた。とはいえ無類のおしゃべり好きだからして、生い茂った草のなかでただ黙っていられない。「無為よ、天才の源よ。これにまさる喜びは……」やら、「何もしないということは、もっとも心をそそる仕事だ」などとつぶやき声をあげている。するとすぐさまアメリーが名探偵の口に指をあて、やさしくこうささやくのだった。

「静かに。準備はまだ整っていないわ。ゆったりとくつろぎなさい。心を休めて……頭上で星が舞うのが見えるように……」

ほどなくオーウェンは、目をあけて話してもいいと言われた。光がまぶしい。あたりに広がる田園風景は輝きに満ちていた。しかし彼は魅せられたように、にっこりと笑いかけるアメリーの晴れやかな顔を注視した。

「さあ」と彼女は言った「検討会に取りかかるわよ。太陽の神アトンがついている。わたしたちに光をもたらしてくれるでしょう……」

オーウェンは何か言おうとしたけれど、急に頭がしびれるのを感じた。こんなに長時間、日なたにいるのは慣れていなかった。目を閉じると、瞼の裏にちかちかと星が輝き、雨となって降り注ぎ続けた。

「まずは簡単なところから始めましょう」とアメリーが続けた。「《アレクサンドリアの灯台》の謎なんか、頭の体操にちょうどいいんじゃないかしら。どう思う、生徒さん?」

「ええ、お望みならば。あの謎については自分なりの考えがありますが、最初にあなたの意見を聞きたいですね」

「わたしだってとっくに謎は解けたわ」そう言ってアメリーは、ちょっと不満そうに口を尖らせた。「でも、まずは問題点を整理しましょう。集めた新聞記事の切り抜きを読み返したら、気になる事実がいくつかあったの。被害者のエイドリアン・マクスウェルは筋金入りの飲兵衛でヘビースモーカーで、かなりのおしゃべり好きだったらしいわね。ただひとつだけ不可解だったのは、現場からウィスキーの空き瓶が三本も見つかったことだった」

「ほかの手がかりは、火事で燃えてしまっただろうし」

「そうなのよね。灯台の石油タンクから抜き取った石油をばらまき、火をつけたんでしょう。でも海の荒れ具合から見て、マクスウェルが十五時間以上、灯台のある小島にひとりきりでいたのは間違いないわ。午後三時から翌日の朝七時ぐらいまで、小島には誰も近づけなかったはずだから。鳥のように空を飛ぶ人間やら怪物やら、そんな馬鹿げた考えは抜きにして、合理的にこの問題にアプローチしてみましょう。火事は日暮れとともに起きたのだから、何かの時限装置が使われたとしか思えないわ。犯人はそれを遅くとも午後三時までに仕掛けて、急いで小島を離れたんでしょう。だとすると、その間マクスウェルは身動きを取れない状態に置かれていたはずよね。ところが彼はロープや鎖で縛られていた形跡はなかった。こうした事実に照らして、主な手がかりを再検討してみましょう。つまりは被害者が話し好きで、酒飲みで、ヘビースモーカーだったこと。それにウィスキーの空き瓶が三本あって、石油に火をつけた形跡があったことを」

オーウェンは笑みを浮かべ、汗がにじんだ額を手の甲で拭った。

「きみの言うとおりだ。そんなふうにまとめてみれば、謎は自ずから解ける。誰かつき合いのいい人物が、午前中に灯台守のもとを訪れた。その人物は手土産に、喉を潤す飲み物を持参した。マクスウェルも最初は警戒していたかもしれないが、すぐにそんな必要を感じなくなった。二人は何度も杯を交わした。マクスウェルは気持ちよくグラスを空けたけれど、犯人のほうは飲むふりをしているだけだった。午後二時ごろ、灯台守はすっかり酔いつぶれた。彼が勤務中に酔っぱらうなどめったにないことだったろうが、根が酒好きの男だからね。少し気の利いた者なら、泥酔させるのはたやすかったろう」

「そのあとのことは」とアメリーが続けた。「少し想像力を発揮しなければならないわね。そこで、こう想像してみましょう。石油を入れた革袋に小さな穴をあけ、少しずつ漏れ出た中身が灯台守の服にしみこむようにさせる。さらに、こう想像してみましょう。灯台守を海風が吹きこむ戸口に寝かせ、襟もとや髪の毛にはウィスキーをふりかけておく。そうすれば目を覚ました灯台守は、ウィスキーと潮の匂いに紛れて石油の悪臭に気づかないだろうから。ところで、ヘビースモーカーの男が起きてすぐにすることは何かしら？」

「煙草に火をつけること……」

「ご名答。かくしてアレクサンドリアの灯台が、灰のなかからよみがえったというわけ。彼は灯室に閉じこめられたことに気づき、当然のことながら外にむかって必死に助けを求めた」

「ぼくだったら、海に飛びこむけど」

「あそこは彼の仕事場だもの、灯台の下には尖った岩が突き出ているのを知っていたのよ」

「海の怪物スキュラの鋭い牙みたいにね。なるほど、きみの言うとおりだ。大海蛇カリュブディスが吐く炎よりましとは思えない」[1]

「まあまあ」と言ってアメリーは指をふった。「今日はギリシャ神話の話はなしよ。ふり出しに戻りたいの？」

「きみが望むなら何度でも」とオーウェンは言って、太陽にむかって伸びをした。「さてぼくの

1「カリュブディスから逃れてスキュラの手に落ちる（一難去ってまた一難）」という言いまわしがある。

ほうは、お次の謎の準備ができています。ともかくきみの謎解きはすばらしかった。実に単純明快で、文句のつけようがないな」

第二の謎解き

アメリーの豊かな栗毛色の髪が、太陽の光に輝いている。それが日焼けした肩にかかるさまは、黄金色にきらめく清らかな滝のようだった。オーウェンの目には彼女しか入っていなかった。アメリーは光の源を指さし、こう言った。

「太陽の小舟はゆっくりと旅を続けている。紺碧の波間をただよい、やがてそのなかに消えゆこうとしている。金色の光は少しずつ陰りながらも、いまだその力を失わず、忠実なる信徒の心を培い続けている。

アルテミス神殿の殺人、つまりトーマス卿殺しで注目すべき要素は限られているわ。弓の試合、大弓《クロスボウ》による不可能犯罪、死体の近くから見つかった数枚のコイン。そのうち一枚は、死体の手に握られていた。被害者は背中を矢で射殺された。矢は三百ヤードもの距離から放たれたらしい。だとすれば、とてつもない名人芸だわ。さらに矢が刺さった位置からして、どこか高い位置から射たものらしかった。それからもうひとつ、トーマス卿がコインの収集家だったこともつけ加えておかなくては。するとこんな場面が目に浮かぶわね。空からコインが降ってくる。トーマス卿はそれを拾おうとして身をかがめる……」

「アメリー、どうやらぼくはこの謎が解けたようだ。だからといって、残念ながら犯人の正体については、ほとんど手がかりが得られないけれど。ともかく今言えるのは、犯人が大弓《クロスボウ》の専門家とまではいかないまでも、正確に扱う技術を身につけていること、そしてとても大胆な人物だということです。もっともそれは、すでにわかっていましたが」

「それで、あなたの見解は？」

「論理的に考えて、被害者を狙うのに最も適した最短距離の位置は、三つあるアーチェリーの的のひとつでしょう。すぐ近くには大きな木や茂みもあるので、こっそり近づいたり、犯行後に隠れたりすることもできます。おそらく犯人は大木の陰からようすをうかがい、射手たちが矢を回収しに的へむかったところでそっと這い出していったのです。射手と的のあいだは三十ヤードほど。アーチェリーではまずまずの距離ですが、大弓《クロスボウ》の競技だったら短すぎるくらいでしょう。大弓《クロスボウ》を使えば二十五ヤードの先の的に、数ミリの誤差であてることができます。つまり三十ヤードの距離から人を射殺すのは名人芸でも何でもない、少しばかり技術があれば可能なことなんです。

そこでこう考えてみましょう。犯人は射手たちがもっとも遠い右側の的に集中する頃合いを見計らって、左側の的まで這っていった。見つかる危険はありますが、やってできないことではありません。そしてトーマス卿を狙うのにちょうどいいタイミングをうかがっていたのです。はたして射手のひとりがみごとな腕前を披露し、仲間たちから拍手喝采が起きました。けれどもただひとり、トーマス卿だけは空にきらめく《金色の光》に気を取られていました。もちろんそれは、犯人がトーマス卿にむかって投げたコインです。彼の前に仲間の二人が、一、二度《金色の光》に気づいたのは、犯人が成功するまで何度もコインを投げたからでしょう。コインはさほど遠くまで飛ばないので、当然トーマス卿の手前に落ちます。すると彼はそれを拾おうとして身をかがめます。地面に落ちているものを拾うとき、女性なら膝を曲げるでしょうが、男の場合はたいていおじぎをするように上半身を前に折ります。こうしてトーマス卿は北側の的にむかって、体を乗り出すような格好になりました。頭が地面に近づき、大弓《クロスボウ》の照準器がうなじをとらえた瞬間、犯人は矢を放ったのです。矢があたったとき、被害者ははっと体を起こしたかもしれません。けれども、あとはそのまま前に倒れるしかありませんでした。トーマス卿の悲鳴を聞いて、仲間たちはふり返りました。するとその目に入ったのは、うなじの下に矢が刺さったまま倒れているトーマス卿の姿でした。当然のことながら、彼らは矢が南側から、つまりは遠く離れた垣根から放たれたものと思いました。南側には垣根まで、ひとりの人影も見えなかったからです。被害者の背中に刺さった矢が奇妙な傾き方をしていたせいで、さまざまな憶測を呼びました。例えば、雲のなかから射たのだとか。まさかそんなことはありえないにせよ、低射角射撃ではないかというもっと現実的な意見も出ました。ありとあらゆる説があったなかでただひとつ、ぼくが今示した説だけはあがってきませんでした。でもこれが、一見解きがたい謎に対する唯一可能な答えだと思いますね」

「おみごと、オーウェンさん」とアメリーは手をたたいて叫んだ。「まさに評判どおりだわ。あなたの推理は完璧よ。太陽神アトンがわたしに示したのも同じだったし。それじゃあ、次の事件に取りかかりましょう。もう何かわかったかしら？」

「実を言うと、こちらはまだ」

「だったらとりあえず、事実をおさらいしてちょうだい」

第三の謎解き

「思うに」とオーウェンは思案顔で話し始めた。「バビロンの空中庭園事件でとりわけ目を引くのは、被害者が死の直前に口にした驚くべき話です。彼女は事件現場となるアーチが恐ろしいと言っていました。バルコニー状になったアーチの上部に古代の女王がいて、太陽が一瞬その陰になるのが見えたからと。なんとも異様な話ではありませんか。だってそこには、この事件を特徴づける要素がすべて含まれているのですから。陰に隠れた太陽、これは犯行予告にあったとおりです。そしてバビロンの空中庭園と同じく花を飾ったバルコニー、空中庭園を作った伝説の女王セミラミスと……

だとすると考えられる可能性は二つにひとつ。彼女の話が本当なら、われわれは非合理な解決へむかわねばなりません。さもなければ彼女は事件の共犯者で、作り話をしていたか。ところが困ったことに、彼女は同時に被害者でもあります。もうひとつ奇妙なのは、いっしょにいた友人の女の足取りがまったくつかめない点です。たしかに偶然もあったでしょうし、目撃者の住所氏名を確認し忘れた地元警察の怠慢もあります。けれどもさらに奇妙なのは、事件のあとに新聞で呼びかけたにもかかわらず、名のり出なかったことです。

この二点が、ぼくにはどうにも不可解なんです。友人の女の証言も、疑わしいような気がします。結局信じるに値するのは、二人の老人ヴォート氏とジョーバー医師の証言だけでしょう。しかし彼らの話にしてからが、ありえないことだらけです。出来事の大筋は彼らの証言どおりかもしれませんが、二人とも歳が歳ですから、視力がだいぶ弱っているのではと思いたくなるくらいですよ」

「それでは二人の女に話を戻しましょう」とアメリーが、髪に花を一輪挿しながら言った。「二人のふるまいや外見について……」

「そうですね……証人のひとりは、彼女たちがベンチに腰かけているのを最初に見かけたとき、未亡人かと思ったと言っています。それは二人とも黒っぽい服装をしていたからだそうです。マリー・ドゥーモントはもうひとりよりやや太りぎみで、帽子にはやけに目立つ花飾りがついていました。その帽子については、証人の話に何度も出てきます。もしかして二人の女は共謀して、証人の老人をうまくだましたのかも……」

「でもオーウェンさん、共犯者はいないという原則から出発したはずよ」

「ああ、そうでした。ではもう少し、事件の経過を追ってみましょう。ミス・ドゥーモントは落ちてきた植木鉢がぶつかったらしく、地面に倒れました。証人たちが駆けつけると、あたりには土や花、レンガがひとつ二つ散らばっていました。瀕死の女は、《女王》や《バルコニー》という言葉を切れ切れに口にしました。犯人を名指しし、二人の証人にアーチの近くを捜すよう促すかのように。周囲に隠れる場所は、そこだけだから……それに彼女は、例の帽子もまだかぶっていて……何もかも演出じみているじゃないですか」

「そのとおりね」

「すぐに友人の女もやって来ました。彼女はドゥーモントをのぞきこみ、すすり泣き始めました。そのあいだにヴォートとジョーバーは、アーチのうえや柱の陰を調べに行きました……」

「二人が引き返そうとしたとき、友人の女が小さな悲鳴をあげたそうね。まさにこのとき、マリー・ドゥーモントが息を引き取ったのに気づいたかのように」

「ちょっと待って」とオーウェンは言った。「そうか、わかったぞ。すべては一瞬のマジックだったんだ。犯人は初めにミス・ドゥーモントだと思われていた女です。彼女はあらかじめ結びつけておいた紐を引き、まず植木鉢を落下させた。そして叫び声をあげ、植木鉢がぶつかったようなふりをした。すぐに友人の女がやって来て彼女をのぞきこみ、男たちは柱の陰を調べに行った。すると彼女はレンガをつかみ、友人の女の頭を殴りつけたんです。そのとき証人たちが聞いた悲鳴は、もちろん本当の被害者があげたものでした。犯人の女はすばやく起きあがり、殴り殺された女の死体が代わりにそこに横たわりました。犯人は死体の頭に花飾りのついた自分の帽子をかぶせました。手際よくやれば、ほんの数秒ですむことです。犯人は殺された女のうえに身を乗り出し、泣き始めました。こうして二人の女の役割が、みごとに入れ替わったわけです。おそらく犯人はそのついでに、ドレスのなかに入れていた詰め物を取り外したのでしょう。そうやって、被害者より太っているように見せかけていたのです。被害者というのはもちろん、本物のミス・ドゥーモントのことですが。これで手品は一丁あがり。あとは小芝居を続けるだけです。二人の証人とは逆にあまり大袈裟に騒ぎ立てず、やって来た警官にはただの事故だと思わせて、いつのまにかそっと姿を消したのです」

アメリーは称賛のまなざしでオーウェンを見つめた。

「これはまた、一段と冴えわたった推理だこと。本物の魔術師みたいに、一瞬にして謎を消し去ってしまったわ」

名探偵は咳払いをした。あまり得意そうになるまいと思っても、つい表情が緩んでしまう。

「たまさかこれがわが天職だったんでね、この手の手品を相手にするのは慣れているんです。それはともかく、もう少し先を続けましょう。目の弱っている証人を選ぶことも、もちろん重要でした。これは綿密に計画された殺人なんです。犯人は彼らがいつも散歩する時間を調べ、犯行予告のアナグラムに合うようマリーという名の未婚女性を犠牲者に選びました。大胆不敵な手口から見て、犯人は若い女かもしれません。しかしお芝居と変装がうまい中年女のほうが、二人の証人をだましやすいでしょう。犯人はできるだけ被害者と外見を似せ、区別がつきにくくしました。けれども今回のトリックでいちばん肝心なのは、犯人がアーチのわきで気絶したふりをしたとき、友人の女つまり本物のミス・ドゥーモントが間違いなく駆けつけてくるかどうかです。そのために前もって、適当な作り話をしていたかもしれません。謎めいた脅迫を受け、身の危険を感じているとかなんとか。事件の直前にも、《もしものときはすぐにわたしのそばに来て、最後の祈りを聞きとげてね》とでも言っておいたのでしょう。でもまあ、細かな点はどうでもいい。ともかく、これが事件の大筋に違いありません。ほかに考えようがないでしょうから」

アメリーはうなずいてから、軽く顔をしかめた。

「だとすると、犯人は女っていうことかしら」

「黒い服を着た二人の女を思い浮かべるから、そんな気がするんでしょう。しかし若い男がうまく化粧をし、ドレスと帽子で変装すれば、二人の老人をだますのはたやすいことです。もっと突拍子もない変装をした犯人だって、これまで何人もいましたよ。さて、調子が出てきたぞ。次の謎解きにもかかれそうだ」

アメリーは太陽にむかって、笑顔で両手を広げた。

「アトンよ、奇跡は起こった。あなたはこの者に光を授けたもうた。この一瞬を、さらに続けさせたまえ。でも、あなたの寛大なる恵みに甘えてはいられません。全能の神アトンよ、心から感謝いたします……」

アメリーは頭をうしろにのけぞらせ、くすくすとかわいらしい笑い声をあげた。オーウェンはそのようすを前にして、いっそう魅了されずにはおれなかった。

「でもここで、順番をちょっと変えたほうがいいんじゃないかしら」と彼女は続けた。「次の事件、つまりロードス少佐殺しはけっこう手ごわいので、オリンピアのゼウス像事件のほうを先に片づけましょう。どう、オーウェンさん、こっちの謎は解ける？」

第四の謎解き

「ええ、やってみましょう。とりわけ人目を引くこの事件では、二つほど気になる要素があります。ひとつはリンチ医師が雷雨に対して恐怖をつのらせていたこと。まるで彼は二、三年前から、自分の最期を予期していたかのようです。もうひとつは落雷でまっぷたつになった木。犯人にとってたまたま都合よく起きたことのようにも見えますが、警察に送られた犯行予告からすると、初めからそれも計画のうちだったはずです。何もかも、筋が通らないことだらけですよね。けれども木の一件については、ひとつ思いついたことがあります。実は事件の数日前にも、ずっと小規模ながらあのあたりで雷雨がありました。もしかすると、木に雷が落ちたのはそのときだったのではないでしょうか。森番は森の木々を毎日すべて点検するわけではないので、気づいていなかったのです。犯人は次なる《不思議な殺人》の舞台を探して森を歩きまわっていたとき、落雷で裂けたあの木をたまたま見つけました。重苦しい暑さが続いているので、ほどなくまた雷雨になるでしょう。だったらほんの少し演出の手を加えれば、次の雷雨で木に雷が落ちたように見せかけられます。まずは近くにあった監視台を木の隣まで動かし、タイミングを見計らって犠牲者をそこにすわらせる。そして火をつけ、雷が落ちたように見せかけるのです。乾いた木や石油も使ったことでしょう。大雨のあとなので、そんなふうに手を加えないとうまく火がつきませんからね」

「そこまでは話が合うけれど、まだ被害者に関する謎が残っているわ……」

「わかっていますとも。もともとぼくは、犯人が被害者を現場へ連れて行ったのだと思っていました。信じられないかもしれませんが」

「つまり二人は、示し合わせていたと？」

「ええ、ある意味では。おそらくリンチ医師の雷恐怖症は、ただの狂言だったのでしょう。彼は三年前からお芝居を続けていたんです」

「でも、そんなことして何になるの？　嵐が近づくたび、必ず何時間も小屋にひとりでこもるなんて」

「奥さんから逃げるためですよ」

「奥さんから逃げるですって？」とアメリーは面白そうに繰り返した。「でも、どうして？」

「それはもちろん、別の女性と会うためです」オーウェンは間髪をいれずに答え、眉をしかめた。「たしかリンチ医師は結婚当初、浮気が絶えなかったと聞いていますが……」

「そのとおりよ。マイケルも彼とは多少知り合いなので、喧嘩のあとにそう言っていたわ。でもリンチ夫人から引導を渡されたはずよ。いつまでもそんなことを続けるなら、クリニックをひらく資金に使った父親の遺産を、そっくり返してもらうからって」

「リンチ医師は今の仕事も愛人もあきらめることができずに、おかしな仮病を使ってときおり何時間か家を空けることにしたんです。どうです、これでぴったり話が合うでしょう。初めはこの計画もうまくいっていましたが、やがてそこにゆすり屋があらわれました。その人物こそ、殺人犯にほかありません」

「なるほど、そうかもしれないわね。でもマイケルの話では、リンチ医師の浮気は飲み仲間のあいだで公然の秘密だったそうよ。きっと犯人は《オリンピアのゼウス像》に見立てるのにちょうどいい犠牲者を探していて、その話を聞きつけたんでしょう。そして詳しく調べた結果、リンチ医師の秘密を嗅ぎつけたんだわ」

「犯人はリンチ医師を脅迫し始めました。リンチ医師は犯人に言われるがまま、どんなことでもするようになりました。だから雷鳴が轟き稲妻が光るなか、深夜の森で待ち合わせに出むいたのです。熱で溶けかけた南京錠は、もともとリンチ医師が用意してあった道具のひとつだと思います。嵐があんまり長引いて、夫がなかなか帰ってこないのを心配して、リンチ夫人がようすを見に来たときのために、小屋のドアに鍵をかけておこうと思ったのです」

「あるいは犯人の思いつきかも」とアメリーが言った。「ドアの板が少し焦げていたのも、犯人に命じられてやったんでしょう。それに連続殺人の次の犠牲者になるかもしれないと、妻の前で怯えてみせたのも。ちょうど新聞に、殺人予告の記事がでたところだったから」

「そうか、そのとおりだ」オーウェンはぱちんと指を鳴らした。「驚いたな。すべてがぴったり符合する。リンチ医師は午前三時前に家を出たのだから、遅くとも午前四時には待ち合わせの場所に着いたでしょう。豪雨が止んだのも、だいたいその時刻です。犯人は彼を監視台のうえにのぼらせ、殴って絞め殺した。そして手に金の象を握らせ、乾いた木を並べて石油をかけ、火をつけた。あとはこっそり引きあげるだけです。狡猾な犯人のことですから、準備は怠らなかったでしょう。それさえ気をつければ、ほんの三十分とかからずにすむはずです」

「オーウェンさん、なんてすばらしいんでしょう」アメリーは彼の首に抱きついて叫んだ。「あなたの推理の才には感服させられたわ」

オーウェンはちょっと虚を突かれ、バランスを崩した。頭をのけぞらせた拍子に、何か奇妙な生き物が見えた。いつのまにか、ほんの十メートルうしろまで近づいていたらしい。白地に黒い斑点がついた重たげな体。頭のうえには突き出た二本の角。リンチ夫人の頭にもさぞや角が生えたことだろうが、こちらは正真正銘の角だ。その生き物はさらに二、三歩、彼に近づき、不満たらしく《モー》と鳴いた。

「行きましょう」オーウェンは立ちあがって言った。「こんな愚鈍な輩には、とてもつき合っていられません」

25

丘のてっぺんで、二人はじっと東を眺めていた。イギリスの田園風景が、眼下に広がっている。朝まだきこの時間、大気はひんやりと冷たく、視界は薄暗かったけれど。彼らは地平線からのぼり始めたほのかな散光に目を凝らせた。しんとした静寂のなか、遠くで鶏の鳴く声がする。するとほどなく、あちらからもこちらからも鳴き声があがった。しかしそれはとても小さくて、二人を包む静けさを乱すほどではなかった。

あたりは乳白色の朝日に包まれ、暖かな色あいに染まっていった。夜のベールに光が射すと、まるで魔法のように暗色が消えていく。

「壮観でしょ?」とアメリーがささやいた。

「本当に」オーウェンは彼女の肩に手をあてて答えた。

「待って、まだ始まったばかりよ。続きをよく見てちょうだい」

やがてくっきりとしたオレンジ色が闇を押しのけ、金色に燃える丸い太陽があらわれた。

「すごいわ」とアメリーは叫んだ。「ほら、あのバラ色の指。東方の金の扉をあけようとしている」

「世界一美しい光景だな」オーウェンはそう言って、彼女をふり返った。うっとりとしたアメリーの目に曙光の夢幻劇が映っている。

「アトンが今、わたしたちの前にいる。その美しさで、地上を満ちあふれさせようとしている……」

「そのとおりだ、アメリー。目の前に美の化身が見える」

「アトンが精霊を抱き、わたしたちに差し出している……わかるかしら、オーウェンさん？　アトンがそこにいるのが感じられるわよね？」

名探偵はうなずいて、今度はためらわずにアメリーを腕に抱いた。彼女は少しも抵抗を示さないばかりか、自らそっと身を預けてきた。きらきらと輝く大きなハシバミ色の目は、それでもまだ太陽に釘づけになっていた。

「きっとあなたも、もうすぐわかるでしょう。今日がわたしたちにとって祝いの日になることを。わたしたちの前で繰り返される生命の回帰にも似た永遠の祝い。しかもそれは、はるか太古から続いているのよ。今日はわたしたちとアトンのことだけを語り合いましょう。そして今夜、金色に輝くアトンの小舟が地平線に消えるとき、わたしたちは神々しい力に心満たされ、七不思議の謎解きを続けるでしょう……」

第五の謎解き
ケント州の白い断崖が、海上の空を真っ赤に染める夕日を見下ろしている。

アメリーは晴れやかな笑みを浮かべてオーウェンの手を取り、頬を撫でる暖かな風を楽しんでいた。下から微かに潮騒が聞こえる。岸辺に打ち寄せては砕ける波は、夕日に赤く染まっていた。

「このあいだは、謎をひとつ飛ばしたわよね」とアメリーが言った。「あれはちょっと手ごわそうだからって」

「そう、ロードス島の巨像事件を」オーウェンはうなずいた。

「あの事件で奇妙な点は何だったか覚えている?」

「もちろん。小屋のまわりに足跡がなかったこと。水がいっぱいに入った水差しを前にして、脱水症で死んだ被害者。それに望遠鏡のことも」

「まっぷたつに折られたシャベルの柄が二本あったことも、忘れてはいけないわ。それにも重要な意味があるはずよ。でも、いったいどんな意味が? ただのありふれたシャベルの柄だもの、庭の物置小屋にあったからって、別に不思議じゃないわ。二本の柄、堅い二本の柄……それが折られていた。そんなことができる人物は、明らかにただひとり、ロードス少佐しかいないわ。でも、どうしてそんなことを? 何を言わんとしたの?」

「悔しさ、怒り、それとも絶望か……」

「絶望ですって?」とアメリーは驚いたように言った。「どうして? だって目の前に飲み水があったのよ。閉じこめられていたわけでもないし」

「だったらロードス少佐は進んで自らにそんな苦行を課したとでも?」

「捜査によると、外部からの介入があったとは思えない。だからわたしたちも、それを前提にして始めないといけないわ。ロードス少佐の人となりに戻って考えるのがいいんじゃないかしら」

「《似ても焼いても食えないやつ》だって、ウェデキンド警部は言っていたっけ」オーウェンは苦笑いをした。「ヘビースモーカーで大酒飲みで、女たらしで……」

「それに勝負事も大好きよ。憶えているでしょ、彼が成し遂げた偉業の数々は、新聞にも出ていたわ」

「ロードス少佐は水を飲まない賭けをした末に、脱水症で死んだのだと？」

「普通の人だったらありえないでしょうけど、なにしろロードス少佐はその手の武勇伝にこと欠かないわ。賭け金がその苦労に見合うものなら、受けて立ったんじゃないかしら。例えば三日間、一滴の水も飲まずにいられたら、彼が欲しくてたまらないものをあげると言われたら？　どうもわたしには、水差しの水がこの賭けのシンボルのように思えるのよね」

「たしかに水差しはまるで彼に挑み、彼を嘲るように、目の前に置かれていました」

「ある意味あの水差しは、彼を発奮させる意味合いもあったんじゃないかしら。もちろん普通の人だったら、そんな状態に耐えきれなかったでしょう。でもロードス少佐のような百戦錬磨のつわものが、名声を賭けて挑んだとしたら？」

「たしかにありえないことではないけれど。だとしたらあなたの言うとおり、並みの賭け金ではないはずだ。よほどの大金でない限り……」

「そうよね。だから今回は、お金じゃないと思うの。死体のそばにあった望遠鏡、彼のいやらしい目つき。それを思うと……」

「ぼくは生前の少佐を知らないのですが……」

「わたしは会ったことがあるわ」とアメリーは笑って言った。「わたしを見たとたん、目をぎらつかせてた。だからあの望遠鏡は……」

「望遠鏡が落ちていたのには何か意味があるはずだと、ぼくも初めから思っていました。そもそも望遠鏡は、遠くのものを見るための道具です。ほかには使いようがない……少佐はいやらしい目つきをしていたと言いましたよね？　それじゃああなたは、女性がらみだと考えているんですか？　賭けられていたのは、女だったと？」

「少佐には恋い焦がれている女がいた。彼女は少佐がこの試練に耐えることができたら、身を許すと約束した。彼女はありとあらゆる誘惑の手管を駆使して、老ドンファンの心を搔き立てた。少佐はもう若くはなかったけれど、まだまだ精力に自信があったでしょうし。彼女はその間、少佐を発奮させるため、日に一、二度遠くの茂みに姿をあらわした。少佐は望遠鏡でそれを眺め、もうすぐ自分のものになる女の魅力を楽しんだ。そうやって彼女は、少佐が途中であきらめないよう引きつけておいた。少佐は渇きと欲求不満でさぞかしもだえ苦しんだことでしょうね。へし折られた二本のシャベルの柄に、それがよくあらわれているわ。もちろんこの賭けには、期限が定められていたでしょう。それだったら、ありうる話だと思わない？　例えば少佐は、三日目の明け方まで耐えなければならないとか」

「だとしたら賭けの相手は、よほどの美人だったんでしょうね。アメリーさん、あなたのような」

アメリーはにっこり笑って先を続けた。

「当然のことながら、彼女は魅力たっぷりだったでしょう。男たちを手玉に取って、欲しいものを楽々と手に入れられるような。灯台守やリンチ医師といったほかの被害者たちのふるまいにも、それがよくあわられているわ。すばらしい美人の誘惑に引き寄せられたのでないとしたら、リンチ医師だって嵐のなか、そんなにやすやすと深夜の待ち合わせに出かけたかしら?」

「たしかに、それならことは簡単ですね」

「じゃあ、次の謎に移りましょう。でもその前に、犯人の人物像についてひとつ重要な特徴を指摘しておくべきね。並はずれた美貌や芸術的な犯罪の才能に加え、彼女は天気を予測する能力に長けているようだわ。たまたまチャンスに恵まれたことも、何度かあったでしょうが、彼女が殺人計画のなかでこの要因《パラメーター》をしっかり考慮に入れていたのは確かだわ。例えばロードス少佐の事件でも、大雨のあとに日照りが続いたところで賭けを始めたのは偶然じゃない。乾いてひび割れの入った地面に足跡がひとつも残っていなければ、これはとても印象的だもの。そんな演出がどうしても必要だったのよ。事件現場の状況として充分謎めいているけれど、彼女は美しい一幅の絵を思い描いていたのよ。だから犯人は空の観察に慣れている人物でしょう……それはジョン・ブルック殺しにもよくあらわれているわ」

第六、第七の謎解き

「これはもっとも難しい事件のひとつですね」とオーウェンは、海の水面にかかった太陽を無造作に眺めながら言った。

「あら、そうかしら。少し考えればわかることだわ。頭を少し柔らかくすれば。この事件の被害者は、実の娘のように思っている女の気まぐれにいつもつき合ってくれました」

アメリーはオーウェンのほうに身を乗り出した。男の頬に熱い吐息を吹きかけながら、彼女は声を潜めて話し始めた。

「あの晩、わたしは夕食のあと、ジョン・ブルックに会いに行き、こう打ち明けた。ピラミッド型に組んだ四本の棒、あれを作ったのはわたしだと。わたしの言うとおりにしてくれたら、そのわけも説明すると続けたわ。彼はわたしの気まぐれに慣れていたので、黙ってうなずいた。そしてわたしを背中におぶって、あのピラミッドにむかった。子供だったころにも、よくそんなふうにしてもらったものだわ。見てのとおりわたしはあまり重くないから、足跡が地面に深くめりこんでいても、彼が太っているせいだと思われるでしょう。こうしてわたしたち二人は、天球儀のそばまでやって来た。わたしは彼の背中を料理ナイフでひと刺しし、凶器を上着《ボレロ》の下に隠した。あのときわたしはサイクリング用の軽快な服装をしていたけれど。それはやるべき仕事が控えていたからだったの。

ジョン・ブルックが泥のなかに倒れる寸前、わたしはつる棚の梁にしがみつき、うえによじのぼった。そして葉のあいだに隠しておいた石油ランプを灯し、すぐ脇の円柱につないであった糸で地面の近くまで吊りさげた。小道の端にむかってつる棚のうえを移動し、花のなかに身を潜めて、あたりに響きわたるような悲鳴をあげると、予想どおりマイケルが駆けつけてきたわ。それもわたしが、お膳立てしておいたのだけれど。彼はわたしがポールに襲われたのではないかと、心配したのよ。天球儀のわきにさがっている石油ランプに気を取られて、マイケルは上方に注意をむけなかった。彼がつる棚の下を通ったとき、うえではわたしがそっと身を横たえていたのに。彼が死体の前に着くなり、わたしは静かに地面へ降りて、まるで少しあとから急ぎ足で追いかけてきたみたいに呼びかけた。

別に大して難しいことではないでしょ？　そのあとわたしが転んだのも、もちろんわざとしたことよ。助けを呼びに行くついでに着替えてくるからと言って、その場を離れる口実にしたの。もしマイケルが小道を引き返したら、つる棚の下あたりでわたしの足跡が途絶えているのに気づき、いぶかしむでしょうから。わたしは小道を何度か行き来して、足跡の違いがわからないようにしたわ。あとからほかの人たちも、そのうえを歩いたし。被害者の足跡は踏まないように気をつけたけれど」

オーウェンは真っ青な顔でいつまでもじっとしていたが、やがて沈む夕日から目をそらせた。

「それじゃあ」彼はぽつりと言った。「《殺人七不思議》の犯人はあなたなんですね？」

「もちろんよ」アメリーはオーウェンににじり寄りながら言った。「ほかに誰がいるっていうの？

でも最後の謎、つまり不思議なロウソクの謎についても説明させてちょうだい。もうおわかりよね。わたしにとってはなにも難しいことではなかったと。だってロウソクを灯したのは、言うまでもなくわたしなんだから。ややこしい策略はいらないわ。犯行現場に真っ先に着けばいいだけ。あとは前もって用意しておいた使いかけのロウソクを並べて、火をつける。そうすれば、少し前から燃えていたと信じこませることができるでしょう。死体のまわりにロウソクを立てるのは、一分とかからなかったわ。ひとつだけ心配だったのは、急に風が吹くこと。夜中には雨があがるとわかっていたけれど、突風は避けられないかもしれない。そうしたら、ロウソクがいっぺんに何本も消えてしまうでしょう。だからって計画に支障をきたすわけではないけれど、せっかくのみごとな演出が台なしだわ。有終の美を飾ろうと苦労を積み重ねてきたというのに、なんとも残念なことじゃない？」

「どうしてだ、アメリー？　どうしてこんなに罪を重ね続けたんだ？」

「あなたのためよ、愛しいオーウェン。あなたと、アトンのため」

エピローグ

アメリーの最後の言葉は、オーウェンの耳に奇妙に響いた。真実味のある口調だが、名探偵の心はそれを受け入れまいとした。理性は必死に抗い、夕日に染まった海のように真っ赤に燃えている。

「ほら、アトンを見て、オーウェン」とアメリーは言って、オーウェンに顔を近づけた。「彼の唇から漏れる甘い吐息を、もっと感じてちょうだい。彼はわたしたちに真理を明かし、生命の光をもたらしてくれる。それは肌の毛穴と、目に見えない精神の力をとおした永遠《とわ》の合一だわ。オーウェン、あなたとわたしは選ばれし者なのよ。古代世界でもっとも美しい夫婦、アクエンアテンとネフェルティティがかつてそうだったように。わたしたちもなりましょう、まばゆく光り輝く夫婦に。毎日熱く燃える愛を交わし、信徒たちに光をふりまくのよ」

アメリーのほっそりとした指が、オーウェンのうなじをやさしく愛撫した。彼は抗しがたい快感の波に飲まれていくような気がした。理性はまだ逆らっているが、今にも力が尽きそうだ。

「よく聞いてね、オーウェン。あなたはよくわかっているはずよ。エジプトにいたころ、わたしのもとに大いなる啓示が訪れた。前にも話したわよね。憶えているかしら。あれはわたしが大病にかかった日だった。みんなは日射病だと思ったわ。何時間ものあいだ、わたしは熱に浮かされていた。頭のなかでいくつもの円が重なり、波紋みたいに広がっていくのが見えた。自分でも、ひどい日射病なのだと思ったわ。やがてやさしくて心地よい、奇妙な光がわたしのなかに満ちてきた。あとになって気づいたことだけれど、その光はパパが死んだ悲しみも少しやわらげてくれた。わたしはアトンに選ばれたのよ。ナイル川の畔を散歩するとき、太陽の神アトンは日々その光と美をもたらしてくれた。わたしはまだ幼くて、自分に何が起きたのかよくわかっていなかったけれど、調査団のメンバーが遊牧民の宗教儀式に加わるようになったとき、はっきりと目覚めたの。それはとても楽しくて魅力的で、うっとりするようなことだと感じた。

イギリスに戻ってきたときは、悲しくてしかたなかった。だってそれはエジプトの空に、つまりはアトンに別れを告げることだから。さいわいジョン・ブルックと友人たちが、ヘリオス・クラブを設立することになった。わたしは儀式のたびに、アトンの啓示を意識するようになった。わたしは選ばれし者で、アトンがその美を授けてくれると、ますます強く思うようになった。けれどもヘリオス・クラブの神官であるブルックとトーマス卿は、あなたも知ってのとおり下劣なペテン師だった。彼らはゆっくりじっくり毒がまわるように、信徒たちの信仰心を損なっていった。わたしたちは三人ともヘリオス・クラブの指導者だったけれど、順番から言えばわたしが三番目だった。信徒たちを救いたいなら、あとの二人をきっぱりと排除するしかないとすぐにわかったわ。彼らの存在自体が、邪魔だったのよ。たとえ二人が自ら退き、わたしがひとりでヘリオス・クラブを率いるようになったとしても、彼らの冒瀆的で遊び半分な態度は計り知れないほどの被害をもたらし続けたでしょうね。だから消えてもらうしかなかった。もちろんヘリオス・クラブの神官二人が立て続けに殺されたら、犯人がどんなにうまく立ちまわろうが、疑いはどうしても三人目にむくでしょう。つまり、このわたしに……そこで動機を紛らわすために、連続殺人を思いついたというわけ。

考えれば考えるほど、魅力的な計画に思えたわ。だって、独創的じゃない。木は森に隠せと言うけれど、連続殺人という森に隠した木は一本ではなく、実は二本だったなんて。ほかの被害者のあいだにも多少関連性が見つかれば、《本来の被害者》を結びつけるつながりもあまり注目されずにすむわ。どうせ犯人がわざとまき散らした、偽の手がかりだろうと思ってね。

なかなかいい出発点だったわ。でもアトンに選ばれし者、美の女王なら芸術家としてふるまい、唯一無二のものを創り出さなくてはいけない。そう思っていたところに、あなたが《殺人七不思議》のアイディアを与えてくれた。あなたが芸術について行った講演会でね。もともとあなたの人となりや名声には惹かれていたわ。でもその日わたしは、あなたの才能と芸術的な感性に心から魅了されてしまった。あなたは古代の七不思議と比べて現代がいかに醜悪かを強調した。そのときだわ、わたしが《殺人七不思議》を思いついたのは。七つの殺人にはもともとの動機のほかに、あなたに挑戦しようという目的もあったのよ、オーウェン。そしてあなたを、わたしのもとへ引きつけようという目的が。だってわたしのかたわらで崇高な使命の手助けをしてくれる人がいるとすれば、それはあなたしかないとわかったから……

あとのことは容易に想像がつくでしょう。わたしはブルックがクリスマス・パーティーにあなたを招待するようにしむけた。あなたも知ってのとおり、相手に悟らせずに思いどおりに操ることにかけては、わたしの右に出る者はいないわ。特に相手が男ならば。わたしに話しかけられると、たいていみんなおたおたして……哀れなジョン・ブルックだってそうだった。ブルックは覚えていなかったでしょうけれど、《来世の門》の周囲を平らにならすようにしむけたのはわたしよ。彼を殺す際、そこが大事なところだったから。ポールとマイケルが喧嘩を始めるように導いたのも。クリスマス・パーティーの席で、わたしはあの二人に挑戦の言葉を放った。わたしを手に入れたいなら、《殺人七不思議》を成し遂げなさいって。みんなの議論を盛りあげ、そこまで話が至るようにうまくリードするなんて、わたし以外の人にできる芸当じゃないわ。《わたしを愛しているのね？　嬉しいわ……》という言葉は、もちろんあなたに聞かせるためだったのよ、オーウェン。でもあなたは気づかなかったのかもしれないって思ったわ。だって最初の二つの事件があったあとも、あなたは反応なしだったから。そこであの言葉を手紙に書いて送ったの。あなたが《殺人七不思議》事件の調査に、早く乗り出すようにと。この事件は太陽の娘が、意中の男たるかの名探偵オーウェン・バーンズのために愛をこめて仕上げたものだったのよ」

これは夢じゃないか、とオーウェンは思った。すばらしいと同時に恐ろしいほど痛ましい、常軌を逸した夢だ。殺人犯に対する嫌悪感は、微かな動揺となって湧きあがるだけだった。それもアメリーにやさしく触れられると、たちまち薄れてしまう。彼女に選ばれた栄誉に応えるかのように、オーウェンはいつのまにかこう話し始めていた。

「実を言えばぼくも、今回の連続殺人のなかで犯人にとって本当に重要なのは二、三件だけだろうと思っていました。だから木を隠すための森だと思われる事件は、考慮に入れないことにしたんです」

「どうやって見分けたのか、ぜひ知りたいわね」

「アナグラムですよ。あなたは名前の文字が世界七不思議に合う人物を、被害者に選ばねばなりませんでした。あなたが本当に殺したがっている相手の名前が初めからアナグラムに合致するなんて、ほとんどありえない偶然です。逆に言えば、うまく合いすぎている名前は見せかけの標的でしょう。だとすると、エイドリアン・マクスウェル、ミス・マリー、ロードス卿、それにスーザン・チャーライズは、名前の文字がそのままアナグラムになっているところから見て除外できそうです。残るはトーマス卿、リンチ医師、ジョン・ブルックですが、彼らについてはかなり無理をしてアナグラムを仕立てていますよね。このうちトーマス卿とジョン・ブルックは昔からの友人ですが、リンチ医師は二人と無関係です。つまり真の標的はトーマス卿とジョン・ブルックだったのではないかと考えたわけです。そこからヘリオス・クラブやあなたにも疑惑がむかいましたが、正直、ぼくはこの推理にまだ自信がありませんでした……」

「でも鋭いわ、オーウェン。さすがね」とアメリーは驚嘆したように叫んだ。「誰もそんなこと思いつかなかったのだから」

「まわりの人々に暗示をかけ、思いのままに操る力をもってすれば、あなたを熱愛しているマイケルとポールがお互い疑念を抱き合うようにしむけるのも、たやすいことだったでしょうね。まずはマイケルをそそのかし、ぼくのところへ来てライバルを告発させ……」

「ええ、とても簡単だったわ。あの晩、わたしはみんなの前で、殺人も辞さない覚悟があるかと二人に挑んだ。これから始まる《殺人七不思議》の容疑者に、彼らがなるようにと。案の定、二人は互いに相手を疑い始めた。疑惑を確信に変えるには、少し暗示を与えるだけで充分だったわ。ええ、その場その場で的確な言葉を見つければいいだけ……リンチ医師だってそう。なぜか急にマイケルの金づかいが荒くなったと言うと、恐喝犯は彼だとすぐに信じこんだ。そしてほどなく、二人のあいだで喧嘩騒ぎが持ちあがった。これは必ずしも必要不可欠な要素ではなかったけれど、そのおかげでマイケルの疑惑が深まり、わたしが望んでいたとおりの効果があがったわ。

ところでオーウェン、臨機応変するわたしの策略をどう思う？　例えば、警察に届けた絵のことでもそう。ちなみにあれは、毎回違う少年を使って送らせたの。パンひとつで何でもする哀れな子供たちがたくさんいるから、選ぶのには困らなかったわ。もちろん、最後のときだけは自分で警視庁まで持っていかねばならなかった。一見すると殺人予告の絵は、マイケルが犯人だと言っているようだけれど、ポールが彼に濡れ衣を着せようとしているとも考えられるわよね。そうやってあっちからこっち、またあっちと容疑者が入れ替わるのって、面白いと思わない？　ついでに言うならリンチ医師殺しのとき、わたしはマイケルのアリバイを証言することで自分のアリバイも確保していたの。ジョン・ブルック殺しでもそうだった。わたしの無実が証明されるアリバイがあれでもうひとつできたから、前のアリバイはもういらないと、喜んで真実を話すことにした。そうしてマイケルは、またもや容疑者リストに逆戻りってわけ。

最後の事件は、実にみごとなものだったでしょ。まずはあなたの名前で来た偽の手紙。あれは犯行計画の一部であると同時に、罪を逃れるための手段だった。それに最後の犠牲者を前にした、わたしの悲痛な叫び。青いサテンのドレスを着たわたしは、三十六本のロウソクに囲まれ、泥のなかにひざまずいている。あのドレスも、わざと選んだものなのよ。とてもか弱く傷つきやすい、無垢な女を演出するために。要するに、並はずれて狡猾で、決して尻尾をつかませない殺人犯とは対極的なイメージね。わたしは手紙のことを明かしたあとも、ロウソクは初めから灯っていたと言い続けることにした。でも手紙の指示でロウソクに火をつけたことにしたほうがわかりやすいし、危険も少なくてすむわよね。なぜそうしなかったかですって？　ここでも大胆不敵で謎めいた雰囲気をどうしても醸したかったからかしら」

「つまりは火遊びをしたってことですね、アメリーさん」

「危ないことが好きなのよ。闇の力と戯れること、大きくひらいた深淵すれすれにかすめ飛び、闇の力に挑むことが。だってわたし自身には、何の危険もないとわかっているから。わたしはアトンに守られているのよ。まだそれがわからないの？」

「あなただって火傷をしたかもしれませんよ、アメリーさん。そういう状況は何度もありました。もしぼくがあなたの手助けをしなければね。たとえば嘘の証言や、ロウソクの件で……」

「わかってるわ、オーウェン。あなたが助けてくれるだろうと、初めからわかってた。そうする義務が、あなたにはあったのよ。だって二人して、すばらしい一騎打ちを繰り広げたんだから。わたしがフェアプレイをしなかったとは言わせないわ。必要な手がかりはすべて、示してきたはずよ。それどころか、もっとも大事なものまで見せたわ。あなたがよく言っていた基調色を。それは太陽の色、金色に輝くアトンのことだった。わたしを生み出し、生かしてくれたアトン。これはすべて、彼のためにやったことなのよ。あなたがこの事件を調べているあいだ、アトンはいつもそこにいた。いわばひとつひとつの殺人に、彼はあらわれていたの。目がくらむようなその光を、感じなかったはずないわ。真実はずっと、あなたの目の前にあったのよ」

「目がくらむような真実」とオーウェンは口ごもりながら言った。喉がぐいぐいと絞めつけられるような気がする。「今、わかった。真実はこんなに明々白々だったのに、どうしてそれに気づかなかったのか……美は太陽と同じく姿をあらわすなり、周囲にあるものすべてを見えなくする……」

「どういうこと？」

「あなたはとても美しいということですよ。美しすぎるということ……ぼくはあなたにすっかり目をくらまされてしまった……」

「わたしはあなたのものよ、オーウェン。永遠に、あなただけのもの。でもあなたは、なんだかとても悲しそうだわ。まるで泣いているみたい……」

オーウェンは左手の甲で涙を拭い、右手でアメリーをしっかりと抱き寄せた。

「見たまえ、アメリー、海のかなたを。アトンが姿を消そうとしている」

「ええ、そうね……すばらしい光景だわ」

「アトンは消えようとしている。もう戻ってこないでしょう……」

オーウェンはそう言っていきなり立ちあがると、アメリーのもとからすたすたと歩き去った。

「オーウェン、どうしたの？」とアメリーは狼狽して叫んだ。「どこに行くの？　戻って、戻ってきて」

「アトンは消えようとしている」とオーウェンは最後にもう一度、声を一変させて言った。やがて彼の人影は闇に紛れた。


八月の終わり、海岸を散歩する人々が、断崖の下にアメリー・ドールの死体を見つけた。殺人、自殺、それとも事故？　決定的な証拠は何もなかったけれど、結局事故死ということで処理された。

わたしはわが友オーウェンが冷酷な殺人にこっそり手を染めていたとは、一瞬たりとも思ったことはない。アメリーはまさしく美の化身だった。彼のような耽美主義者が、それほどの美女を殺せるわけがないと、わたしは命に賭けて断言できる。同じ理由から、彼はアメリーを司法の手に委ねることもできなかった。確固たる証拠は何もないのだからと、自分の推理を捜査当局にも、ほかの誰かにも明かさなかった。もちろん、このわたしだけは別だったけれど。わたしが添えたこのエピローグについて、そして犯人に責任はないのかについての判断は、読者諸氏に委ねることにしよう。

　アメリー・ドールはその死とともに、恐ろしい秘密を持ち去ってしまった。黒い天使の最期を思うとき、わたしはイカロスの墜落を連想せずにはおれない。太陽に近づきすぎたイカロス……彼の翼を焼いたのは、アトンの光だった。

解凍された密室——ポール・アルテ氏に捧ぐ

芦辺　拓

【作者より】

二〇一九年五月二十五日、『金時計』の翻訳刊行に際して東京・神田で開かれたポール・アルテさんとのトークイベントで、私は一つの約束をしました。それはアルテさんの名探偵アラン・ツイスト博士と私の森江春策君のコラボ作品を書くことで、何と今回この『殺人七不思議』でそれを果たすことになりました。

こんな場をお借りして自作を載せるなど僭越とは百も承知ですが、たとえ国は違ってもミステリ、密室、そしてＪ・Ｄ・カーを愛するものたち同士の交歓の記念として、ご覧いただければ幸いです。

一九××年

「下がって、アーチボルド！」

アラン・ツイスト博士は、そう叫ぶと彼の相棒であるスコットランドヤードの警部を羽交い絞めにした。目の前で荒々しく閉じられた山荘のドア、そのノブにのばされた手は、むなしく空気をつかむだけで終わった。

「ですが博士、目の前でむざむざとあいつが……」

アーチボルド・ハースト警部は無念そうに言ったが、ツイスト博士の言葉が正しいことは認めなくてはならなかった。もし博士が引き留めてくれなかったら、警部はこの瀟洒な館と運命を共にしていただろう。

ドアノブどころか、玄関ポーチの手すりさえ警部の間近をすり抜けてゆく。博士が相変わらずがっちりと彼の体をつかまえていたにもかかわらず……そう、建物自体が彼らから遠ざかろうとしていたのだ。

山荘はすでに土台を外れ、創建以来へばりついていた斜面を滑り落ち始めていた。そこは万年雪をいただく断崖の下部に当たり、橋桁状の土台で館を支えてきたのだが、とうとうその役目に耐えられなくなったのだ。

ハースト警部は、その驚くべき光景を指さしながら、

「何てこった、こんな形で犯人に逃げられるなんて！」

「わたしも同じだよ。まさか、こんな形で……」

博士は警部の肩に手を置くと、さびしげに言った。その言葉に、ハッとしてふりかえった警部に、

「さ、行こう。こんなところに長居は無用だ」

言うなりツイスト博士は、彼の肩をグイッと引き寄せた。

次の瞬間、二人のいた場所には頭上から大量の雪と土砂が降り注いだ。それらはたちまち瀟洒な建物を包みこんでゆく。こうなっては一刻も早くこの場を離れるほかなかった。

ハースト警部は、直近の町に通じる道を必死に駆け出しながら、ゾッとせずにはいられなかった。もし、あのときツイスト博士が、この手をもぎ放してくれなければ、どうなっていたか——その答えはすぐ真下にあった。

館の向かう先にあるのは、一年の大半を通じて凍てついた湖だ。だが、その表面に張りつめた氷がいかに厚いとしても、とうてい支えきれるものではなかった。

メキメキッという不吉な響きとともに白い湖面に醜い亀裂が走り、その下から満々とたたえられた水が姿を現わした。まるで巨大な黒い蜘蛛がむっくりと体をもたげたかのよう。

大蜘蛛の体はみるみる盛り上がり、ひとかたまりの黒山となって山荘をのみこんだ。こうして、

荒々しい景観の中にお伽噺めいた風情を漂わせていた館は、水底に沈んでいったのだった……。

「そこに響きわたったのは、一千の水たちの騒ぐが如き、長くけたたましい叫びであった《ゼア・ワズ・ア・ロング・テュマルチュアス・シャウティング・ライク・ザ・ヴォイス・オヴ・ア・サウザンド・ウォーターズ》……」

からくも安全な場所まで逃げのびたとき、ツイスト博士はふと詩句めいたものを口にした。

「博士、それは――？」

けげんな面持ちで問いかけるハースト警部には答えず、博士はさらに続けた。

「……そして、わが足元なる深く冷ややかな湖は陰鬱に、かつ静かに閉じていったのだった《アンド・ザ・ディープ・アンド・ダンク・ターン・アット・マイ・フィート・クローズド・サレンリー・アンド・サイレントリー・》――かのアッシャー家のかけらをのみこんで《オーヴァー・ザ・フラグメンツ・オヴ・ザ・ハウス・オヴ・アッシャー》」

その最後の一節に警部がハッとしたとき、ツイスト博士は亀裂を埋め、白さを取りもどした湖面を見やり、さびしげに微笑んだ。

「すべては失われた……。犯人だけではなく、恐るべき犯罪が行われた事実も、その犯行の形跡も、その際用いられたトリックと、そのことを示す決定的証拠も、何もかもこの世から消えてしまった――犯人も凶行現場ももろともに密室の中にのみこんでね」

「ですが、あなたの推理は？」警部はあらがうように言った。「あなたはあのみごとな推理で、チェールコイ教授事件の真相を明らかにし、密室殺人のトリックを暴いたのではありませんか？」

「それも、いっしょにあのファントミュス湖に消えたよ。命あるものもないものも一度落ちれば二度と浮かび上がることなく、一説には決して解けることのない氷に覆われているという湖の底に……」

二〇××年

「ねえ、森江さん。あなたはまさか地球温暖化説に懐疑的だったりはしないでしょうね？」

森江春策は、背後からの声にあわててふりかえった。しばらくぶりのヨーロッパの旅での、予定になかったオプショナル・ツアー。その先でめぐりあった奇異な風景に見とれていたさなかのことだった。

首をねじ向けた先には、ボーイッシュなスタイルに身を包んだ少女が、いたずらっぽい笑顔でたたずんでいる。森江はそのようすに妙にどぎまぎしながら、

「そ、そんなことはないですよ……僕の友人の探偵小説家は大の陰謀論好きですから、もしかしたらそうかもしれませんが」

弁解するように答えた。

少女はしかし、「そうなの」と、その件には特に関心なさそうに、

「まあ、陰謀論者であろうとなかろうと、この光景《スペクタクル》――ファントミュス湖の水が引き、年中凍てついていたと言われる水底があらわになったのを見れば、信じざるをえないでしょうね。まして……そこからこんなものが姿を現わしたとなればね」

言いながら指さした先にあったのは、ほぼ干上がった湖底に建つ一軒の瀟洒な館だった。見たところ、やや小規模な山荘といったところだが、場所が場所だけにそう呼んでいいものかどうかはわからなかった。

その周囲には太いパイプが幾本となくうねくり、そこからつながった岸辺では何やら怪物じみた大型ポンプがうなりをあげていて、森江たちはしばしばそれらの騒音に負けまいと大声をはりあげなくてはならなかった。たとえば、

「あれが、本当に……」

「えっ、いま何て言ったの？」

――といった具合に。森江春策はしかたなく、感に堪えた面持ちを保ったまま、

「あれが、本当に……ずっと、湖底に沈んでいたと言うんですか」

口だけを大きく開けてくり返した。幸い今度は、ちゃんと聞こえたと見えて、

「そうよ」少女は短く答えた。「だからこそ、今あそこに、あんな風にあるわけだけど。そして、気候変動に加えて地殻の異変による湖面の急激な低下によって、久方ぶりに『日の目を見た』――という表現が確か日本語にあったと思うけど、文字通りそうなった。そのことが、そんなにも不思議？」

「十分に不思議であり、奇跡ですよ。日本にもダムの底に沈んだ村というのがありますが、とてもこんな風に建物が残っていそうにはない。たちまち朽ちて崩れるか、残っていても廃墟として

でしょうから」

「それは確かに奇跡的だし、不思議かもしれないけれど、私があえてそれらの言葉を使わなかったのにはわけがあるの」

少女は挑みかかるように言った。

「ほう、それは……？　ひょっとしてあなたが僕をここに来させたことに関係あるんでしょうか」

思わずふりかえった森江に、少女――ヴェルデンツ大公国元首ヘルマン七世の妹、大公女《プリンセス》ヴィルヘルミーネは、は意味ありげな微笑を浮かべると続けた。

「それはもちろん……何しろ、あの館の中で密室殺人が起きたとあればね。しかも二重三重の施錠の向こうに死体が転がっていたとあれば」

「なるほど、やっぱりそういうことでしたか」

森江は苦笑まじりに答えた。それから、あることに気づいて、

「え、じゃあ、あんな風に水を汲み出すことまでしているのは、ひょっとして――？」

「もちろんよ」

ヴィルヘルミーネ大公女、愛称ミネッテはきっぱりと答え、さらに続けた。

「でなきゃ、あなたをこんなところまで引っ張ってくるもんですか。せっかくあなたがわが国に来ているのに――それに、あなたが任命された勅任捜査官の地位はまだ生きているんですからね」

「そういえば、そんなことがありましたっけ」

森江春策は頭をかいた。彼が、このヨーロッパの小国で取り組んだ事件（『大公女に捧げる密室』参照）については紹介する余裕がないが、ただまぁ、目の前にいるHGDH《ハー・グランド・デュカル・ハイネス》に〈探偵〉と見込まれるだけのことはしたのだった。

「で、その事件というのは、いったいどのような……？」

森江が、またとんだことになったなと思いつつも、うやうやしく訊くと、

「そう来なくっちゃね」

ヴィルヘルミーネ大公女はひどくうれしそうに言った。そこでようやく、それまで少しばかり気取っていた彼女の素がのぞいた感じだった。そして、語り始めた内容というのは——

「今を去る……そう、計算が面倒だから何十年も昔としておくけど、あの建物がかつて湖に面した山の斜面に建っていたころ、殺人事件があったの。被害者はトリ・チェールコイ教授。とある国からの亡命科学者で、事件の起きる前の年からあの建物に住んでいた。家政婦のフレネーザ・チャペリースト、それに通いの助手カステーロ・クラニーオとともに、ひっそりと研究生活を送りながらね。

ひっそりといっても、彼のもとを訪れる客は折々にあって、それも絵に描いたように腹が突き出て葉巻をくわえた資本家とか、勲章だらけの制服をまとい、先の反り返ったひげを生やした軍人とかが出入りしていた。

もっとも、それを言えばチェールコイ教授自身も負けず劣らずで、ウェーヴのかかった銀髪を

なでつけ、長身を一分のすきもない黒の正装に包み、片眼鏡《モノクル》をきらめかせて湖畔をそぞろ歩く姿は、まさに絵に描いたような大学者だったそうよ。残っている写真を見たけど、家政婦のフレネーザはお仕着せがはちきれんばかりによく太ったおばさんで、クラニーオは映画でフランケンシュタイン博士やドラキュラ伯爵の助手を演じた俳優ドワイト・フライさながらだった……。

まぁ、そんなことはともかくとして、チェールコイ教授のもとに、しばしばそうした曰くありげな来客があることについて、クラニーオ助手は研究の具体的な内容と同じぐらい触れたがらなかったけど、フレネーザだけでなく近所の町の住民たちも感づいてはいた。そして、彼らと何らかの〝取引〟をしているのではないかともね。

……あ、言っときますけど、当時はヨーロッパ情勢が不穏なときで、わが大公国の統治も中断していた時期。ことにこのファントミュス湖をふくむ地方は、一種の緩衝地帯で、いろんな陣営が入りこんでは、危なっかしい駆け引きをくり広げていたみたい。

誰もがいつか、何かとんでもないことが起きるのかもしれないと危惧して、でもどうすることもできずにいるうち、やはり悲劇は起こった。

前夜来、何十年ぶりかの寒波が湖一帯を襲ったある朝、チェールコイ教授が死体で発見されたの。場所は寝室、着衣は寝間着、死因は射殺。もっとも凶器となった拳銃は教授自身のもので、どうやら寝込みを襲われたところ、争いになって銃を奪われ、撃たれたらしい。

その前夜は、ささやかなホームパーティーがあって、教授のほか助手、家政婦もそのまま泊まりこんでいて、客の中で一人だけ逗留したリ・キウ・フルーストラスという東洋系らしい紳士がいた……いったい何国人なのかしらね。それをいえば、みんなかなり風変わりな名前だけど、まぁこのあたりは昔から民族と文化の交錯する地だから……。

死体を発見したのは、家政婦と助手の二人。台所に付属した小部屋での泊まり明けに朝食の支度をしたフレネーザが、教授を呼びに行こうとすると、彼の寝室に通じる廊下への入り口が閉まっている。そこからクラニーオが寝泊まりする際に使っている実験室には行くことができたので、まず彼を起こしに行った。

ここに泊まることの多い助手の話だと、教授は就寝前に廊下の出口の閂も下ろすのが常だが、たいがい先に起きて外しておいてくれるのだという。ちなみに実験室には裏口があるので、そこから外に出ることが可能だが、そこの閂はクラニーオ自身が中から下ろしていた。

廊下に通じる扉越しに呼びかけてみたが、返事がない。しかたなくそこの閂を実験室から持ってきた道具でこじ開けたが、あたりは静まり返っていて、しかも教授の部屋も固く閉ざされていた。

何度もノックして呼びかけたが、まるで返答がない。ここの扉は分厚く、閂もひときわ頑丈なので、さっきのようなわけにはいかない。そこで迷っていたところ、廊下にあるもう一つの扉をたたいたり、ゆすぶったりする音がして、

『開ケテクダサイ、誰カイナイノデスカ』

と声がした。それは東洋人の客リ・キウ・フルーストラス氏で、その少し前にあてがわれた部

屋で目を覚ましたものの、食事の合図もなければ誰もおらず、何の気配もないのに当惑して起き出してきたものだった。

客用の寝室は、教授の寝室をはさんで台所や実験室と反対側にあって、廊下に出るには別の扉を使わなければならなかったが、こちらも内側から閂がかけてあった。こちらは難なく開くことができ、リ・キウ何とかさんはぶじに入ってこられた。だけど助手たちが教授の異状について話すと、東洋人の客はにわかにあわて始めた。どうやら重要な商談がまとまりかけていたらしく、

『一刻モ早ク教授ノ安否ヲ確カメテクダサイ』

ということになった。ならばしかたがないというので、三人がかりの人間破城槌《ペリエ・ユーマン》で扉をぶち破ったところ、チェールコイ教授が床に倒れているのが見つかり、殺人事件だ！　ということになったわけ。なぜ、そのときまで発覚しなかったかというと、前夜なぜか館内の暖房設備が止まってしまい、しかもさっきも言ったように気温が極端に下がったものだから、みんなベッドにもぐりこんで毛布を何重にもかぶり、たとえ何か物音がしたにせよ、そこから出る気にはなれなかったということらしい。

とっさに中を調べたところでは、部屋の一方には窓があったものの固く錠が挿されていたし、鎧戸も下りていて、出入りどころか、ここ何年も開け閉めされた形跡がなかった。もちろん秘密の出口も抜け穴もないのはわかりきっていた。

そう……典型的な密室殺人劇とその開幕ね。

念の入ったことに教授の寝室に通じる廊下は両端とも――台所・実験室のある奥と、客用の寝室のある玄関側の双方――内側から扉の閂が下ろされていた。当然ながら玄関にも、寝室に負けず劣らず、いやそれ以上の閂が付されていて、この建物自体が密室であり、その中に入れ子のように密室があるといっても過言ではなかったわけね。

もし、犯人が外から侵入し、また出て行ったとしたら、玄関もしくは裏口、廊下のどちらかの扉、そして寝室の三重の施錠を乗り換えなくてはならない。

……ん？　森江さん、何か言いたそうね。全部で五つあった閂のうち二つは助手たちによって破壊されたから、はたしてちゃんとかけられていたかわからない？

さすがに慧眼ね。でも残念ながら――むしろ安心してと言うべきかな――その点は確認が取れたの。この館を建てるときに戸口回りを担当したフェネーストロ・ユーダスという職人が検分し、さらに警察の鑑識による実験も経た結果、確かに受け金にはまっていた閂を強引にへし曲げてこじ開けたもので、ネジ止めその他にも不審はないことが明らかになったのよ。

そう、この密室殺人にはあなたと同様の疑問を抱き、いったんは真相を見抜いた人物がいた。はるばるイギリスからある事件を追って、このヴェルデンツの地にやってきた、その〈探偵〉の名は――」

言いかけてヴィルヘルミーネは、今やすっかり干上がった湖の一角に目を向けた。いつのまにかポンプの音はやんで、かわりに人々が呼び交わす声が騒がしくなった。

「ごらんなさい、森江さん」

ヴィルヘルミーネは、やや興奮気味に言った。

「とうとう姿を現わしたわ。一度はその人――名探偵アラン・ツイスト博士によって開かれながら、そのあと犯人ごと凍てついた湖の底に没し去った密室がね。いわばこれは『解凍された密室』というわけなのよ！」

森江春策は、まだ濡れそぼった湖底に足を取られ、ときに転びそうになりながら、ヴィルヘルミーネの後を追った。ブーツをはいた足元からして完全装備の大公女殿下とではハンデがありすぎたが、それでもまもなく問題の建物の前に立つことができた。

それは実に奇妙な眺めだった。何しろゴツゴツした岩場のただ中に、突然山荘風の館が建っていて、かなりあちこち歪んでしまいながらも、かろうじて原型は保っているというのだから。

建物の玄関部分は、律儀にもこちらに顔を向けていて、周囲の壁などはあちこち破損しているものの、正面入り口に当たる扉はほぼ無傷で、歪みもたわみもしていなかった。

近くには工事関係者や、地元警察の署員らしき人々がたむろしていて、ヴィルヘルミーネを見るなり敬礼してみせた。

森江がそのあとをついていくと、彼女は彼らに念を押すかのように、

「館の戸締まりはどうだった？　どこか破られているところはなかった？」

とたずねた。

「ありませんでした、殿下《ユア・ハイネス》」

彼らはいっせいに声をそろえて言った。密室の検めとしてはお決まりのやり取りだが、これほど丁重なものもあまり聞いたことがなかった。

それは、そのあとの密室開封の儀においても同じで、大公女殿下の見守る中、念入りなやり方で扉そのものが外し取られた。

とたんに中から流れ出したのは、玄関ホールにたまっていた水らしい。当然だが、湖水の侵入を防ぎきることはできなかったようで、この分では中がどのようになっているか今から思いやられた。

「さ、行くわよ」

ヴィルヘルミーネは森江をふりかえり、やや緊張の面持ちでうながした。

はい？　と、けげんな表情になった森江に、

「何しろ、何十年ぶりかで開封される殺人現場ですからね。この建物が、犯人もろとも湖の底に沈んでから、今日が初めて――」

「え、ということは……？」

思わずゾクリとした森江に、ヴィルヘルミーネは「そう」とうなずいてみせると、

「その犯人の死体が、まだこの中にあるということ。何十年も水の中につかっていたんだから、

とっくにとろけて骸骨になっているだろうけれどね。いや、冷たい流水にさらされ続けていた場合は〝屍蝋《アディポシア》〟とかになるんだっけ。もしかして、そのままの姿で冷凍保存されていたりして？」

「そんな、まさか」

と、いくぶん強張った笑顔を森江が返すと、彼女の方こそ相当に顔を青ざめさせていた。

――建物内に足を踏み入れるにつれ、内部の荒れ果てたようすがあらわになった。長年にわたる水の侵入のため、壁紙ははがれ、天井はめくれ、床はいたるところで陥没し、家具調度も無残に朽ち果て、崩れてしまっていた。

この分では、たとえ犯人の死体が残っていたとしても、原型をとどめずバラバラになって、あちこちに散らばって――いや、むしろ遍在してしまっているのではないか。

そう考えると、何気なく踏みつける床上の物体や、ふとした拍子に触れた何かの感触もひどく薄気味悪く感じられるのだった。

だが、かりに死体が液状にとろけて拡散したとしても、その範囲は限定されたものになりそうだった。というのも、旧山荘内をいくつかの部分に隔てていた扉は、いずれもしっかりと閂が挿されていて、外側からこじ開けるには手間取ったし、水没している間、閉じられたままであったことを示していた。

つまり、密室は密室のまま保存されていたのだ。ということは、犯人の死体は今もこの建物のどこかに残されていなければならなかった。

そのことを念頭に置きつつ、森江春策はヴィルヘルミーネとともに建物内を検分して行った。

とりわけ殺人現場となったトリ・チェールコイ教授の寝室に入ったときには、大いに緊張した。もちろん、彼の死体は事件発生後に運び出され、何も残っているはずはなかったのだが。

それから一、二時間後――森江春策はずくずくに濡れた足元を気にしながら、館の外に出た。外の空気を胸いっぱい吸いながら、ふとかたわらを見ると、大公女殿下が安堵したような、はたまた失望したような何とも複雑な表情で考えこんでいた。

顔を上げ、森江の視線に気づくと、ポツリと言った。

「――なかったわね」

「ええ、見つかりませんでしたね」

森江も短く答えた。「死体」という言葉を直接に出すのが、何となくはばかられた。彼女は認めないだろうが、最初の意気ごみはどこへやら、おそらくまともな形はしてはいないだろう殺人者の遺骸を捜す作業は、あまり楽しいものではなさそうだった。

ヴィルヘルミーネは、なおも考えこんでいたが、ふいにある重要な事実に気づいたかのように、

「え、ということは何？　あそこに死体がなかったということは、犯人はまたしても忽然と消え失せたというわけ？　湖底に沈んだ館から脱出大マジックでも使って！」

「そういうことになりますね」森江は答えた。「しかも、あの建物は玄関から内部の通路から、何重にも閂がかけられていたわけですから、犯人は密室での殺人のあとに、そこからの消失をや

ってのけたことになります」

「！」

ヴィルヘルミーネはそうと聞くや、驚いたように彼の顔を見た。それからしばし額に指を当てて黙りこんだあと、持ち前の優雅でいくぶん高慢な微笑を浮かべると、おもむろに言った。

「なるほど……そういうことでしたら、私はこの場であなたに命令いたします。大公国勅任捜査官・森江春策に、この不可解な謎をぜひ解明せよと！」

「え、でも」森江は目をしばたたいた。「事件の真相は、さっき言われたアラン・ツイスト博士によって解明されたのではなかったんですか」

するとヴィルヘルミーネは「確かにね」とため息まじりに、

「さっき私は『いったんは真相を見抜いた』と言ったでしょう。実はツイスト博士は、なぜか自分の推理を封印してしまったのよ。決して否定したのじゃなく、ただ語るのをやめたの。もともとはあなたに、あの湖底に沈んだ密室の謎と合わせて、その推理が封印された理由を解明してほしかったの。でも、その二つだけというわけにはいかなくなったわね。あの建物から犯人の死体が消えた真相、それをも推理しなさい。いいこと？」

「は、はい……！」

森江はやはりこう来たかと内心ため息をつきかけたが、しかし決して嫌な気持ちはしなかった。事件そのものへの興味もさることながら、アラン・ツイスト博士という、近年ようやく日本でもその活躍が知られ始めた名探偵の足跡に触れられることに、何やらワクワクと胸躍るものを感じていたからだった。

それから森江春策のささやかな捜査が始まった。

とっくに時効になった事件——しかもその間に政権が変わり、警察の体制もすっかり入れ替わってしまったとあっては、今さら掘り返そうとするのはよほどの好事家だけだろう。もし今回、水没していた館の中から死体でも見つかっていれば別だが、それさえなかったのだから、これはもうささやかな捜査にならざるをえなかった。

何しろ、関係者の一人としてもうここにはいない。教授の助手も家政婦も、それから顧客もこの地を離れて久しいばかりか、大半がこの世からもおさらばしてしまっていた。人が消え、彼らが織りなしていたパズルだけが残った形だった。

残された謎のうち最大のそれは、ツイスト博士が事件の真相を見抜き、密室トリックもそれを行なった犯人も看破しておきながら、なぜそれを公にしなかったかだ。

確かに犯人は殺人現場もろともに湖の底に消えた。本来は山荘だったあの建物が、湖に転落するに至ったのは、おりからの大規模な雪崩と、それに伴う山肌の崩落によるものだという。

そんなさなか、犯人はなぜツイスト博士らの追及を逃れて館の中に逃げこんだのか。まさかあんなことになるとは予測しなかったにしても、自ら袋のネズミになるような行動は自暴自棄としか思えない。

そこでいさぎよく（という日本的考え方は好きではないが）死を選んだとしたら、どうして死体が建物内にないのか。必死で脱出したと考えられなくもないが、ならばどうして何重もの閂が全てかけられていたのか。殺人のときならともかく、脱出の際にわざわざ何かトリックを使って外から閂をかけたとでも言うのだろうか。いったい何のために？

森江はそんなことを考えながら、ほんの短時間で荒廃の度を増したかに見える館の内外をそぞろ歩いた。これ以上いじくり回したら壊れてしまいそうな扉とその施錠を調べているとき、ふいに背後に視線を感じた。

大公女殿下だろうか？　そう考えながらふりかえってみて驚いた。彼女とは似ても似つかぬ長身痩躯の男性がそこに立っていたからだ。老人と言っていい年配であり、紳士と呼んでいい風体という以外には、何者なのか見当もつかない。

そのうえ、ちょうど逆光になる位置に立っているせいで、顔つきも表情もうまく読み取ることができなかった。ただ、そんなシルエット同然の外見であっても、全体から漂う知的な雰囲気だけは隠しようもなかった。

「あの……」

とまどいながら問いかけようとした森江に先んじるようにして、

「もしかして、あなたもここで昔起きた事件をお調べなのですか？」

と訊いてきた。

「ええ、まあ」

お茶を濁すように答えたあとで、ハッとした。根拠はないが、この老人が過去の事件について知っているのではないかという直感が働いた。いや、ひょっとしたら知っているどころではなく――？

〝あなたは、もしかして……〟

のど元まで出かかった言葉をこらえて、森江は訊いた。

「ひょっとして、何かご存じなのですか、かつてここで起きたチェールコイ教授殺しについて」

いきなりそう切り出すと、相手――長身痩躯の老紳士は特に驚くようすもなく、

「いやまあ、ご存じというほどのこともないのですが……ただトリ・チェールコイという人については、いささかね。もっとも語りたいのは彼の死についてではなく生についてですが、それではお気に召しませんかな？」

「いえ、とんでもない」

森江は手を振って否定し、老紳士に話の続きをうながした。それに応じて、彼が語った内容というのは――

「トリ・チェールコイは、きわめて優れた科学者でした。理論物理学の天才であり、それをどう人類社会のため応用するかについても広い視野を持っていた。しかし、そのことは彼を彼の祖国

においては幸福にはしなかった。さんざん搾取され、功績を政府のものにされ、あげく有能すぎることを危険視されて、追われるように異国に逃れなくてはならなくなった。不幸なことに、彼はそのときすでに全てを失っていた……。

一方、トリ・チェールコイには、もう一つ別の顔があった。国家と人民のために心血を注いでなしとげた発明と発見の数々を、外国の政府や軍、企業に次々と売りさばく商人としての顔がね。実際、チェールコイの助手だったカステーロ・クラニーオは、自分というものを雇っておきながら、彼が研究らしい研究をほとんど行なわず、リ・キウ・フルーストラスのような顧客の接待と商談に明け暮れてくれていることを知っていた……」

「ちぐはぐというか、奇妙な分裂ですね」森江は口をはさんだ。「その彼が殺されたことによって、その分裂は解消されたのか、それとも……」

「さあ、その点はどうですか」

老紳士は、はぐらかすように言った。森江は続けて、

「ところで本来は山荘だったこの建物が、湖に転落するに至ったのは、全く偶発的に起きた天変地異によるものだったんですよね?」

「ええ、おりからの大規模な雪崩と、それに伴う山肌の崩落によるものと聞いていますが……しかしあれだけの科学者ですから、いざという時に備えて土台を破壊する仕掛けぐらいしておいたのかもしれませんよ」

「まるで自爆装置ですね」森江は目を丸くした。「でも、そうなると、被害者である教授が残した仕掛けによって犯人が湖底に沈んだことになる。これもちぐはぐというか分裂というか……」

森江は額に指を当て、相手からの答えのないまま語を継いだ。

「チェールコイ殺しそのものの謎にも増して不可解なのは、この事件を沈黙と忘却の中に押しやった人物の意図です。なぜ、事件の真相までもが湖の底に葬り去らねばならなかったのか。でも、密室殺人の現場が再びこうして世に現われたとあれば、ひょっとして明らかにされるのかもしれませんね——その人物すなわちアラン・ツイスト博士の推理が！」

期待を込めて言ったあと、森江は「あれ？」とけげんな表情で、あたりを見回した。

だが、そこにはすでに夜のとばりに包まれた湖とその一帯の景色があるばかりで、そこにはもうあの長身痩躯なシルエットはどこにも見当たらなかったのだった。


その深夜——。

さらに崩壊の進んだかに見える旧チェールコイ教授邸へと忍び入った影があった。

影は細長く、ところどころから射しこむ月の光か、かなり遠方の街の灯ぐらいしか照らすものがないせいで、闇とほぼ溶け混じっているのも同然だった。

それでも幽霊もしくは何かの自然現象でない証拠に、影がゆるゆると移動するたびに、その足元ではまだたっぷりと水気を含んだ床板や何かのかけらが押しつぶされたり、たわんだりする音がかすかに響くのだった。

影は何の明かりもないのに、迷いなく館内を進んだ。ところどころでパックリ口を開けたトラップや、ふいに目前に現われる障害物などまるで気にしていないようだった。

影はやがて、建物の奥まった一角にある書斎とおぼしき広間に至った。そこはひときわ荒廃のひどいところで、壁を埋めた書架の中身は水という大敵に容赦なくいたぶられ続けたせいで、ただのパルプの塊のようになっていた。

影の躊躇ない歩みはここで止まった。ここに来るのは初めてではないようだが、知りつくしてはいないらしい。それが証拠に、これまでつけることのなかった懐中電灯のスイッチを入れ、もはや互いの区別もつかなくなった蔵書群を丹念に照らし始めた。

最初は数冊ずつ抜き出してはその奥をのぞき、その隣で同じことをくり返す。最初は調べ終えた棚に律儀に本を戻していたが、やがて十冊単位でつかみ出したものを床に積み上げ、ついには乱暴にも一棚ごとにたたき落とし始めた。

あげく、もうやけになったかのように本棚を、さらにはそれ以外の家具調度類をひっくり返し、引き出しの中身をぶちまけ、何かを捜しているのか、ことという場所を破壊したいのかわからなくなるありさまだった。

と、その狂気じみた動きがふいに止まった。それまでいっしょになって振り回されていた懐中電灯の光が、書架を取り払われてあらわになった壁の一点に向けられる。

そこには、うっすらとしてほとんど見分けがつかないほどの四角い区切りがあった。影はポケットを探ると万能ナイフのようなものを取り出し、その切っ先を壁に突き立てた。かすかに刻まれた溝に沿って、力任せにナイフの刃を移動させると、そこに小さな扉のようなものが現われた。それればかりか鍵孔らしきものも。

再びポケットを探ると、今度は何やら古びた鍵のようなものを取り出した。それを孔に差し入れ、慎重に回したとき、カチリと思いがけないほど大きな音が響いて、小さな扉が音もなく開いた。

「……………っ！」

声とも、喉を息が通る音ともつかないものが影の口からもれ出た。次いで影の細長い腕が扉の奥に突っこまれたかと思うと、ほどなく中から何かがつかみ出された。

それは、書斎にあるほかの紙類とはまるで違って、形が崩れてもいなければほとんど古びてもいなかった。どうやらこの扉の内側――書架の裏の隠し金庫――は、よほど気密性が高かったらしく、そしてそのことは影にとってきわめて満足な結果をもたらしたようだった。

だが、まさにその歓喜の一瞬のことだった。

「そこで何をしてらっしゃるのかしら？」

凛とした女性の声が、部屋の暗がりを貫いた。次いで複数の明かりがつけられると、影はその弱々しく年老いた正体を現わし、彼に声をかけた側――一足先にこの書斎にひそんでいたものたちの姿をも明らかにした。

それは、少年めいた衣装に身を包み、輝くような長い髪を無雑作に垂らしていた。かたわらに、彼女に比べると何やら冴えない東洋人の男性がいて、その顔を見るなり影は、

「あ、あんたは……」

うめくように言ったきり、絶句した。たった今、隠し金庫から発掘したばかりの書類束を抱えると、何もかもが取り散らかされて落花狼藉となったただ中を、ダッとばかりに駆け出した。

　このとっさの暴挙には、とかく鈍重で不器用な森江春策はもとよりヴィルヘルミーネ大公女でさえも、制止するのが間に合わなかった。

　影はそのまま、来たときと同じように——いや、むしろ何十年の昔ここが湖底に沈みつつあったときそのままに、邸内を突っ切り、玄関めざして走った。あのときと違って溺れ死ぬ心配はないのだから楽なものだった。

　だが、影は忘れていた。あのとき目の前のドアの向こうにいたのは誰であったかを、何から逃れようとして、自分はいったんここに立てこもったのかということを。

　そして、彼らはそこにいた。あのときと同じように待っていた——自分よりさらに痩身長躯、今では大半は白くなったくせっ毛に、こちらはまだ赤さを保った口ひげ、鼻眼鏡の奥で青い瞳をきらめかせた紳士と、それよりは年下ながらやはりかなりの年配の、ずんぐりした巨体の持ち主。

「やあ、お久しぶり」鼻眼鏡の紳士は笑顔で呼びかけた。「フェネーストロ・ユーダス君……もしくはトリ・チェールコイ教授。もっとも、それら二つの名はとうに捨ててしまったろうから、

今は何と呼べばいいのかな?」

＊

「チェールコイ教授邸の密室事件の不思議さは、あれだけ何重にもかけられた施錠が、犯人がそこを通過するときには道を開き、しかも用がすめば閂がひとりでにはまってしまうかのようなことが実際に行なわれたという点にあります。教授が殺されたときは、むろんそうでしたし、館が湖底に転落したあとも、そこに立てこもった犯人が内側から扉を開けて脱出したあと、閂が勝手にかかってしまったと考えれば、奇跡ではなく決死的水中脱出ショーに過ぎなくなります。度胸と心臓肺臓の強ささえあれば決して不可能ではないのです。

では、どうしたらそんなことが可能になるのか。ここで僕は二度にわたる犯人の密室への侵入と脱出——二度目については脱出のみですが、とにかくそれらには何か共通項がないか考えてみました。そして気づいたのです。教授殺しの晩から朝にかけては猛烈な寒波が襲い、やがて収まったこと。犯人が館ごと湖に転落したときにはやはり凍てついた湖底に向かう途中で急激に冷やされ、何十年ぶりかに水から出されたときには常温にさらされたということに。

もし、低温と高温によって閂そのものが姿を変え、あるいは扉を閉ざし、あるいは締まりを外してしまうようになったらどうだろう——そんなご都合主義なことを考えてみたとたん、答えは出ました。そう……トリックの種は形状記憶合金であることに。ご存じの通り、ある温度のもとで曲げたり伸ばしたり、どんな風に変形しても、その温度以上に加熱すると元の形に戻ってしまう特殊な金属です。

今となってはさまざまな工業製品――身近なところでは浴室の水道栓につけられた温度調節弁や女性の下着に仕込むワイヤーなどに応用されていますが、この合金の存在が明らかになったときには、まるでマジックの種のような不思議な感じがしたものです。発見自体は一九五〇年代ですが、知られるようになったのは八〇年代以降――ですからこの事件が起きたときには、まるで生きているかのようにひとりでに変形する金属など、夢想でしかなかったでしょう。しかし、天才と幸運に恵まれた人物ならば、いつの時代にあっても発明可能だった。そして、まさにこの事件の犯人こそは、そうした天才でした。あいにく幸運の方には恵まれなかったようですが……。

犯人は、これを自分の学問的名誉や栄光ではなく犯罪のために応用した。チェールコイ教授邸の施錠に用いられる閂を、すべてこの金属で作ったものにすり替えておくことでね。ただこの合金は、現在よく知られているものと逆の性質を持っていて、極度の低温にさらされたときに変形するように作られていた。これで閂を作ればどうなるか。ふだんは正常に座金にはまり、横に滑らせれば穴にはまって扉を開かせなくする。でも厳寒のときには、グッと長さが縮んで用をなさなくなってしまう……なんてことがあったとしたら？

そうなれば、確かにかけたはずの閂は何の用もなさなくなり、ドアは侵入者にやすやすと開かれてしまう。玄関、廊下の出入り口、そして寝室の扉も……念の入ったことに、館の暖房設備は事件当夜、何者かの手によって故障させられていた。

犯人は教授を殺さねばならない切実な動機と、彼の邸内深く侵入しなければならない目的があった。その動機は果たされた。けれどどうやら侵入の目的の方は達せられることはなかった。だからこそ、ツイスト博士に追い詰められた犯人は、崩壊の危険をかえりみず建物内に立てこもろうとし、一見愚かな結末を迎えた。

しかし実際はそうではなかった。犯人には目的があり、成算もちゃんとあった。冷たい湖底に沈んで行くうち、特殊合金製の閂は教授殺しの晩から朝にかけてのようにきびしく冷却され、脱出を可能にした。

それから何十年もの間、湖底の館は扉はそのままに閂だけ外れた状態で、でも誰ひとり訪ねてくることなく眠り続けた。そして水温が上がり水位が下がり、ついには太陽の光のもとにさらされ、解凍されたとき、閂は変形して穴にはまった。そしてまた何重にも施錠された密室として、われわれの前に姿を現わしたわけです。

しかし、教授を殺してまで達しようとした目的の方は、そのままだった。おそらく犯人は、殺人の際に何かを奪い取ろうとし、果たせなかった。そして最後に再びその何かを探し出そうとしたものの、すぐさま水中脱出を図らねばならない身の上では、そんな余裕はなかった——こうして何十年ぶりかで山荘が地上に姿を現わすまではね。

まさかとは思ったその日が、ついに来つつあることを風の便りにでも知った犯人にすれば、このチャンスを逃すわけにはいかなかった。その人物の名はフェネーストロ・ユーダス――しかしそれは世を忍ぶ仮の名で、本名はトリ・チェールコイ。祖国でさんざんこき使われ、権力からは踏みにじられ、同胞からも冷たくあしらわれ、ついには祖国脱出を試みたものの、同行の仲間に裏切られ、名前とそれまでの研究成果をまるごと奪われてしまった不遇の天才科学者です。

そう、あの館に住んでいたチェールコイ教授はとんだ大騙り、真っ赤な偽者で、本物が祖国の研究所から持ち出した研究成果や発明品をこの地に持ちこみ、それらを各国の政府や企業に、さも自分のもののように見せかけて切り売りしていただけだったのです。自分も本物のトリ・チェールコイもそれほどの年配ではなかったのに。片眼鏡や銀髪でいかにもな老碩学を装ってね。

おそらく偽のチェールコイは、本物を死に至らせるような行為に及び、それがまんまと成功したと信じていたのでしょう。しかしそうではなかった。何とか命永らえて必死に裏切り者の足跡をたどり、建築職のユーダスになりすまして、その周辺に入りこんだ。そして幸運にも彼の館の建築だか改築だかの作業に加わり、その内外に取り付けられた門に特殊な仕掛けを施したのです。彼が裏切り者にして自分の名を騙る人物に奪われずにすんだ、おそらく唯一の発明――形状記憶合金を用いてね。こうして復讐はなしとげられたが、その完結はあの晩にまで持ち越されたというわけです。

付け加えるなら、この真相は事件発生当時に解明に当たったアラン・ツイスト博士によって、すでに看破されていました。ただ、僕たち〈探偵〉には、常に合理的かつ科学的であるよう努め、未知の毒物とか超ラジウム元素のような疑似科学的ないし純空想的存在を安易に解決に当てはめてはならないというルールがあります。たとえ論理的に形状記憶合金のような物質を割り出したにしても、その現物が失われてしまった以上、沈黙を守らざるをえなかったわけで、僕はただ形状記憶合金が当たり前に存在している時代にいるというメリットを生かした以外は、ツイスト博士の推理をなぞったに過ぎません。この場を借りて、あらためて敬意を表させていただく次第です。

……僕の話はこれだけです。大公女殿下、いかがでしょうか？」

そこまで語り終えたところで、森江春策は彼の聞き手たちを見回した。ヴェルデンツ名勝、ファントミュス湖のまだ水を満々とたたえた一帯を展望できる、とあるサロンでのことだった。

「たいへんけっこうでした、モリエ勅任捜査官。あなたの捜査報告に、わたくしは心より満足いたしましたと申しておきましょう」

ヴィルヘルミーネ大公女は小さくうなずくと、満足げな微笑を浮かべてみせた。いつものラフでボーイッシュなスタイルではあったが、まるで首都ルナ・エピーネでの宮中行事におけるような優雅さと鷹揚さがあふれていた。

「……そちらのロンドンからのお客人はどうでいらっしゃるかしら？」

彼女は同じ席についた二人のイギリス人に同じ笑みを振り向けた。

ややしばらくして、それに対する答えがあった。それは、満面の笑みと静かな拍手だった。

「いやはや、もうちょっとゆっくりできると思ったら、もう帰りの便とはあわただしいですな。それにしても、今回は思いがけないことになりましたね、博士。あなたからいきなり『ヴェルデンツ行きの航空券を取った、出発は明日だ』と連絡をもらったときにはびっくりしましたが、まさかこんなことになるとは……」

アーチボルド・ハースト元警部は、ロンドン行き旅客機の座席に体をねじこみながら言った。

「おつきあいありがとう、アーチボルド。君が同行してくれたおかげで楽しかったよ」

アラン・ツイスト博士は自慢の口ひげに触れると、答えた。

「そして、長年の胸のつかえを取ることもできた。形状記憶合金というものが開発されたと知って以来、あの事件に何とか決着をつけたいと思っていたんだが、現物が湖の底に沈んでいてはどうにもならなかった。そこへ、ファントミュス湖のあのあたりが干上がるというニュースを知って、矢も盾もたまらなくなったのだよ」

「そうとわかれば納得でしたが、まさか、犯人まで同じ思いでやってきていたとは思いませんでしたね。むろん、彼の罪は法的にはとうに消えて捕まる心配はなかったわけですが、あのときの奴の驚愕と絶望に彩られた顔ときたら！」

ハースト警部は豪放に笑った。

ツイスト博士は「まったくだ」とうなずくと、感慨深げにこう続けた。

「だが、今回は別の発見もあったよ。わたしのような〈探偵〉はもうとっくに絶滅危惧種と思ったが、はるか極東にあの森江君のような同業者、いや同志がいたとはね。これはまだまだ引退どころではなくなったよ！」

と――。

【付記】

この物語の事件関係者の名前は、ある固有名詞をエスペラント語訳したものです。綴りを記しておきますので、興味のある方は調べてみてください。

トリ・チェールコイ　Tri Ĉerkoj
フレネーザ・チャペリースト　Freneza Ĉapelisto
カステーロ・クラニーオ　Kastelo Kranio
リ・キウ・フルーストラス　Li Kiu Flustras
フェネーストロ・ユーダス　Fenestro Judas

訳者紹介

平岡敦　フランス文学翻訳家。１９５５年千葉市生まれ。早稲田大学第一文学部仏文科卒、中央大学大学院仏文学専攻修了。大学在学中はワセダミステリクラブに所属。現在は中央大学、青山学院大学、法政大学等で仏語、仏文学を講じるかたわら、フランス・ミステリを中心に純文学、怪奇小説、ファンタジー、ＳＦ、児童文学、絵本など幅広い分野で翻訳活動を続けている。『この世でいちばんすばらしい馬』および『水曜日の本屋さん』で産経児童出版文化賞を、『オペラ座の怪人』で日仏翻訳文学賞を、『天国でまた会おう』で日本翻訳家協会翻訳特別賞を受賞する。そのほか主な訳書にグランジェ『クリムゾン・リバー』、アルテ『第四の扉』、ルブラン『怪盗紳士ルパン』がある。

殺人七不思議
2020 年 9 月 15 日初版第一刷発行

著者・装画　ポール・アルテ
訳者　平岡敦（ひらおかあつし）
企画・編集　張舟、秋好亮平、菊池篤

発行所　(株) 行舟文化
発行者　シュウ　ヨウ
福岡県福岡市東区土井 2-7-5
HP： http://www.gyoshu.co.jp
E-mail： info@gyoshu.co.jp
TEL： 092-982-8463　FAX： 092-982-3372

印刷・製本　株式会社シナノ印刷
落丁乱丁のある場合は送料小社負担でお取替え致します。

ISBN 978-4-909735-03-4　C0097
Printed and bound in Japan

粘土の顔の男

ポール・アルテ（著）
平岡敦（訳）

オーウェン・バーンズは錯綜した謎をいともたやすく解き明かすが、そんな彼の手腕が鼻持ちならないと感じる者は少なくない。かく言うこのわたしアキレス・ストックも、彼の忠実なる友ながら、そうした人々のひとりである。しかも彼は、当代きっての名探偵だという自信や優越感を、平気でひけらかす。あの気取った物腰や、平然と放つ辛辣な皮肉、長身の堂々たる体軀、尊大そうに頭をふるしぐさを目の前にすると、彼に抗える謎など何もないような気がしてくるのだ。

そんなわけでわたしは、彼が事件の調査でいつか手痛い失敗をしないかと長年楽しみにしていた。その日、一九一二年冬のもの悲しい午後、わたしは期待に胸を膨らませていた。奇怪きわまる事件の話を聞きつけ、その主要な証人のひとりがセント・ジェイムズ・スクエアのオーウェン宅を訪ねるよう、お膳立てをしておいたのだ。証人はあともう少しで到着するはずだ。わたしはわざとわが友を苛立たせることにした。彼は背中に両手をまわし、居間を行ったり来たりしながら、ときおり窓の前で立ちどまっては、朝から降り続いている雨を眺めた。

「なんだかやけに気が立っているみたいだな」わたしは肘掛け椅子にゆったりと腰かけ、新聞で半分顔を隠してさりげなく言った。

「そうとも」オーウェンは一瞬考えこんでから不満げに答えた。「空の煮え切らない態度にはいらいらさせられる。いっそ土砂降りになればいいんだ。怒りの大波で町を浸し、退廃したこの世界の罪を洗い流してしまえ」

「大洪水になればいいと？」

「ああ、たまにはうまいこと言うじゃないか」

「だったら、もうすぐ願いが叶うぞ。まさしく大洪水が問題だろうからな。そろそろやって来るはずの証人が、話してくれる事件では……」

オーウェンは恐ろしい目でわたしをにらみつけた。

「アキレス、はっきり言わせてもらうが、前もってぼくにおうかがいを立てるべきだったんじゃないか。せめてもっと早く教えてくれなくては。きみだってわかってるだろ。今日は忙しいんだ。ほら、今夜ロイヤル・オペラ・ハウスでやる『さまよえるオランダ人』のチケットを取ったんだから。あれはぼくの大好きな作品で……」

「心配はいらないさ。きみの名人技をもってすれば、謎解きに十分もかからないだろうよ。事件の概要を話してもらうのに三十分、挨拶だ何だで二十分かかったとしても、しめてちょうど一時間というところだ。そのあと夕食をとって、リヒャルト・ワーグナーの高揚感に浸る心の準備をする時間はたっぷりあるじゃないか。それに、きみが喜ぶと思ってのことなんだ……きみ好みの突飛な殺人事件は、このところめったにないからね。これは天の恵みだろうと……」

「わかった、わかった」とオーウェンはそっけなく遮った。「ところで、その証人の名前は?」

「ルブラン嬢さ」

「ルブラン嬢か」と彼はもの思わしげに繰り返した。「聞き覚えはないが、ル・ブランはフランス語で白。白雪姫を連想させるな。きっと若くて美人なんだろう」

「まあ……二十五歳にはなっていないが」とわたしは少し考えてから答えた。「美人かどうかについては、何とも言えないな。直接会ったことはないから。彼女の父親の友人を介して聞いた話なんだ。それがうちのお得意さんのひとりで」

「ははあ、なるほど」とオーウェンは両手をあげて叫んだ。「裏には利害に絡んだ浅ましい思惑があるんだな。ウェッジウッドにあるきみの食器会社が左前なので、顧客の言うことなら何でも聞かねばならないのか」

「そうじゃないさ」わたしは憤然として言った。「商売は順風満帆だし……」

「ともかく美人であることを望むばかりだ」彼は威嚇するような口調で言い返した。「ぼくは醜いものには耐えられないんでね。とりわけ女性に関しては……」

そこでオーウェンは言葉を切ると、曇った窓ガラスにいきなり額を押しあてた。

「おや、きっとあの子だ。玄関の前にひらいた白い傘が見えるぞ」

わが友は満足げにうなずいた。入口の呼び鈴が鳴るが早いか彼は部屋を飛び出し、ほどなく訪問客を伴い戻ってきた。そのにこやかな表情と、コートや傘をあずかる慇懃な物腰から察するに、オーウェンは彼女が気に入ったらしい。ぴったりと体に合ったドレスと上着《ボレロ》が、スタイルのよさを際立たせている。頭のうしろで無造作に結んだ、燃えるように輝く赤褐色の髪。刺繍の入った白いブラウスに似合う無邪気そうな表情。赤い巻き毛に縁取られ、うっすらとそばかすの浮いた丸い顔。純真無垢な青い目が、そこに大きく見ひらかれていた。

「こちら、ルブランさん」とオーウェンは、わたしにむかってもったいぶった口調で言った。「彼はぼくの親しい友人ですが、あなたが困っていらっしゃると聞いてとても心配していました。こうしてあなたとお会いできるよう、気を利かせてくれたんです」

ルブラン嬢は感謝の表情を浮かべ、わたしのほうを見てうなずいた。

「今日、おうかがいする約束が取れたのはあなたのおかげだと、父も申しておりました。ご親切にありがとうございます。わたしのことはご存じないのに……」

「いや、とんでもありません。あなたを悩ましている驚くべき謎は、ぜひともわが友人に話さなくては。もしわたしが隠したりしていたら、むしろ彼から大目玉を喰らうところです」

ルブラン嬢はオーウェンをふり返り、尊敬と称賛に満ちたまなざしで彼を見つめた。

「父はあなたのことも話していました。ロンドン警視庁のお手伝いも、幾度となくなさったとか」

オーウェンは片手をあげ、謙遜を装う身ぶりをした。

「たしかにわが国の司法当局に、何度かささやかな貢献をしたことがありますが」

「そして必ず大成功を収めてきたんですよね」

「ほとんど失敗をしなかったというだけのことです。それはさておき、わたしがいかに鋭い論理的思考能力の持ち主でも、それだけではかくも大きな成果はあげられないでしょう。わたしには、協力を惜しまない貴重な助っ人がいるんですよ……」

彼は微笑みながら、暖炉のうえを指さした。そこにはギリシャ神話の女神たちを象った、凍石《ステアタイト》製の小像が九体並んでいた。ルブラン嬢はいぶかしげな表情でそれを見つめた。

「これは古代の九人の女神《ミューズ》たちです」とオーウェンは説明した。「人々に霊感《インスピレーション》を授ける女神ですよ」

「ああ、わかりました」と言ってルブラン嬢は大きくうなずいた。「この小像が精神集中の助けになるんですね。でもこの事件では、この女神たちも大してあなたの役に立たないんじゃないでしょうか。とても理解しがたい、恐ろしい事件ですから。そもそも犯人は、この世のものとは思えません」

オーウェン・バーンズは眉をひそめた。

「と言いますと？」

オーウェンを見つめる大きな青い目に涙があふれた。彼女は唾を飲みこんでこう答えた。

「例えば、顔が……」

「ご覧になったんですか？」

「ええ、とても恐ろしい、ぞっとするような顔でした」

ルブラン嬢はそう言うと、両手で顔を覆ってしゃくりあげた。

オーウェンは彼女の手を取り、肘掛け椅子にすわらせた。

「大丈夫、ご安心ください。お話をうかがいましょう。あなたがこの部屋を出るときには、もう何の問題もなくなっています。おや、手が冷えきってますね。お茶でもいかがですか。気分がよくなりますよ」

彼女がうなずくのを見て、オーウェンはわたしをふり返った。

「アキレス、お茶を入れてきてくれないか。ぼくはルブランさんについてあげているから」

ほどなくわたしは、湯気の立つティーポットをのせたお盆を持って居間に戻った。オーウェンが失敗を喫するところを見たいという気持ちは、いや増していた。好奇心には苛まれていたものの、ルブラン嬢の事件が未解決のままになればいいと心から願っていた。それにオーウェンのやつ、わたしが席をはずしたのをいいことに、悲嘆に暮れる王女を助けに駆けつけた白馬の騎士役を思う存分演じている。彼にやさしく慰められて、真っ青だったルブラン嬢の顔に赤みがさしていた。

彼女は二口、三口お茶を飲むと、奇怪な話を始めた。

「今から二年前、わたしはジェリー・カドシュ卿の家に、小間使いとして雇われました。最初は病気がちだった料理係の代わりに、臨時でうかがっていたのですが、やがて住みこみで働くようになりました。それはどうでもいいのですが……事件が起き始めたのは三か月ほど前、ジェリー卿が家に戻られてからです。アマチュア考古学者の旦那様は、弟さんといっしょに一年以上のあいだイラクの発掘調査に行っていました。スミス氏という方が大洪水に関する新発見をしたと聞いて、興味を持ったのです。ええ、聖書に出てくる大洪水。でもアラブだかペルシャだかの古文書には、もっと前にそのことが書かれているとかで……」

「メソポタミアです」とオーウェンは咳払いをして訂正した。

「そうそう、メソポタミアでした。スミス氏は、粘土板にびっしりと刻まれた奇妙な文字を解読したのだそうです。それが釘の頭みたいな形の文字で……」

「楔形文字……」

「ああ、それです。どういうわけかその言葉が、なかなか覚えられなくて。粘土板の古文書には、大きな天変地異があったことが記されていました。しかも聖書の創世記に書かれた物語とそっくりの話なんです。この発見を巡って大論争が巻き起こり、ジェリー卿は自らはっきりさせようと調査を行うことにしたんです。旦那様にはその時間も資力もありましたから。そんなわけでわたしは、若くてお美しいクロエ奥様といっしょに一年以上二人きりでいました。まだ二十二歳になったばかりの奥様は、倍も歳の離れた旦那様のお帰りを、忍耐強く待っておられました。ジェリー卿は冒険好きのエネルギッシュな方で、お二人はとてもお似合いの夫婦でした。もっともクロエ奥様は、はるばる中東の砂漠へ出かけるより、カドシュ家の領地で快適な暮らしをするほうが性に合っているようでしたが。

ニムルド、モースル、バグダッド……どれもこれも、おかしな響きの地名ばかりです。奥様は手紙が届くたび、そんな話をしてくださいました。秋になり、ジェリー卿が帰っていらっしゃいました。旦那様はすっかり変わっていました。外見は以前のままですが、とても心配そうで、まるで誰かにつけ狙われているみたいにいつも警戒しています。調査の成果がどうだったのかはわかりません。旦那様はその話をしたがりませんでしたから。わたしが聞いたのは、弟さんのウィリアム・カドシュが事故に遭われたということだけでした。十月になると、ジェリー卿も続けざまに事故に見舞われました。どれも大事には至らなかったのですが……

まずは離れで起きた火事でした。庭の奥にある木の小屋で、旦那様はよくそこで昼寝をされていました。火が出たときには眠っていたのですが、炎の熱で目が覚めました。それで間一髪、怪我ひとつなく逃げ出すことができたのです。出火の原因ですか？　それはわかりません。すぐわきを通る森の小道から、ふとどき者が煙草の吸殻を投げ入れたんだろうということになりました。翌週は奥様といっしょに街道の端を歩いていて、荷馬車に轢《ひ》かれかけました。そばには誰もいなかったし、つまずいたわけでもありませんが、《目に見えない力》で背中を強く押されたような気がしたそうです。さらに数日後、やはり奥様とロンドンの動物園へ行かれたとき、小屋から逃げ出したコブラに危うく嚙まれそうになりました。なぜか小屋の扉があいていたとかで。

ジェリー卿が帰ってくるなり、短期間でこんなに事故が続くなんて妙だと思いました。きっとイラクで発掘調査をしていたとき、何かおかしな出来事があったに違いありません。けれども、わたしの口からたずねることはできませんでした。旦那様も奥様も、やけに心配そうだったからです。そんなある日、ジェリー卿が中東で行った調査の記事を新聞で読みました。それによると、作業に関していくつか疑念が呈されたのだそうです。

ジェリー卿がイラクで発掘をしているとき、夜中にキャンプ地と発掘現場で火事が起き、機材がわずかに残ったほかはほとんどのものが燃えてしまったのだとか。物的な損失のほかにも、地元の作業員が二人焼け死にました。現地の当局は、ジェリー卿がわざと火をつけたのだと訴えました。貴重な発掘品をひとり占めするため、あらかじめ安全な場所に移したうえで、焼失したことにしたのだろうと。でもジェリー卿を弁護するなら、そうした疑惑はまったく根拠のないものだと記事は強調していました。イギリスによる管理体制を弱めるため、現地の当局はあらゆる機会を狙って難癖をつけているのだと。そうした政治的な反目からでしょうか、ジェリー卿はバグダッドを発つ日、ひとりの年老いたイラク人から呪いの言葉を投げかけられました。おまえは神を汚す行為により罰せられるだろう、古代メソポタミアの女神イシュタルの呪いが近い将来その身に降りかかるだろうと、老人は予言したのでした。

この記事を読んでわたしがびっくり仰天したのは言うまでもありません。老人から呪いの言葉を投げかけられたジェリー卿の身に、謎めいた事故が次々に起こったのですから。

ある晩、ジェリー卿は一階の元キッチンだった部屋でノートの清書をしていました。わたしは掃除をしながら、旦那様の肩ごしにちらりと覗いてしまいました。するとそこには大文字で、《大洪水》と書かれていました。

旦那様はわたしの視線に気づき、ため息まじりにこう言いました。『そう、大洪水だよ、ルブランさん。驚くべき資料だ……これが発表されたら、また大騒ぎになることだろうな』って。

その晩、旦那様は問わず語りに、いろいろな話をしてくださいました。メソポタミアのこと、その重要性が明らかになり始めた古代文明のことなどを。人類最古の英雄と言われ、かのユリシーズよりも昔に生きたギルガメシュの物語も語ってくれました。その『ギルガメシュ叙事詩』には、大洪水の話も出てくるっていうんです。それは聖書で語られている大洪水のことなのでしょうか？聖書はギルガメシュの時代の出来事からインスピレーションを受けたとか？　さまざまな疑問が学界を揺るがし、宗教家たちのあいだに動揺を巻き起こしたのだそうです。わたしは旦那様の話を熱心に聞きました。もちろん、すべてが理解できたわけではありませんが、ひとつよく覚えていることがあります。恐ろしい姿の神々を祀った古代文明の起源に関する話です。テーブルのうえには、翼をつけたライオンの大きな石膏像がありました。それにもうひとつ、不気味な怪物の像も。

『知ってるかね、メソポタミアの神話によれば、われわれ人間は粘土から作られたそうなんだ。粘土を少しばかりこねて、そこに神様が魂を吹きこむと、この世に人間がひとり誕生するってわけだ』

旦那様は笑いながら、身ぶり手ぶりを添えてそう言いました。わたしは翼があるライオンの像を指さしました。

『そうやってこんな怪物も作るつもりだったけれど、きっとうまくいかなかったんですね』

旦那様はおかしそうにわたしを見つめました。

『これが怖いのかい？』

『ええ、正直に言うと少し。泥と粘土をこねまわして作った、もっと大きな怪物を想像したら……』

『それが宙を飛んでいるところを？』と旦那様は皮肉っぽくたずねた。

『そうです。だって翼がありますから』

『空飛ぶ泥の怪物か……こいつは愉快だ。そんなこと、思ってもみなかったな』と旦那様は考えこみながら言いました。

わたしは部屋をあとにしました。旦那様はわたしの話を面白がっているみたいでした。おかげで不安が紛れるとでもいうように。なるほど、旦那様は大洪水の問題に取り組んでいるのだとわかりました。ところが翌日、ぞっとするような新たな出来事がありました。これは何かよくないことが起きる前兆だと、本能的に感じました。そして残念ながら、恐れていたとおりになってしまったのです。

その晩は土砂降りの雨でした。わたしは、庭師のジョージ爺さんが数日前から耕していた裏庭の花壇のことを考えていました。この雨では、文字どおりぬかるみになってしまうでしょう。《きっとどこもかしこも泥だらけだわ。そのぶん、こっちも掃除に大忙しね》とわたしは思いました。

午後九時すぎ、クロエ奥様はお休みになるため二階にあがりました。ジェリー卿は元キッチンだった部屋で仕事を続けています。その部屋は屋敷の奥、ちょうど花壇のわきにありました。突然、玄関の呼び鈴が鳴りました。わたしはすぐさまドアをあけに行きました。いったい誰だろう、こんな時間に、こんな雨のなかを……

玄関前の階段に、ずぶ濡れの男が立っていました。コートの襟を立て、帽子を目深にかぶっています。ぎらぎらと光る目がちらりと見えました。男はジェリー卿に会いたいと言いました。来訪そのものもさることながら、妙にこもったその声にわたしは不審をつのらせました。約束をしているのかたずねると、男はそっけなくうなずきました。わたしは困惑し、ドアの前で待つようたのみました。男をなかに入れたら、よくないことが起こるような予感がしたのです。

ジェリー卿に来客を伝えると、いつも雨のなかで人を待たせるのかとぶっきらぼうな口調で叱られました。でも旦那様は、ノート整理の最中はたいていい機嫌が悪いんです。わたしは奇妙な来客を部屋に通しましたが、そのときはまだ顔が見えませんでした。けれどもジェリー卿がわたしの目の前でドアを閉める直前、部屋の奥にむかった男はちょうど振りむきざまに帽子を脱ぎました。それでほんの一瞬、男の顔が見えたんです……わたしは気を失うかと思いました」

ここまで話したところで、ルブラン嬢はごくりと唾を飲んでひと息ついた。思い出すだけでも恐ろしいというように顔を青ざめさせ、目を大きく見ひらいている。

「あんなに気味の悪いものは、今まで見たことがありません」と彼女は話を続けた。「醜く歪んだ茶色の顔……まるで粘土で作ったような顔……そこに血も凍るような恐ろしい目が光っています。ええ、大きく見ひらかれた目がちらりと見えました。わたしはジェリー卿のことが心配なあまり、鍵穴からなかを覗いてみました。二人は部屋の反対側の隅にすわり、小声で何やら話していました。会話の内容まではわかりません。しかたなく、わたしはその場を立ち去りました。

居間でようすをうかがっていると、やがて話し声が大きくなりました。それが十五分ほど続いたでしょうか。わたしは元キッチンのあたりをひとまわりしてみることにしました。けれども男はちょうど帰るところで、ちらりと姿が見えただけでした。わたしが廊下の端まで来たとき、男は玄関を出ていき、その背後でドアがばたんとしまりました。

ジェリー卿のところへ行って、何かトラブルはなかったかたしかめようか。でも、さっきの邪険な返事を思い出してやめることにしました。どのみちこれは旦那様の問題であって、わたしには関係のないことなんだと自分に言い聞かせて。ジェリー卿は元キッチンだった部屋を行ったり来たりしています。わたしはほっとして、休むことにしました。もう十一時になっていたでしょう。雨は少し前に止んでいました。結局それが、生前の旦那様を見た最後になってしまいました……

翌日、朝早く、銃声で飛び起きました。しばらく茫然としていましたが――てっきり夢だと思ったのです――ともかく一階に降りてみました。廊下の端にネグリジェ姿のクロエ奥様がいて、元キッチンのドアを叩きながら旦那様を呼んでいました。けれども返事はありません。昨晩、旦那様は寝室に戻られなかったのだそうです。でもそれだけなら、特に心配するほどのことではありません。旦那様は研究に熱中すると、夜更かしするのが常でしたから。けれども旦那様の姿がお屋敷のどこにもない、この部屋だけは内側から鍵がかかっていると奥様はおっしゃるのです。

そうこうするうちに、庭師のジョージ爺さんが駆けつけました。爺さんは事情を聞いて鍵穴からなかを覗き、合鍵であけましょうと言った。ところがドアは錠前ではなく、かんぬきで閉じられていたのです。そうなると、ドアを押し破るしかありません。ジョージ爺さんは結構な歳ですが、まだまだかくしゃくとしていて、そんな手荒なことも平気でした。三度の体当たりで、ドアはあきました。

部屋に入ると、右の隅にジェリー卿の姿がありました。机にうつぶし、拳銃に手をかけて。革のデスクパットに頭をのせ、こめかみにあいた黒い穴からひと筋の血が流れ落ちています。すぐわきのフランス窓は、わずかにあいていました。翼のあるライオンの石膏像が引きつった笑みを浮かべて、死体を見つめているかのようでした。あたりにはつんとする火薬の臭いがただよっていました。奥様が悲鳴をあげました。ジョージ爺さんは卒倒しかけた奥様を抱きかかえ、部屋にひとつだけあった肘掛け椅子にすわらせました。そして警察に知らせに行くから、奥様を見ているようにとわたしに言いました。ブランデーを少し飲ませれば、気分がよくなるだろうとつけ加えて。奥様はハンカチを取り出し、あふれる涙を必死に拭っていました。わたしはジョージ爺さんの忠告どおり、ブランデーを取りに行きました。もちろん、自分でもひと口飲むのを忘れませんでした。こんな出来事があったあとですから、わたしだって気つけ薬が必要です。

間もなく警察が到着しました。三人の警官と検死医、それにチャールズ警部です。警部はカドシュ家と個人的な知り合いでした。歳は五十がらみ、背が高くてがっちりとした、堂々とした風貌のかたです。それに捜査も実にてきぱきとしていました。仕事のあいだはほとんどしゃべりませんでしたが、昼ごろ、とりあえずわかったことをわたしたちに話してくれました。わたしもすでに訊問をされていましたが、夕べの奇怪な訪問者に関する証言はあまり重視していないようでした。わたしが事件のショックで、大袈裟に話していると思ったのでしょう。

『ジェリー卿は自殺ですね。その点は疑問の余地がありません』と警部は自信たっぷりに断言しました。『体の位置、頭の傷、手にした拳銃、すべてがそれを裏づけています。ちなみに拳銃は、ご本人のものでしたし……』

『いえ、これは絶対に殺人です。昨晩やって来た奇怪な男が殺したんです』

わたしは思わずそう言ってしまいました。クロエ奥様とジョージ爺さんの顔に、当惑の表情が浮かんでいました。けれども警部は腹を立てることもなく、わたしの気持ちはわかるとおっしゃいました。そしてわたしの主張がいかにおかしいかを、穏やかに説明しました。

『いいですか、ルブランさん。不審死があったとき、われわれ警察はまず最悪の事態を想定します。つまり、殺人事件を。ですからわたしは、その可能性を常に視野に入れながら綿密に調べました。もういちど、事実を確認してみましょう。午前七時半、銃声がしました。皆が駆けつけ、元キッチンだった部屋のドアに内側から差し錠がかかっているとわかりました。ドアを押し破ってなかに入ると、ジェリー卿の死体がありました。あなたがた三人の証言は、その点でぴったり一致しています。部屋の家具は食器棚、テーブル、椅子、肘掛け椅子だけ。どこにも隠れる場所はありません。けれども部屋に入ったとき、なかにはほかには誰もいなかったんですよね。それは三人とも証言していることです。それならどこから犯人は逃げたのでしょう。入口のドアを除けば、一か所しかありません。フランス窓です。両開きになったフランス窓は、わずかにあいていました……ここまでなら、殺人の可能性もありえるでしょう……でも、そのあとなんですよ、話がややこしくなるのは。

あなたがたもすでに、窓の外を覗いてみたことでしょう。十メートルくらい先まで、ぬかるんだ地面が続いていますが、昨日、平らにならしたばかりで、もう乾き始めています。水分を含んだ、粘土質の重たい土ですから、うえを歩いた者がいれば必ず足跡が残るはずです。ところが、そんなものどこにもありません。フランス窓の下にも、その先にも、足跡は皆無なんです。つまり昨晩から、そこを歩いたものは誰もいないということです。正確には、昨晩十一時以降です。雨が止んだのはそのころですから。もしジェリー卿が本当に殺されたのだとしたら、犯人は翼がある生き物ということになりますね』

泥、翼がある生き物……これは夢だろうか。翼の生えたライオンの像を見ながら想像した怪物が、またしても頭に浮かびました。

チャールズ警部が大仰な身ぶりで最後の言葉を口にしたところに、警官のひとりが真面目くさった顔をして、おずおずと近づいてきました。

『もしかするとジェリー卿は、自殺したのではないかもしれません』と警官は言いました。『そうとは思えないんです……』

『何を言ってるんだ、エヴァンズ』とチャールズ警部は、目を丸くして叫びました。

『あの拳銃で頭を撃ち抜いたのはたしかですが、指紋がまったくついていないんです。自殺に見せかけるため、銃を手の下に差しこんだだけらしく……』

この瞬間から捜査の様相は一変し、チャールズ警部はさっきまでの威厳を失くしてしまいました。そしてわたしがすでに話したことに、あらためて注意深く耳を傾け始めました。

『泥の顔をした男ですって』と警部はびっくりしたように言いました。『まさか、そんな。小説でもあるまいに……』

『本当に泥なのかどうかはわかりませんが、とっさにそう思ったんです。その直前にジェリー卿から聞かされた話が、頭にあったからでしょう。ともかく、とても異様な顔でした。それは間違いありません』

『でもジェリー卿は、その人物を迎え入れたんですよね?』

『はい。でも二人は、最後には口論になっていました。その少しあと、男がこっそり立ち去るのが見えました。午後十一時ごろです』

『その男が犯人だとすると、翌朝戻ってきて、凶行に及んだことになる。ジェリー卿の死亡時刻は銃声が聞こえたとき、つまり午前七時半前後で間違いないと、検死医も断言していますからね』

チャールズ警部は目に手をあてて、話を続けました。

『二人は口論になった。男は怒って帰ったものの腹の虫がおさまらず、しばらくして意趣返しに戻ってきた。ここまでは話が合いますが、そのあと壁にぶつかってしまいます。男はどうやって犯行に及んだのか？　ぬかるんだ土のうえを、どうやって足跡を残さずに歩いたのか？』

『奇妙だわ』とわたしは言いました。『だってジェリー卿とわたしは、ちょうどそんな生き物の話をしたばかりだったんですから。粘土から作られた……空飛ぶ生き物の話を』

警部は今にも卒倒しそうになって、わたしの前から離れました。ジェリー卿にかけられた呪い、中東から戻ったあとに次々起きた謎の事故について聞かされたときも、警部の具合はお世辞にもよくなったとは言えませんでした。

クロエ奥様に話を聞いても、警部の疑問は解消されませんでした。事故の前には毎回、何者かが短いメッセージを送ってきたこともわかりました。厚紙にぐちゃぐちゃの文字で書かれたメッセージです。一回目は火事が起きる直前で、太陽の輝かしい力に挑んではならないとありました。荷車に轢《ひ》かれかけたときは、不信心者に襲いかかって罰を与える《天の牡牛》について。そして動物園のコブラが逃げ出した事件では、裁きを下す《蛇の女神》のことが書かれていました。ジェリー卿は砂漠を掘り返したために、恐ろしい呪いの封印を解いてしまったのでしょうか。捜査が進むにつれ、そんなことを皆感じるようになりました。それにしても、誰がメッセージを送り、誰がジェリー卿を殺したのでしょう？　それは人間なのか、それとも過去からよみがえった粘土の怪物なのか。

こうした答えの出ない問いに加えて、ジェリー卿の研究にも何か謎があるようでした。旦那様は大洪水について、新発見をしたのでしょうか？　どうやらそうらしいです。殺人事件から十日ほど経ったころ、カドシュ家の屋敷からほど近い池の底から、警察は大きな革のショルダーバッグを見つけました。なかには粘土板の残骸が入っていました。そこにはもともと、あの不思議な文字が刻まれていたようです。ほら、何て言ったかしら。針みたいな形をした……そうそう、楔形文字だったわね。でもしばらく水に浸かっていたので、ほとんど消え去っていました」

ルブラン嬢は話し終えると、長いため息をつきました。続く沈黙のあいだ、窓ガラスにあたる雨の音だけが聞こえていました。

「かくして大洪水の謎も、波にさらわれてしまったということか」とオーウェンは、窓の外を眺めながら言った。

「まあ、そんなところです。でもひとり、もっと詳しい事情を知っているかもしれない人がいます。ジェリー卿といっしょにイラクへ行った、弟のウィリアムさんです。警察が必死に行方を捜していますが、まだ見つかっていません。ほかにもいくつか、わかったことがあります。事件とは関係なさそうですが、嬉しいニュースではありません。ジェリー卿は財産の大部分を考古学の研究に使ってしまい、借金まであったのです。そんなわけですべて返済をすませると、未亡人にはほとんど残りませんでした。さいわいジェリー卿は生命保険をたっぷり掛けていました。それでもクロエ奥様は、この謎めいた事件の心痛で、今はただ呆然とするばかりです。旦那様が殺されて三週間が経ちましたが、捜査はいっこうに進んでいません……」

ルブラン嬢は結論代わりに、くしゃみを始めました。彼女は刺繍入りのハンカチをそっとバッグから取り出し、必死に不安を抑えたような声でこうつけ加えた。

「これがありふれた事件だなんて、とても言えませんよね」

「たしかに、それだけは確実です」わたしは太鼓判を押した。「生まれてこのかた、こんなに驚くべき話は聞いたことがありません。粘土の顔の殺人者、空飛ぶ怪物、古代の呪い……いくつもの謎がもつれ合っていて、茶飲み話で手っ取り早く解決できるようなしろものじゃない。そうだろ、オーウェン？」

わが友は再び暖炉の前へ行くと、女神《ミューズ》たちをしばらくじっと見つめていた。

「チャールズ警部なら個人的な知り合いです」とオーウェンは静かに言った。「推理能力は今ひとつですが、真面目で粘り強く、信頼に足る男だと思いますね。きっと近々、すべてを解明することでしょう」

わが友の落ち着き払った態度に、わたしは少しカチンと来た。

「それで、オーウェン、きみはどう考えるんだ？」

それには答えず、彼は訪問客をふり返った。

「あなたのお話はよくわかりました。細かな点の説明も、とても的確でしたし。ただ二、三点、補足の質問があるのですが」

「何なりとどうぞ」

「あなたはクロエ・カドシュさんと一年余り、ごいっしょに暮らしていたんですよね。お歳も近いことだし、友達同士のような感じだったことでしょう。ですからご主人の留守中、彼女が親しくしている男性がいたら、お気づきだったのではないかと……」ルブラン嬢の青ざめた顔に赤みがさした。

「それはその……奥様に愛人がいたかというご質問なら、それはなかったと思います。でも幼馴じみの男性とは会っていました。有名な競馬騎手のかたで、村に引っ越してきたんです。ときおりお二人で馬に乗り、遠出をされていましたが、それだけです」

「それがどうしたっていうんだ、オーウェン」とわたしはそっけなくたずねました。

「昔から言うじゃないか、犯罪の陰に女ありってね」

「だったら、思うにこの状況からすると、犯罪の陰に男ありじゃないのか」

「ジェリー卿の弟のことを言っているのか？」

「ああ、行方不明なのは、自白しているようなものだ。そいつが事件に一枚かんでいる。間違いないな」

「最後の点に関しては、きみの言うとおりだ、アキレス。池から見つかった革のショルダーバッグの一件は、古代の粘土板がこっそり持ち帰られたことを裏づけている。ジェリー卿と彼の弟は共犯だったのだろう。イラク当局が疑ったとおり、彼らは発掘品をひとり占めするためにわざと火事を起こしたんだ。だからって弟がジェリー卿を殺したというのか？」

オーウェンは皮肉っぽい口調でこうたずねた。わたしは用心して、少し考えたあとにこう答えた。

「直接手を下さなかったにせよ、少なくとも黒幕だな」

「だったら手を下したのは誰なんだ？　ルブランさんを震えあがらせた粘土の顔の男か？」

「おかげでわたしは、毎晩悪夢を見ています、バーンズさん」とルブラン嬢は、動転したような声で言った。「あの恐ろしい顔、翼のあるライオンの怪物が夢に出てきて……」

「古代からよみがえった翼のあるライオン」オーウェンは謎めいた笑みを浮かべてそう言うと、じっと考えこんだ。「それですべて説明がつくと思っているのか、アキレス？　イラクの老人が投げかけた呪いも、ぬかるんだ花壇に足跡が残っていなかったことも……」

「いや、何て言ったらいいのか。わけのわからないことばかりで……」

「それじゃあきみは、本当に気づかなかったのか？」

「気づくって、何に？」

「もちろん、謎めいた訪問客の正体さ」

わたしは不意打ちを喰らい、口ごもった。

「そうだな……きっと泥の仮面を作って……」

「アキレス、がっかりだな」わが友はため息をついた。「せっかく正解まであと一歩のところだったのに……もちろんその訪問客は、ジェリー卿の弟ウィリアムさ」

それからオーウェンはルブラン嬢をふり返ってこう続けた。

「訪問客の顔は、粘土の怪物を連想させたんですよね？　それが嘘だとは言いませんが、あなたの思い違いだったんです。無理もないですよ。あなたはその場の雰囲気や、ジェリー卿から聞かされた神話の話に影響されてしまったのですから。けれどもわが友人は、それが火傷の跡だったとすぐに気づくべきでした。カドシュ兄弟は発掘現場で、わざと火事を起こしました。自業自得と言うべきか、弟のウィリアムはそこで顔にひどい火傷を負ったのでしょう。細かな経緯はさておき、ウィリアムはその晩、兄のもとに戻ってきました。密輸ルートを通じて持ちこむ手筈だった貴重な粘土板が、ちょうど届いたところだと知らせに来たのです。ところが何らかの理由で、兄弟は口論になりました。古い粘土板にそんな大金を注ぎこむなんてと、ウィリアムが兄を非難したのかもしれません。彼はそのせいで、顔に大怪我を負ってしまったのだし。ウィリアムは屋敷を出たあと、粘土板の入ったショルダーバッグを怒りにまかせて近くの池に放りこんでしまいました。彼が今、どこにいるかはわかりませんが、海外に逃亡したとしても驚きませんね」

しばらく沈黙が続いたあと、ルブラン嬢はもう一度くしゃみをしてうなずいた。

「たしかにそうですね。もっと早く気づくべきでした。ほかには考えられませんもの」

「だったら」とわたしは口をはさんだ。「ジェリー・カドシュを殺したのは誰なんだ?」

「まったく思いつかないのか?」とオーウェンは茶化すように言った。「容疑者リストはもう、限られているはずなんだが」

「ちょっと待てよ……きみの教えに従うなら、犯人はもっとも予想外の人物だ。この事件で思いつくのは、そう、庭師のジョージ爺さんしかいない。そもそも名前からして、それをあらわしているぞ。ジョージっていうのはギリシャ語のイオルゴスから来ていて、《土を耕す者》という意味だからな。彼は日々、土と生きている。毎日のように、花壇の整備をしているんだ。地面のことには精通しているはずだから、足跡を残さずにうえを歩く方法をうまく見つけたんだろう」

オーウェンはくすくすと笑った。

「やれやれ、アキレス。博識はけっこうだが、こじつけにもほどがあるぞ。好き放題に引っ搔きまわすことだけは得意なんだから。でも、現実はもっと単純だ。謎解きの答えは一語ですむくらいにね」

「一語でだって」とわたしは勢いこんでたずねた。「きみはたった一語で、この不可能犯罪を説明できるっていうのか?」

「そのとおり。でもルブランさんが何度も手がかりを与えてくれたことは、認めねばならないが」

「わたしがですって?」とルブラン嬢はびっくりしたように言った。「どういうことですか?」

オーウェンは暖炉のうえの小像を指さした。

「ええ、あなたがヒントを与えてくれたんです。その点では、この女神《ミューズ》たちにも匹敵します。ついでに言わせてもらえば、しとやかなところも負けていませんし。ハンドバッグからハンカチをそっと取り出すときのしとやかなしぐさ……あれをもう一度やっていただけませんか？　そうすれば、わが友人もはっと気づくことでしょう」

ルブラン嬢はあっけにとられながらも、言われたとおりにした。オーウェンは彼女が手にした白いハンカチを指さした。

「ハンカチ、ただのハンカチです。クロエさんもひとりで夫の遺体のかたわらにいたとき、涙を拭うためにこんなハンカチを取り出しました。ルブランさん、あなたがブランデーを取りに行っているあいだに……」

「じゃあ、きみは」とわたしは言い返した。「クロエさんが夫を殺したと言いたいのか？　彼女がその布切れで、恐ろしい悪だくみをなしとげたのだと」

「クロエ・カドシュは誰も殺していないさ、アキレス。たしかに、そうしようと企んではいたけれど、別の誰かに先を越されてしまったんだ」

オーウェンはルブラン嬢をふり返り、こう続けた。

「クロエさんと幼馴じみの競馬騎手のあいだには、友情以上のものがあったに違いないと、わたしは確信しています。クロエさんは彼との愛を成就させるために、夫を亡き者にしようと心に決めたのでしょうか？　はたまた財産を使い果たしてしまった夫の、莫大な保険金を手に入れるためだったのか？　おそらくその両方でしょう。いずれにせよ、彼女はイラクの老人が浴びせた呪いの話を聞きつけ、夫殺害の計画を思いつきました。呪いをうまく利用しようとしたのです。彼女はまず奇怪なメッセージを送り、夫の身に次々不可解な事故が起こったように見せかけました。彼女はいつもいっしょにいるのだから、簡単なことです。ちょっと背中を押したり、コブラの小屋をあけたり、マッチで火をつけたりするだけで。三通のメッセージによって呪いの信憑性を高め、いよいよ最後の事故で夫を死に至らしめようと思っていたけれど、彼女が殺人を犯すことはありませんでした。これでわかるでしょう、いかに彼女が運命のいたずらに翻弄されたかが……」

「クロエさんは先を越されたって言ったよな？　じゃあ、誰になんだ？」

オーウェンは肩をすくめて、こう言い放った。

「彼女の夫にさ。つまりジェリー・カドシュは、最初にみんなが思ったとおり自殺だったんだ。自殺するだけの深刻な理由があったことは、すでにわかっています。脅迫めいたメッセージや相次ぐ事故にも不安をつのらせていたでしょうが、彼はとりわけ後悔に苛まれていました。弟と口論をしたあとひとりになって、自分たちが引き起こした火事の痛ましい結果をあらためて考えたことでしょう。罪もない二人の作業員が焼け死に、弟は顔に大きな火傷を負ってしまった。きっと一生許してはくれないだろうと。

クロエさんは夫の死体を見つけて、すぐに困ったことになったと気づきました。自殺なんかされたのでは、せっかくの計画が水の泡です。ご存じのとおり自殺は排斥条項にあたるので、保険金を受け取れませんから。殺人を事故に見せかけて夫を亡き者にする計画は、これでもう果たせません。彼女が涙を拭くためにハンカチを取り出したのは、大金を手に入れ損ねたからでしょう。とそのとき、天才的なアイディアがひらめきました。彼女はハンカチを手に立ちあがり、死体が握っていた拳銃を拭って、そっと手の下に戻したのです。これで手品は一丁あがり。拳銃から夫の指紋は見つからず、誰かに殺されたことになるでしょう。しかし外の花壇に足跡が残っていなかったことまでは気がまわらず、事件は奇怪な密室殺人へと姿を変えたのです……」

オーウェンは少し間を置いてからわたしをふり返り、わざとらしい超然としたようすでこうつけ加えた。

「わかったかね、アキレス。小さな布切れ一枚でも奇跡は起こせるんだ。口を酸っぱくして言ってるじゃないか、何事もシンプルにとらえなくては。それこそが天才の証なんだ」

企画・編集　張舟、秋好亮平